Pour Jane,
affectueusement.

1

Il y a des jours qui surplombent Manhattan comme une tenaille géante et se resserrent lentement sur la ville jusqu'à ce qu'on puisse à peine respirer. Un sourd grondement de tonnerre se répercuta dans la gorge de la Cinquième Avenue et je levai les yeux vers le ciel qui commençait au soixante-dixième étage de l'Empire State Building. Je sentais l'odeur de la pluie, de celles qui imprègnent les masses de béton bien ordonnées et en absorbent toute la poussière et les détritus. Quand la pluie tombait, ce n'était plus de l'eau mais la sueur de la ville.

En arrivant au coin de ma rue, je traversai malgré le feu vert et m'engouffrai au rez-de-chaussée de l'immeuble où se trouvait mon bureau. C'était très rare que je me donne la peine d'y venir le samedi, mais le client ne pouvait me fixer d'autre rendez-vous. A ce que m'avait dit Velda, il représentait des intérêts assez importants.

Deux personnes attendaient l'ascenseur, l'architecte du dernier et le livreur d'un traiteur du quartier. Tous deux avaient l'air morne et énervé. La journée les accablait aussi. Quand l'ascenseur arriva, nous y entrâmes. J'appuyai sur le bouton de mon étage et montai jusqu'au septième.

En temps ordinaire, le couloir aurait été encombré par la foule de la pause-déjeuner. Ce jour-là il me fit une drôle d'impression, comme si j'étais un intrus observé par des yeux dissimulés, à cette différence que j'étais la seule personne présente et que l'unique signe de vie était la lumière derrière la porte vitrée de mon bureau.

Je tournai le bouton, poussai le battant et m'arrêtai une seconde. Il y avait quelque chose d'anormal, de très anormal. Le silence total était aussi assourdissant qu'un hurlement sauvage. Je sortis mon 45 et m'aplatis contre le mur, l'oreille tendue.

Velda n'était pas à son bureau. Son sac à main était là, son gobelet de café était renversé sur une liasse de papiers, et le liquide dégoulinait par terre. Je n'eus pas besoin d'aller bien loin avant de voir son corps tassé contre le mur. La moitié de sa figure était couverte du sang qui coulait de sous ses cheveux.

La porte de mon bureau était entrouverte. Quelqu'un était là, assis à ma place, une moitié de bras nettement visible. Je ne réfléchis pas. J'éprouvai le besoin de foncer dans un accès de fureur insensée, prêt à faire jaillir de la cervelle sur les murs... et puis je m'arrêtai net, le souffle coupé. Le travail était déjà fait.

Le type assis là avait été ligoté dans mon fauteuil. Une large bande adhésive le bâillonnait mais toute l'horreur de ce qui s'était passé se lisait dans ses yeux vitreux fixés sur ses mains. Les doigts avaient été amputés à la première articulation et les bouts proprement alignés sur le sous-main. Une bonne dizaine de coups de couteau lui avaient tailladé la figure et le torse. Ses vêtements n'étaient qu'une masse de sang coagulé.

Mais ce qui l'avait tué, c'était le pique-notes sur

lequel je gardais mes justificatifs de notes de frais. Quelqu'un en avait fait glisser les reçus, placé la pointe d'acier de quinze centimètres sur le milieu du front du type et l'avait enfoncée avec le presse-papiers de bronze. Le tueur avait laissé un billet, mais je ne pris pas le temps de le lire.

Le pouls de Velda était faible. Quand je soulevai ses cheveux, je découvris un gros hématome au-dessus de l'oreille, la peau fendue sur l'enflure. Elle respirait à peine et son aspect ne me disait rien de bon. Je décrochai vivement son manteau, l'en enveloppai et me relevai, refoulant ma fureur. Je trouvai le bon numéro dans le répertoire et le composai rapidement.

– Le cabinet du Dr Reedey, me répondit l'infirmière.

– Meg, ici Mike Hammer. Burke est là?

– Oui, mais...

– Écoutez, appelez une ambulance, envoyez-moi tout de suite un brancard et dites à Burke de venir immédiatement. Velda a été grièvement blessée.

– Un accident?

– Non. Une agression. Quelqu'un l'a assommée, a tenté de lui fracasser le crâne.

Tout en faisant un numéro sur une autre ligne, elle me dit :

– Ne la déplacez pas. J'envoie le docteur tout de suite. Tenez-la au chaud et...

Je raccrochai.

Pat Chambers n'était pas chez lui mais son service-répondeur m'informa qu'on pouvait le joindre au bureau. Le sergent de garde au standard prit mon nom, passa la communication, et quand Pat répondit : « Capitaine Chambers », je lui dis de venir à mon bureau avec un sac à macchabée. Je n'allais pas perdre de temps en explications alors que Velda était peut-être en train de mourir à côté de moi.

Je me sentais inutile, incapable de faire autre chose que de rester assis par terre à côté d'elle à lui tenir la main et essayer de lui parler. Sa peau était froide et moite, son pouls faiblissait. La frustration que j'éprouvais était de celles que l'on ressent dans les rêves quand on n'arrive pas à courir assez vite pour fuir une terreur. Et maintenant je devais rester là sans rien faire pendant que la vie s'échappait de Velda, et qu'un fumier s'échappait lui aussi, de plus en plus loin.

Des mains m'empoignèrent aux épaules, m'arrachèrent à elle et Burke grommela :

– Tire-toi de là, Mike. Laisse-moi l'examiner.

Je faillis lui envoyer mon poing dans le nez avant de le reconnaître, et quand il vit ma tête il demanda :

– Ça va, vieux? Ça va?

Au bout d'un moment, je répondis :

– Oui, ça va.

Et je lui cédai la place.

Burke Reedey était un médecin qui était revenu du carnage du Vietnam avec tout ce qu'il fallait pour faire face à une situation comme celle-ci. Son infirmière et lui prirent rapidement les choses en main et mon sentiment d'impuissance se calma. Je reculai vers mon bureau pour leur laisser les coudées franches, en essayant de ne pas écouter leurs commentaires. Il y avait une note désespérée dans le ton de leur voix. Les ambulanciers arrivèrent; visiblement heureux de voir qu'un médecin les avait précédés, ils soulevèrent délicatement Velda, l'étendirent sur la civière et l'emportèrent. Burke les accompagna.

Pendant ce temps, Meg m'avait très astucieusement piloté dans un coin pour me cacher ce qui se passait; elle se rendait bien compte de ce que j'éprouvais, et, quand ils furent partis, elle m'offrit un verre d'eau et une gélule de je ne sais quoi. Mais je secouai la tête.

– Merci, je n'ai besoin de rien.

Elle remit la gélule dans le flacon.

– Qu'est-ce qui est arrivé, Mike?

– Je n'en sais rien encore, dis-je, et je désignai la porte de mon bureau : Allez donc jeter un coup d'œil.

La mine inquiète, elle alla à la porte et l'ouvrit. Je n'aurais jamais cru que de vieilles infirmières chevronnées pouvaient pousser ce genre d'exclamation. Elle porta une main à sa bouche et eut un mouvement de recul horrifié.

– Mike!... Vous n'avez pas dit...

– Il est mort. Velda ne l'était pas. Les flics s'occuperont de lui.

Elle sortit à reculons jusque dans l'entrée et se retourna vers moi.

– C'est le tout premier... meurtre que j'aie jamais vu, murmura-t-elle en me regardant d'un air de plus en plus bizarre.

– Non, ce n'est pas moi, Meg. Celui qui a assommé Velda a fait ça aussi.

Son soulagement fut évident.

– Vous savez pourquoi?

– Pas encore.

– Mais vous avez appelé la police, au moins?

– Tout de suite après vous avoir téléphoné. Retournez donc au cabinet, Meg. Je peux m'occuper de tout, ici.

– Le docteur a pensé que je devrais rester avec vous.

– Je vais bien. Si ça n'allait pas, je vous le dirais. Les flics voudront vous parler plus tard, à Burke et à vous, mais c'est inutile que vous perdiez du temps avec eux maintenant.

– C'est bien sûr?

– Mais oui. Restez simplement avec Velda, d'accord?

– Dès que le docteur aura appelé, je vous tiendrai au courant.

Quand elle fut partie, je voulus me servir un verre au mini-bar près de la fenêtre. Mais, bon dieu, ce n'était pas le moment de boire. Je remis le verre à sa place et allai dans mon bureau.

Le mort regardait toujours ses mains mutilées, apparemment oublieux du pique-notes fiché dans son crâne jusqu'au socle qui s'enfonçait dans le front. Ses yeux me parurent plus vitreux.

Je jetai enfin un coup d'œil au billet, les grandes capitales d'imprimerie tracées presque triomphalement en travers d'une feuille de mon papier à en-tête : TU MEURS POUR M'AVOIR TUÉ. Dessous, impeccablement calligraphiée, la signature : PENTA.

J'entendis la porte de l'entrée s'ouvrir, et la voix de Pat qui m'appelait.

– Je suis ici, Pat, répondis-je.

Pat était un flic qui avait vu du pays. Ce truc-là n'en était qu'un de plus sur sa liste. Ce n'était pas le crime qui le troublait, c'était l'endroit où il avait été commis. Il se retourna vers l'agent en tenue, à la porte.

– Du monde, là-dehors?

– Des types à nous. Ils montent la garde près des ascenseurs, ils empêchent d'approcher.

– Très bien. Gardez tout le monde dehors pendant cinq minutes, même nos gars.

– Compris, dit le flic, et il disparut.

– Maintenant causons, dit Pat.

Ce ne fut pas long.

– J'avais rendez-vous avec un client éventuel, un

nommé Bruce Lewison, ici au bureau à midi. Velda est venue en avance, pour ouvrir et s'occuper d'autres choses. Je suis arrivé quelques minutes avant midi et je l'ai trouvée par terre. Et ce type était ici, mort.

– Et tu n'as touché à rien?

– Ici, à rien, Pat. Mais je n'allais pas t'attendre pour appeler un toubib pour Velda.

Pat me dévisagea, avec son drôle d'air. Je sentis le rictus dans mon sourire. Il n'avait rien de comique.

– J'aurai ce salaud, Pat, t'en fais pas. Tôt ou tard.

– Arrête tes conneries, tu veux?

– D'accord.

– Tu connais ce type?

Je secouai la tête.

– Jamais vu.

– Quelqu'un a cru qu'il te tuait, mon vieux.

– On ne se ressemble pas du tout.

– Il était à ta place.

– Hé oui.

Pat examinait le billet.

– Qui as-tu tué, Mike?

– Je t'en prie, Pat! Cesse tes petits jeux.

– Ce billet signifie quelque chose pour toi?

– Non. J'y comprends rien, mais quelqu'un devait prendre ça bougrement au sérieux.

– D'accord, dit-il, l'air fatigué. Faisons venir nos gars.

Pendant que le photographe tirait le portrait du cadavre sous tous les angles et prenait des gros plans de la mutilation, Pat et moi passâmes dans le bureau de Velda où des techniciens relevaient les empreintes et passaient l'aspirateur pour ramasser les moindres indices. Pat avait déjà noté ce que je lui avais dit.

– Maintenant, Mike, donne-moi l'itinéraire complet de ta journée. Commence par l'instant où tu t'es levé ce matin et je vérifierai tout pendant que c'est encore frais.

– Écoute... quand Velda reprendra connaissance...

Je vis l'expression de Pat et hochai la tête. Mon estomac faisait des nœuds et tout ce que je voulais, c'était respirer un peu d'air frais, bien froid.

– Je me suis levé à sept heures. J'ai pris une douche, je me suis habillé, je suis descendu acheter des petits pains et le journal, je suis remonté, j'ai déjeuné, j'ai lu le canard et je suis parti à la gym.

– Où ça ?

– Bing's Gym. Tu connais. J'y suis arrivé à neuf heures et demie, j'ai passé un peu plus d'une heure en salle, j'ai pris une douche et j'en suis sorti à onze heures et demie. Bing peut te le confirmer lui-même. Vingt minutes de marche jusqu'à mon bureau et, en chemin, j'ai croisé deux types que je connais : Sheen, le flic du quartier, l'îlotier, et Manuel Florio, le patron du Pompei Bar, dans la Sixième Avenue. On a fait un bout de chemin ensemble et on s'est séparés. Je suis arrivé au bureau quelques minutes avant midi et je suis tombé sur... sur ça, dis-je en faisant un geste vague. Burke Reedey te fera son rapport médical sur Velda et le légiste te donnera une heure du crime assez exacte, alors ne va pas me confondre avec un suspect.

Pat acheva d'écrire, arracha un feuillet de son bloc et le referma. Il appela un des inspecteurs, lui donna le feuillet et le pria de vérifier tous les détails de ma déposition.

– On va faire ça strictement dans les formes,

mon vieux. Soyons francs, les formes et toi, ça fait deux.

Le médecin légiste adjoint était un petit gros avec des yeux bleus très clairs, pétillants de curiosité. Chaque détail était d'une importance capitale et, quand il en eut fini avec l'aspect physique de l'examen, il prit du recul et tourna lentement autour du cadavre, comme s'il faisait une analyse psychologique du crime. Pat ne chercha pas à l'interrompre. C'était le grand moment du légiste et tout ce que lui rapporterait son inspection serait précieux parce que le corps ne serait plus jamais dans cette position. Deux fois, il se rapprocha pour scruter plus attentivement le pique-notes dans le front du mort et, finalement, avec une petite grimace satisfaite, il claqua les fermoirs de sa trousse.

– Qu'est-ce que vous pensez ? demanda Pat.

– A propos de l'heure ?

– Oui, pour commencer.

Le légiste consulta sa montre.

– Je dirais qu'il a été tué entre dix et onze heures. Certainement pas après onze heures. Je serai plus précis après l'autopsie. Est-ce qu'il a été identifié ?

– Pas encore.

– Une mort intéressante. Ces estafilades de la face et du torse semblent avoir été pratiquées avec un instrument extrêmement aigu, à lame courte et pointue.

– Un canif ? hasardai-je.

– Oui, c'est possible. Certaines personnes ont ce genre d'article sur elles.

– Vous voyez des raisons médicales à ces entailles ?

– Vous voulez que je devine ?

– Certainement, dit Pat.

– Elles ont été faites pour terroriser la victime. C'est ahurissant ce que la vue d'une lame pénétrant dans son propre corps peut faire à la psyché de quelqu'un. Ces blessures sont trop profondes pour être superficielles, et pourtant pas assez profondes pour être mortelles.

– Et cela nous ramène aux mains.

– Une mutilation très inhabituelle...

Ses yeux vifs nous regardèrent à tour de rôle et se posèrent sur Pat.

– Vous avez déjà vu ça? demanda-t-il, et Pat secoua la tête. Je me souviens d'avoir lu quelque chose là-dessus, je ne sais plus quand. Je rechercherai ça en rentrant au bureau. Mais, entre nous, je pense que c'est un stratagème de signature.

– Un quoi?

– Quelque chose qu'un tueur laisse, en souvenir de lui.

– C'est une manière un peu tordue de signer son nom! m'exclamai-je.

– D'accord, reconnut le légiste, mais vous ne risquez pas de l'oublier. Seulement, là, la personne qu'il impressionnait était la victime elle-même. Attendez, je vais vous montrer comment il a fait.

Il prit le bras du mort, déjà atteint de *rigor mortis*, et aplatit de force la main sur le bureau, avec l'index tendu et les autres doigts repliés. Là où se terminait l'index, on voyait nettement l'entaille dans le bois.

– Imaginez que vous êtes obligé de regarder couper à l'articulation chacun de vos doigts et que vous ne pouvez même pas hurler votre douleur. Elle devait être effroyable et, pourtant, elle n'a pas pu être aussi atroce que le coup final, ce pique-notes cloué en plein front.

– Qu'est-ce que vous nous réservez pour la fin, docteur?

Le légiste adressa un petit sourire à Pat.

– Vous vous demandez comment un homme adulte a pu se laisser totalement immobiliser de la sorte ?

– Tout juste, répliqua Pat.

Le médecin fit pivoter le fauteuil pour tourner vers nous la nuque du cadavre ; il souleva les cheveux hirsutes et tâta une petite bosse au-dessus de l'oreille.

– L'instrument contondant habituel, un coup assez violent pour faire perdre connaissance à la victime pendant une minute ou deux.

J'avais la gorge sèche et l'impression qu'une bestiole me courait dans le dos. Le coup qu'il avait porté à Velda n'était pas destiné à lui faire perdre connaissance pendant une minute ou deux. Il avait frappé pour tuer, un coup violent, délibéré, meurtrier. Je regardai de nouveau le téléphone. Meg n'avait toujours pas appelé.

Pat se pencha et examina le cadavre avec attention. Du coude, il entrouvrit la veste. De la poche de chemise dépassait une facture d'électricité pliée en deux. Pat s'en saisit et la déplia.

– Anthony Cica, annonça-t-il, et il me montra le nom. Tu le connais, Mike ?

– Jamais vu de ma vie.

Il habitait à Manhattan, dans le Lower East Side.

– Tu as eu de la chance d'avoir une doublure.

– Dommage que Velda n'en ait pas eu.

Je me sentis de nouveau oppressé et me mis à respirer bruyamment, sans même m'en rendre compte. Pat me secoua le bras.

– Remets-toi, Mike !

Je passai un revers de main sur ma bouche et hochai la tête. Le légiste s'intéressait au billet.

– Et ça, c'était sa petite défonce d'ego, vous ne

croyez pas? Le mort ne peut pas lire, alors qui le lira? Et qui est Penta?

– Vous nous laissez tout l'amusement, docteur.

– Tenez-moi au courant. Je suis très intéressé. Vous aurez mon rapport demain, dit-il. En passant, il s'arrêta et posa sur moi ses yeux si bleus : Est-ce que je vous connais, monsieur?

– Mike Hammer, dis-je.

– J'ai entendu parler de vous.

– C'est mon bureau, ici.

Il regarda autour de lui, l'œil curieusement critique.

– Oui. Qui est votre décorateur?

– C'est son sens de l'humour, me dit Pat quand le toubib fut parti; puis il fit signe à deux de ses hommes de venir examiner le corps.

Je décrochai le téléphone et appelai Meg. Le service-répondeur me dit qu'elle serait de retour à six heures. J'appelai directement l'hôpital. Il n'y avait pas encore de communiqué sur l'état de Velda. Personne ne voulait hasarder de pronostic.

Il fallut encore une heure avant que les spécialistes en finissent et que le corps soit emporté dans son linceul de caoutchouc. Pat était au téléphone. Quand il raccrocha, il se tourna vers moi et me dit d'une voix lasse :

– Les journaux viennent juste d'en avoir vent. Ils sont toujours de ton côté?

– Ben, la plupart des anciens sont des copains mais dans les jeunes y en a qui sont bizarres.

– Attends un peu qu'ils aient lu ce billet.

– Ouais. Ça promet.

– Tu ne m'as toujours pas dit qui tu as tué, Mike.

Cette fois il y avait du sérieux dans sa voix calme. C'était une question directe et toute simple.

Je le regardai en face, en soutenant son regard.

– Tous ceux que j'ai descendus, tu es au courant. Le dernier, c'était Julius Marco, l'enfoiré qui était sur le point de tuer cette gosse quand je l'ai épinglé, mais il y a quatre ans de ça.

– Tu as tiré sur combien de types, depuis?

– Quelques-uns. Aucun n'est mort.

– Alors qui voudrait ta mort?

– Je ne vois personne.

– Merde, quelqu'un te souhaite pire que la mort. On te veut tout tailladé et avec une pointe d'acier en plein front. Quelqu'un avait rendez-vous avec toi à midi; il est arrivé en avance, il a éliminé Velda et il n'a pas eu à t'attendre parce qu'il y avait un type dans ton bureau : alors il a cru que c'était toi et il a épinglé le pauvre bougre à ta place.

– J'y ai pensé, avouai-je.

– Et on est coincés tant qu'on n'aura pas l'identité de tout le monde, et une déposition de Velda.

– On dirait, oui. Vous avez fini, ici?

– Ouais.

– Tu vas faire mettre les scellés?

– Bof... Pas la peine.

Je repris le téléphone pour appeler le concierge. Je lui dis que j'avais besoin de faire nettoyer mon bureau et lui expliquai ce qui s'était passé. Il me promit de s'en charger personnellement. Je le remerciai et raccrochai.

– Allons manger un morceau, dit Pat. Ça te fera du bien. Ensuite, on ira à l'hôpital.

– Ça servira à rien. Velda est inconsciente et dans un état critique. Pas de visites. Mais je vais te dire ce que tu peux faire.

– Quoi donc?

– Poste un flic devant sa porte. Ce Penta nous a ratés tous les deux et il voudra peut-être tenter sa chance une seconde fois, quand il apprendra ce qui s'est passé.

Pat décrocha le téléphone sur le bureau de Velda et transmit le message. Après quoi, il me demanda :

– Quels sont tes projets?

– Je vais t'accompagner à l'appartement d'Anthony Cica, tiens donc!

– Écoute, Mike...

– Tu ne veux tout de même pas que j'y aille seul?

– Tu es vraiment le roi des emmerdeurs.

Dehors, il pleuvait à peine. C'était plutôt comme si le ciel nous crachait dessus. Ça finissait comme ça avait commencé. Mal, vraiment mal.

Pat avait une voiture banalisée et nous traversâmes le centre pour filer au sud par la Seconde Avenue. La chaussée était glissante, les trottoirs brillaient de tous les reflets de néon et des larges éventails des phares de voitures. Le temps qu'il faisait n'avait aucune importance pour les gens qui vivaient par là. Ils ne restaient jamais dehors assez longtemps pour en souffrir. Pat ne brancha pas son gyrophare, il fit simplement du slalom dans le flot des taxis et des voitures, avec une précision automatique.

Nous restâmes tous deux assez profondément plongés dans nos pensées, jusqu'à ce que je remarque :

– Tu aurais pu envoyer un de tes inspecteurs.

– Ne commence pas à faire des histoires, vieux. Je ne vais pas te laisser seul dans une affaire aussi importante.

– Tu enquêtes sur un cadavre, pas sur un suspect. Qu'est-ce que tu voulais que je fasse?

La voiture qui nous précédait freina brusquement. Pat jura et donna un coup de volant à gauche.

– Je ne sais pas, Mike. Avec toi, on ne peut jamais prévoir ce qui va arriver. Il y a comme un aimant suspendu au-dessus de ta tête qui attire tous les cinglés sur ton paillasson.

– Ce n'est pas un cinglé qui a fait ce coup-là.

– Tous les assassins sont des cinglés, déclara-t-il.

– Ça se peut, mais il y en a qui sont plus résolus que d'autres.

Pat ralentit, tourna à gauche et regarda les numéros des immeubles quand il y en avait, puis il fit le compte à rebours jusqu'à celui qu'il cherchait. Presque personne, dans ce quartier, ne possédait de voiture, et ceux qui en avaient une n'iraient pas la garer dans cette rue. Nous nous arrêtâmes derrière l'épave d'une vieille Buick et descendîmes.

Depuis de nombreuses années, il était question de condamner les quartiers comme celui-là mais on ne s'y décidait jamais. Un par un, les immeubles perdaient toute valeur locative et ils étaient abandonnés par leurs propriétaires. Çà et là, quelques-uns avaient été rénovés, juste assez pour mériter des locataires payants à condition qu'ils veuillent bien partager leur domicile avec les rats et les cancrelats.

Nous montâmes les deux marches de grès et poussâmes la porte écaillée. La lumière, dans l'entrée, était protégée par une petite cage en fer; c'était une ampoule de quarante watts qui teignait tout d'un jaune maladif. Naturellement, toutes les boîtes aux lettres étaient fracturées et toutes contenaient un vague prospectus. Des noms étaient écrits au marqueur noir sur le dessus de tôle. Les deux du milieu étaient à demi effacés. Anthony Cica était le locataire du dernier étage.

La lumière du vestibule intérieur n'arrivait qu'à mi-étage mais Pat avait une lampe de poche et il éclaira notre ascension parmi les détritus qui jonchaient l'escalier. Nous enjambâmes quelques boîtes de bière et des bouteilles de whisky vides avant d'arriver au premier. Apparemment, les visiteurs n'allaient jamais plus haut. Le reste de l'escalier était dégagé. La porte qui nous intéressait portait un « 4 » à la peinture blanche. Elle était fermée à clef. Et elle avait même trois serrures.

– Tu crois qu'une carte de crédit pourrait les ouvrir, Pat ?

– Sûrement pas. Mais j'ai un mandat.

– Sers-t'en, alors.

Il enfonça d'un coup de pied le panneau inférieur, allongea le bras à l'intérieur et ouvrit les verrous. Puis il poussa la porte du pied. En se glissant de côté, il chercha à tâtons l'interrupteur, le trouva et alluma. Rien ne bougea, à part les cancrelats.

L'occupant n'avait pas été un crado total. Il n'y avait pas de vaisselle sale qui traînait et l'évier était propre. Le mobilier était vieux, probablement d'occasion ; le lit n'était pas fait, simplement un peu retapé, et la petite salle de bains présentait un semblant d'ordre. Le réfrigérateur était digne d'un musée mais il marchait encore et bourdonnait gaiement. Il contenait deux repas surgelés, un demi-carton de lait, du beurre et un pack de six bières.

– Qu'est-ce que tu penses ? demandai-je.

– Logement fixe. Moche mais arrangé.

Il y avait trois costumes et une veste de sport dans la penderie, tous vieux de plusieurs années. Deux paires de chaussures, une marron l'autre noire, par terre à côté d'une petite valise Samsonite ouverte et vide. Dans le coin, presque hors de vue, un petit rectangle de métal. Je le ramassai avec mon mouchoir.

– Pat...

Il s'approcha et je lui montrai un chargeur d'automatique, du 7,65. Il était plein.

– Joli, murmura-t-il. Trouvons le reste.

Nous cherchâmes, mais il n'y avait rien d'autre. Pas de pistolet pour aller avec le chargeur.

– C'est foutrement bizarre, marmonna Pat.

– Pas forcément. Il a été repoussé dans le coin du placard, par hasard. C'était peut-être même là avant qu'il emménage. J'ai failli ne pas le voir.

En un quart d'heure, nous eûmes passé tout le logement au peigne fin. Il y avait une boîte en carton sur une des étagères, contenant quelques dizaines de reçus, des feuilles de paie et une pile de vieux tickets à deux dollars d'un hippodrome du Jersey. C'est con comme souvenirs, mais, au moins, il pouvait compter ses pertes.

Le seul objet qui détonnait dans ce logement était une boîte à outils en ébénisterie, contenant une collection de ciseaux à froid, de mèches, ainsi que deux marteaux aux manches bien usés.

– Ces outils sont des antiquités, dit Pat, tous fabriqués par Sergeant Hardware dans les années vingt. (Il caressa une des longues lames fines, en tâta le fil du bout du doigt.) On a fait du travail de précision avec ces trucs-là. De la véritable sculpture.

– Tu crois qu'ils ont été volés?

– Pour quoi faire? Pas de valeur marchande immédiate. Ça me fait plutôt l'effet de souvenirs.

Il retourna la boîte. Sur le fond, on voyait les initiales V. D., finement gravées.

Il jeta un dernier coup d'œil autour de lui.

– Anthony Cica ne laisse pas un bien gros héritage. Je me demande à qui il ira.

J'essayai de remettre en place le panneau de la porte que le pied de Pat avait enfoncé.

– Emporte toujours le coffre à outils, pour ce qu'il pourrait avoir comme famille. Rien d'autre n'en vaut la peine.

Il éteignit l'électricité et referma la porte. Nous descendîmes à tâtons et, une fois dans la rue, nous restâmes là une minute à nous demander ce qui obligeait un type comme Anthony Cica à vivre dans un tel taudis, avec pour seul trésor une vieille boîte à outils.

Finalement, Pat rentra les épaules pour se protéger de la pluie et nous remontâmes en voiture. Il se tourna vers moi, me regarda fixement.

– Ce tueur ne pouvait pas vouloir éliminer Cica, Mike.

– Pourquoi diable est-ce qu'il voudrait ma mort ?

Il tourna la clef de contact.

– C'est ce qu'il va nous falloir déterminer.

2

Ce fut une nuit sans rêves mais je me réveillai fatigué. J'avais l'impression d'avoir couru et j'eus du mal à émerger. Pendant quelques secondes, il y eut comme un hiatus dans le temps avant que tout le scénario de la veille revienne se fracasser devant moi.

Ma main bondit sur le téléphone et je tapai le numéro de l'hôpital. J'étais trop anxieux, je fis une erreur et dus recommencer. Cette fois, le standard me passa l'infirmière d'étage. Calmement, elle m'annonça que Velda avait passé une nuit paisible, qu'elle était encore dans un état critique mais qu'il y avait du mieux. Non, les visites n'étaient pas encore autorisées.

Une vague de soulagement déferla sur moi, comme un grand flot d'eau fraîche. Les hôpitaux ne veulent jamais se montrer optimistes, ce rapport était donc favorable. Je téléphonai à Burke Reedey à son domicile et le tirai du lit. Tout ce qu'il trouva à me dire, ce fut :

– Merde, j'ai été debout toute la nuit ! Qui est à l'appareil ?

– C'est moi, Burke. Mike. Comment va Velda ?

– Ah... c'est toi. Attends une seconde...

Je l'entendis se verser quelque chose, l'avaler, puis il me dit :

– Elle l'a échappé belle, ce coup-ci. Une sacrée commotion. Le coup a été porté avec assez de force pour la tuer, mais ses cheveux ont amorti l'impact. J'avais peur de trouver une fracture mais il n'y en a pas. Tous les organes vitaux fonctionnent bien et nous allons la garder en observation, isolée, pendant un jour encore.

– Elle a repris connaissance?

– Vers quatre heures du matin. Ça n'a été qu'un bref réveil, elle s'est rendormie aussitôt.

– Quand est-ce que je pourrai la voir?

– Ce soir, probablement, mais je ne veux pas qu'elle parle. Soit elle sera abrutie par les calmants, soit elle aura un sacré mal de tête. De toute façon, elle n'aura pas envie de parler.

– Avec quoi a-t-elle été frappée?

– Un jour, on trouvera un autre terme pour désigner le classique « instrument contondant ». Mais ce n'était pas quelque chose de dur, comme un tuyau de plomb, par exemple. Cet objet a eu un effet moins violent et, d'après ce que j'ai vu des suites du matraquage, je dirais que l'assaillant s'est servi d'une matraque de cuir. C'est d'ailleurs ce que j'ai signalé à la police dans mon rapport... Meg me dit qu'il y avait un mort dans l'autre bureau?

– Tu n'aurais rien pu faire pour lui, Burke. Il était tout ce qu'il y a de plus mort. Velda était vivante et c'était ça qui comptait.

– Tu n'es qu'un vieux chnoque sentimental, au fond.

– Je suis réaliste, c'est tout.

– Je tiens à savoir ce que ça signifie, tout ça.

– Tu le sauras.

– Je l'espère. Tu es la seule distraction qui me

reste dans la vie. Tout ce qu'il y a d'un peu excitant.

– Une excitation dont je me passerais bien, assurai-je. Burke...

– Quoi?

– Merci.

– Pas de quoi. Tu recevras une facture.

Je raccrochai, allai me faire du café à la cuisine et mangeai un petit pain de la veille. Quand je voulus écouter les informations, je dus attendre un quart d'heure avant qu'on en vienne aux faits divers locaux; on annonça un meurtre avec torture dans le bureau d'un homme d'affaires de Manhattan; une enquête était ouverte et aucun nom n'était rendu public. La victime n'avait pas encore été identifiée.

Je venais de me verser ma seconde tasse de café quand le téléphone sonna.

– Je crois que tu devrais venir à mon bureau, me dit Pat.

– Qu'est-ce qui se passe?

– Premièrement, on a l'identité de la victime.

– Et deuxièmement?

– On a de la compagnie bizarre, ici.

– Mauvaise?

– Pas trop bonne.

– Bon, eh ben... je vais changer de caleçon, alors.

Après les bonnes nouvelles de l'hôpital, rien ne pouvait gâter ma journée.

Le dimanche matin à New York ne ressemble à aucun autre moment. Du lever du jour jusque vers dix heures, la ville est comme un fœtus à naître. Il y a de vagues sons, une légère animation à peine perceptible, et puis de petits mouvements surviennent, des formes émergent, mais *rien* ne se passe. C'est un moment où l'on peut aller n'importe où rapidement et tranquillement à cause de ce vide singulier.

Le taxi solitaire qui me prit en charge était en fin de tournée, et, heureusement, il n'avait pas envie de parler. Il me conduisit au bureau de Pat, prit mon argent, alluma son voyant HORS SERVICE et s'en retourna vers sa banlieue.

Le dimanche s'était infiltré jusque chez les flics. Au rez-de-chaussée, c'était la pause café-beignets, avec une équipe réduite au travail. Tout le monde était amical, même le sergent Klaus, qui me fit un clin d'œil et me dit que le capitaine Chambers et Cie m'attendaient en haut.

Pat était dans le couloir quand je sortis de l'ascenseur et, sans un mot, me pilota vers son bureau. En refermant la porte, il me dit :

– Tu m'as affirmé que tu ne connaissais pas le type qui a été tué.

– C'est vrai. Je ne le connais pas.

Une mouche avait piqué Pat et il était en colère.

– Tu en es bien sûr?

– Écoute, Pat, qu'est-ce qui se passe? Je t'ai dit que je ne le connaissais pas!

– C'était le livreur de la papeterie. Il t'apportait des échantillons de papier à en-tête pour que tu choisisses.

– C'est Velda qui s'occupait de ces trucs-là.

– Le type a téléphoné au magasin. Il a dit à son patron d'y aller avec la commande.

– C'est donc ça qu'il faisait à mon bureau. Tu as eu l'heure?

– Vers dix heures trente.

– Eh bien, ça nous donne à peu près l'heure du crime.

– Mais ce n'est pas tout.

– Ah ?

– Il s'appelait Anthony DiCica. Ça ne te dit rien ?

Je secouai la tête.

– A un moment ou un autre, il aura laissé tomber le Di de son nom ?

– Apparemment.

– Ce qui expliquerait les initiales V. D. sur ce coffre à outils. Ça devait appartenir à son vieux. Et alors, qu'est-ce que ça nous donne, à nous ?

– On en a un paquet sur lui, ici à New York. Il a été deux fois inculpé pour des délits mineurs, il y a quinze ans. Pas grand-chose mais au moins il a un casier. On a découvert ça quand on a transmis son permis de conduire aux R.G.

– Et les empreintes ?

– Ses premières phalanges sont revenues du labo ce matin. On a relevé les empreintes. Elles sont dans l'ordinateur.

– Alors qu'est-ce que tu as en tête, Pat ?

– En général, ici, on nous laisse résoudre nos propres homicides sans aucune ingérence. Mais là, tout à coup, un intérêt de première classe apparaît... du bureau du district attorney.

– Et alors ? Il a le droit de savoir.

– Ça n'a rien d'habituel, mon vieux. Quand je suis arrivé, la consigne était déjà passée. Le billet doit rester confidentiel jusqu'à ce que le D.A. décide de le communiquer. Je crois que ce qui les a secoués c'est la signature, PENTA. Ça ne peut pas être autre chose.

– Qu'est-ce qu'ils t'ont donné, là-dessus ?

– Un ramassis de conneries, voilà ce qu'ils

m'ont donné ! J'ai fait tout un foin en haut, mais quand le chef dit de marcher, on marche.

Je donnai à Pat une claque affectueuse sur l'épaule.

– Si ces rigolos ont envie de jouer aux cons, laisse-les faire, va. Un beau crime de cinglé comme celui-là, ça fait des manchettes intéressantes.

– Leur attitude sent très mauvais, Mike, grogna-t-il, puis il m'examina anxieusement. Tu as parlé de ce billet à quelqu'un ?

– C'est la première fois que je suis sur une affaire sans avoir toute la presse aux fesses. Vu que c'est le week-end et que, mon bureau étant au septième, tu as pu réussir à les coincer, ce crime a été plutôt discret. Vous en avez eu combien d'autres, la nuit dernière ?

– Quatre à Manhattan.

– Alors nous nous serons perdus dans la foule.

– Pas pour longtemps, coco, pas pour longtemps. Je sens que celui-là va percer brusquement, comme un abcès dentaire.

– J'avoue qu'il n'est pas ordinaire.

– Pas ordinaire mon cul ! Attends de voir qui veut te parler !

– Ah ?

– Il y a la nouvelle adjointe du district attorney qui a des choses à te dire. Et avec elle, on a un type du bureau du gouverneur à Albany. Il a une lettre assez ronflante sur papier à en-tête gravé exigeant que nous lui accordions notre pleine collaboration.

– Et il l'aura.

– Oh, très certainement ! Viens, allons faire la connaissance de l'ennemi.

La ville de New York compte de nombreux procureurs adjoints mais ils ne sont pas numérotés par ordre d'importance, alors ils peuvent tous parler et agir comme le singe en chef. Candace Amory était loin d'être une guenon.

C'était une grande blonde à l'allure patricienne, avec un visage de cover-girl et un corps qui ne s'était pas fait tout seul. Chaque parcelle de sa personne était soigneusement cultivée et, quand elle se déplaçait, on la savait capable de danser, de skier et de faire des plongées en scaphandre autonome à soixante mètres. Les seins haut perchés n'étaient pas factices et sa ligne était spectaculairement mise en valeur par un tailleur d'une si fabuleuse simplicité qu'il empestait l'argent à ne savoir qu'en faire.

Il ne serait venu à l'idée de personne d'appeler Candace « Candy ». On aurait aimé embrasser ses belles lèvres pulpeuses, jusqu'à ce qu'on devine que ce serait peut-être comme d'appuyer la langue sur un patin de luge sans jamais pouvoir la décoller.

Un de ces jours, j'aimerais la prendre par surprise et marquer un but qu'elle ne serait pas près d'oublier.

Durant cette seconde où nos yeux s'effleurèrent, elle sut tout ce que je pensais et aussi que je savais qu'elle le savait. Je la saluai de la tête, murmurai un « Mademoiselle Amory » et lui tendis la main. Ce n'était pas un manque d'étiquette, simplement un défi qu'elle releva sans changer d'expression, du tout. Je devinais qu'elle avait une bonne poigne solide et lui fis sentir la mienne.

– Monsieur Hammer, dit-elle.

Sa voix était assortie au reste de sa personne. Une voix de gorge, mais sans velouté. Il y avait là de la fermeté. Un petit insigne de Phi Beta Kappa, l'association des étudiants les plus brillants, était accroché à une chaîne d'or à son cou, niché entre ses seins.

Une aura de domination émanait d'elle comme un voile invisible et je souris, je souris imperceptiblement des yeux en plongeant dans les siens et pendant un instant il y eut un très bref changement d'expression, celle du chat s'apercevant subitement que la souris est un cobra, et le voile fut aussitôt rabattu.

L'homme d'Albany était Jerome Coleman. Il ne précisa pas quelle était sa position. Mais c'était un officiel, il avait l'air d'un juriste et aurait pu être un flic. Nous nous dîmes bonjour, brièvement, et acceptâmes l'offre de Pat de nous asseoir autour de la petite table de conférence. La chaise qui me fut désignée faisait de moi la cible de toutes les réflexions, alors je l'évitai et m'assis sur celle d'à côté. Si quelqu'un voulait me coincer, il ferait bien de commencer par m'inculper. Je vis Pat réprimer un sourire et Coleman parut agacé. Mlle Amory comprenait que je l'avais fait exprès et, tout aussi délibérément, elle s'assit juste en face de moi.

– Qui commence ? demandai-je.

Jerome Coleman tâta sa poche intérieure et en retira une feuille de papier qu'il déplia et étala devant lui. Elle était à l'envers mais je n'eus aucun mal à voir que c'était une copie du billet laissé sur mon bureau par l'assassin.

– Nous n'aimons pas les énigmes, monsieur Hammer.

Je tins ma langue et attendis.

– Vous êtes apparemment impliqué dans un meurtre, dit Mlle Amory. L'alibi que vous avez donné au capitaine Chambers a été vérifié, donc vous n'avez pas participé directement au crime mais, néanmoins, il semble que vous soyez un des protagonistes de l'affaire.

– Je suis heureux de cet « il semble ».

Elle négligea mon interruption.

– Apparemment, la victime a été prise pour vous et horriblement brutalisée. S'il s'agit d'un acte de vengeance, l'assassin avait certainement une raison.

– Mademoiselle Amory, dis-je, je suis heureux que vous ne m'ayez pas lu mes droits.

– Vous n'avez pas été arrêté, monsieur Hammer.

– Vous vous livrez à un interrogatoire direct, vous savez.

– Parfaitement. Vous êtes un enquêteur privé autorisé à exercer selon les lois de l'État de New York, avec un permis de port d'armes, soumis aux lois et décrets de cet État et tenu de collaborer pleinement avec les forces de police pour aider à faire respecter ces lois.

Faute de mieux, je la gratifiai encore une fois de mon petit sourire.

– Que puis-je vous dire?

– D'après ce billet, vous auriez tué quelqu'un.

– D'après ce billet, j'aurais tué le tueur, lui rappelai-je.

– Et c'est justement l'énigme, intervint Coleman, en soulignant de l'index les mots TU MEURS POUR M'AVOIR TUÉ.

Jusqu'à présent, Pat n'avait rien dit. Il me laissait me dépêtrer.

– Monsieur Coleman... Je n'ai jamais été inculpé de meurtre. Ni d'aucun délit. Ce que vous semblez avoir ici, c'est un malade qui s'est mis en tête d'envahir mon bureau pour y commettre un crime sauvage.

– Nous croyons comprendre que vous n'allez jamais à votre bureau le samedi.

– Rarement.

– Vous aviez rendez-vous avec une personne que vous ne connaissiez pas du tout.

– La plupart de mes affaires commencent comme ça.

– Votre secrétaire ne vous a donné aucune indication sur l'objet de la réunion?

– Dans mon métier, les clients n'ont pas tendance à parler de leurs affaires à des secrétaires. C'est moi qui les intéresse.

Il me dévisagea pendant un long moment :

– Toute l'histoire, semble-t-il, aurait été organisée pour vous tuer. Elle a été déjouée mais ce n'est pas cela que nous cherchons. C'est le pourquoi de l'affaire. Le tueur vous en veut apparemment d'avoir tué quelqu'un.

– Et s'il s'est donné tant de mal pour se venger, c'est que ça s'est réellement produit? répliquai-je.

J'attendis, mais personne ne répondit, alors j'enchaînai :

– Votre énigme est superbe. Il a quitté le bureau bien vivant avec une accusation d'avoir été déjà tué.

– Qui est Penta? demanda Candace Amory.

Je m'attendais à celle-là, aussi.

– Pourquoi le demander à un mort?

– Parce que ce billet a été écrit pour être lu par un homme qui n'était pas encore mort. Le tueur voulait s'assurer que la victime savait *pourquoi* elle mourait et *qui* la tuait. S'il pensait vous assassiner, vous, alors il savait que vous reconnaîtriez le nom avant de mourir.

– Raisonnement astucieux, madame, très astucieux. Ce serait une possibilité mais malheureusement ça ne l'est pas. Et je tiens à vous dire tout de suite une chose. Si j'avais le moindre renseignement sur cette affaire, je l'aurais donné hier sur le lieu du crime. Quelque chose de très bizarre se passe ici, je ne sais pas pourquoi ni comment, mais bon dieu, j'y suis mêlé maintenant. En s'attaquant à Velda il m'a mis dans le coup et je m'en vais enquêter jusqu'à ce que ce putain d'enfoiré soit cloué au mur. Passez-moi l'expression, madame, mais c'est ce que je pense.

D'une voix admirablement modulée, elle me répondit :

– Vous ne vous livrerez à aucune putain d'enquête, monsieur Hammer. Vous vous tiendrez parfaitement éloigné de cette affaire, sinon votre putain de licence vous sera retirée sur-le-champ. Passez-moi l'expression, je vous prie.

– La balle est dans votre camp, dis-je ironiquement.

– Oui. Je sais. A votre place, je réfléchirais un peu à l'origine de ce nom de Penta. Je crois même que je n'y réfléchirais qu'une seule journée, avant de recevoir une lettre du Bureau des licences. C'est clair ? dit-elle en se levant, sans me quitter des yeux.

Je me levai, lentement; elle ne pouvait plus me toiser de haut. Elle était grande mais pas à ce point-là.

– Très clair.

Quand ils furent sortis, Pat laissa échapper un petit rire sec.

– Elle t'a vraiment collé le paquet, hein ? dit-il, et il rit encore. Elle ne te connaît pas très bien, on dirait.

– Elle n'est pas foutue de lire les journaux, merde ?

J'écartai la chaise du pied et me rassis.

– Qu'est-ce que tes gars ont trouvé dans mon bureau ?

– Rien.

– Carrément ? Rien ?

– La plupart des empreintes sont les tiennes et celles de Velda. Il y en a quelques-unes de la femme de ménage et deux ou trois autres qui semblent être celles du mort. Notre tueur n'a laissé que des traces, c'est donc qu'il portait des gants, et pas de l'espèce chirurgicale qui peut à l'occasion transférer des empreintes sur des surfaces. Le sparadrap est du genre qu'on peut acheter dans n'importe quel drugstore. Il en a utilisé deux rouleaux de cinq centimètres de largeur et il a remporté les bobines vides.

– Vous avez passé l'aspirateur, non ?

– C'est un travail de labo assommant. Deux trois jours, et on verra ce qu'on a récolté.

– Rien n'est ressorti sur l'identité de Penta ?

Pat me jeta un coup d'œil agacé, les sourcils froncés, et secoua la tête.

– Les télex sont partis tout de suite. Washington, Interpol... ils ont tous été avertis. L'ennui, c'est le week-end. Tout le monde fout le camp pendant le week-end et un employé surmené laisse s'accumuler les dépêches.

Il se renversa contre son dossier et s'étira.

– Qu'est-ce que tu as l'intention de dire à la Princesse Glaçon ?

– Qu'elle aille se faire cuire un œuf.

– Donne-lui plutôt Penta et elle t'adorera.

– Ça, je peux m'en passer. Qui est-elle, d'abord ?

Pat se leva et alla se servir un café. Il y jeta deux sucrettes, goûta et répondit :

– Quelqu'un que le D.A. gardait au frais. Elle a mené à bien deux affaires importantes qui l'année dernière l'ont hissé là où il est. Tout à coup, elle a

Elle se crispa.
– Vous êtes un policier?
Cela m'arrive très rarement, mais j'ouvris mon porte-cartes pour exhiber ma licence. Elle a un aspect tout ce qu'il y a d'officiel. Mais la fille secoua la tête. Ça ne suffisait pas.
– Faites voir votre *pistola*.
Ça, elle pouvait le comprendre. Je me demandai de quel coin du Mexique elle venait. J'entrouvris ma veste et lui laissai voir le 45 dans l'étui à dégaine rapide sur ma hanche gauche.
– *Sí*. Je crois. Mon nom est Maria Escalante et j'habite...
Je l'arrêtai d'un geste :
– Je n'ai pas besoin de ça, Maria.
– Je dis aux autres policiers je ne vois rien. Ils veulent savoir à propos de l'histoire à *siete*, étage sept. Je...
– Maria, dis-je, et je lui pris la main; elle tremblait. Ils vous ont menacée, pour votre carte verte?
Immédiatement, sa bouche se pinça et elle retint ses larmes.
– Un a dit... il pouvait la prendre... peut-être elle n'était pas bonne...
– Mais elle est bonne?
– Oui! Après l'amnistie, je l'ai eue. Je suis en règle, maintenant. Je vais être citoyenne U.S.
– Il ne pouvait pas vous la prendre, il essayait simplement de vous faire parler, vous comprenez?
Au bout d'un moment, elle fronça les sourcils et hocha la tête.
– Où étiez-vous hier? demandai-je.
– Depuis tout en bas jusqu'à l'étage... cinq. J'ai fait les cendriers. J'ai passé l'aspirateur.

– Beaucoup de monde?

– Des gens. Mais c'est congé pour presque tous.

– Des gens que vous connaissez?

Elle hocha de nouveau la tête.

– Ils viennent, ils partent, personne il reste après midi. Peut-être quatre gens.

– Pensez à dix heures du matin. Vous avez vu quelqu'un, à ce moment-là?

– Qui vous voulez que je voie?

Je lâchai sa main.

– Allez savoir! J'aimerais bien pouvoir répondre à ça.

– Un marcheur, c'est tout.

– C'est quoi, un marcheur?

– Il monte par l'escalier. Il marche. L'ascenseur reste en bas longtemps, mais il marche. Il vient à l'étage cinq et il continue à marcher en haut.

– A quelle heure?

– Juste avant ma pause. Je vais pour mon café à dix heures.

Je fis des gestes pour tenter de lui soutirer des renseignements.

– Comment était-il?

Elle me répondit par un haussement d'épaules indiquant l'ignorance.

– Réfléchissez.

Elle contempla le plafond pendant quelques secondes.

– Il était un homme fort, grand. Il avait un chapeau.

Je patientai. Elle secoua la tête. Il n'y avait rien à ajouter.

– Il vous a vue?

– J'ai pas vu sa figure et il a pas vu ma figure, déclara-t-elle nettement.

– Très grand ? insistai-je. Moyen-grand ?

Nouveau haussement d'épaules.

– Il avait un manteau. Comme pour la pluie.

Pour avoir quelque chose à mettre après un meurtre et cacher les tâches de sang.

– Il portait quelque chose à la main ?

Encore le même haussement d'épaules.

– Est-ce que vous avez parlé de ça aux autres policiers ?

Une ombre de peur passa de nouveau dans ses yeux.

– Je... ils m'ont fait peur et j'ai pas pensé à leur dire. Vous croyez qu'ils...

– N'y pensez plus, Maria. Vous n'avez absolument rien à craindre. Soyez simplement une bonne citoyenne américaine, d'accord ?

J'obtins un petit sourire, cette fois.

– *Sí, sí,* très d'accord, murmura-t-elle.

Et maintenant, j'avais un marcheur. Il était grand et fort. Il portait un imperméable et un chapeau. Il devait y avoir au moins mille types répondant à ce signalement dans un rayon de cent mètres, mais au moins c'était un début.

D'autres choses allaient avec le signalement. Il portait aussi une espèce de matraque, plus probablement la matraque droite professionnelle. Il avait un couteau affûté comme un rasoir. Il fallait que ce couteau soit assez petit pour être transporté discrètement et assez grand pour être vraiment fonctionnel. Il pouvait être à lame simple ou multilame. Mon choix se portait sur un simple couteau de poche avec une lame de dix centimètres et une autre, plus courte, à l'opposé. Il avait peut-être une arme à feu mais les types qui aiment l'acier s'encombrent rarement de pistolets.

Voilà qui réglait la question de l'armement.

Son profil personnel n'était pas très net. Ça ne le gênait pas d'éliminer une femme. Il ne se faisait pas de scrupule de torturer une victime. Il était capable de tuer avec une parfaite aisance et tirait apparemment une grande satisfaction d'un acte criminel monstrueux. C'était un tueur de sang-froid qui semblait se prendre pour un justicier.

La peur n'entrait pas non plus dans son caractère. Il venait m'attaquer en sachant que j'avais assez vite l'arme au poing et que je saurais tirer tout aussi vite, mais c'était son adresse contre la mienne et il comptait sur la sienne.

Pourtant c'était un foutu crétin, parce qu'il s'était trompé de victime. Et il n'était pas con au point de ne pas le savoir maintenant et de ne pas revenir me faire mon affaire.

Et, cette fois, j'aurais un peu de vengeance à dispenser moi-même, merci.

Quelqu'un de très habile s'était introduit dans mon bureau. Un poinçon avait été utilisé pour la serrure et la pièce très soigneusement fouillée. Les tiroirs du bureau avaient été ouverts, et refermés uniquement pour atteindre ceux du dessous. Les portes du placard étaient grandes ouvertes et les tiroirs du classeur avaient été sortis et posés par terre. Il n'y avait pas de désordre, pas de pillage, ce n'avait été qu'une fouille rapide à la recherche de quelque chose d'assez gros pour être vu tout de suite.

Je remis tout en place, sans trop m'inquiéter de recouvrir des empreintes. Une personne assez avertie pour venir avec des rossignols devait être assez professionnelle pour porter des gants de plastique.

Je dus donner cinq coups de fil avant de retrouver Petey Benson à l'Old English Tavern de la Troisième Avenue. Depuis qu'il avait été envoyé spécial à Londres, pour une affaire de meurtres en série, il mangeait du *shepherd's pie* le dimanche. Il était seul, les restes de son repas repoussés de côté, et finissait de lire le journal, une chope de bière à la main.

– C'est maintenant que tu te pointes, me dit-il. T'as vu le journal ?

– Mmmm-mm.

– Qui c'est qui garde ça sous le coude ? Tout ce qu'on a, c'est des communiqués officiels.

– Il y a un dingue lâché dans la nature, Petey. Ils jouent motus et bouche cousue, ce coup-ci.

– Toujours les mêmes conneries. Qu'est-ce qui s'est passé ? On raconte que Velda a été assommée et qu'il y a eu un massacre dans ton bureau.

– C'est toute l'histoire. Et je suis arrivé quand tout était fini.

– Allez ah, Mike ! Ne me la fais pas. Un crime de cinglé c'est rien du tout, mais quand ça se passe dans ton bureau, c'est du nouveau.

– Tout ce que je peux te dire, ce que je crois, c'est qu'un zigoto a rappliqué dans une grosse colère à cause de quelque chose qu'il se figurait que j'avais fait et qu'il s'en est pris à un mec qui se trouvait par hasard à mon bureau, au mauvais moment. Il a fait un boulot dégueulasse, mais il s'est tiré sans être vu.

– Mmmouais...

Il m'adressa un sourire en coin et replia son journal :

– Alors ? Qu'est-ce que tu veux de moi ?

– C'est quoi le topo sur Candace Amory ?

– Ah ! Il y a de multiples facettes, mon petit vieux.

Il reprit sa chope et fit tournoyer la bière.

– Tu en veux une ? proposa-t-il, et sans attendre ma réponse, il fit signe au garçon et commanda deux chopes. Tu cherches un avis personnel ou professionnel ?

– Commence par une bio de pro.

– Très cultivée, intelligente, intellectuelle, ou est-ce que c'est un pléonasme ?

– C'est clair, en tout cas.

– Elle est astucieuse, mauvaise comme un serpent, et quand il s'agit de gagner, elle n'a pas de conscience du tout. Elle profite de tous les avantages qu'il y a à être une femme et n'a pas l'air d'avoir la moindre faille dans sa cuirasse. Elle a des amis puissants, parce qu'elle est bigrement forte dans son boulot, et tous les ennemis politiques qui ont cherché à faire pression sur elle n'ont jamais compris ce qui leur était arrivé.

– Au poil, dis-je aigrement.

– Elle a un beau cul, non ?

– Je ne l'ai vue que de face.

– Pas mal non plus, dit Petey avec un petit rire gras. Pourquoi l'enquête ?

– Elle sort à découvert.

Le garçon posa les chopes, avec l'anse tournée du mauvais côté. Je fis pivoter la mienne et renversai un peu de bière sur ma manche.

Petey but une gorgée et essuya la mousse sur sa lèvre.

– Faut pas s'étonner. Cette fille attend son heure depuis un moment. Si je comprends bien, elle est sur le coup avec toi ?

– Elle pose des questions.

Il but encore une bonne gorgée.

– Une énigme, dit-il, puis il me dévisagea de

l'autre côté de la table, d'un regard pénétrant : Nous avons là quelque chose de gros, j'imagine.

– D'où est-ce qu'elle sort, Petey?

– Eh bien, personne ne fait beaucoup de recherches sur les nominations politiques de cette nature. Le bureau du D.A. emploie un tas d'avocats, d'avocates aussi. Mais celle-ci était un peu spéciale. En sortant de la fac elle a passé un an au F.B.I., elle a exercé à titre privé à Washington et puis elle est revenue à New York. Facile de comprendre pourquoi le bureau du D.A. s'est empressé de la cueillir.

– On l'aime bien?

– Va savoir! Probablement mais je ne sais pas de quelle façon. Elle sort avec un tas de types importants mais ne les garde jamais bien longtemps. Elle n'est pas encore mariée. Elle a un chouette appart' près de l'O.N.U.

Il souleva sa chope, la vida d'un trait, éructa discrètement et me demanda :

– Tu as des projets pour la dame?

Je fis la même chose avec ma chope mais sans rot.

– Non. Mais il vaut mieux savoir à quoi on peut s'attendre.

Sa vieille gueule sagace prit un air entendu et il se pencha vers moi, le menton dans la main.

– Quelque chose mijote?

– Quelque chose a une drôle d'odeur.

– Comme au bon vieux temps?

Je hochai la tête et fis une grimace.

– Ça ne me plaît pas, coco. Je croyais que le bon vieux temps était bien passé.

– Est-ce que j'aurai le scoop?

– Pourquoi pas?

– Fais gaffe à la ravissante dame D.A. Encore

que ça me ravirait de vous voir aux prises tous les deux, un véritable baiser de la mort !

– Merci mille fois !

– Pas de quoi.

En le quittant, je raflai son addition.

– Je te laisse payer le pourboire, lui dis-je.

3

BURKE voulait que Velda se repose le plus longtemps possible, alors je n'allai pas à l'hôpital avant vingt heures. Je pris un café avec lui dans le salon d'attente et lui demandai comment elle allait.

– Elle a eu de la chance. Tu ne peux pas imaginer la veine qu'elle a eue. Elle devait être au téléphone et avait rejeté tous ses cheveux d'un côté pendant qu'elle parlait...

– Une habitude à elle, oui.

– Enfin bref, elle est réveillée et sous sédatif.

– Elle ne t'a rien dit?

Il versa cinq cuillerées de sucre en poudre dans son café et le tourna.

– Un faible pour les douceurs, expliqua-t-il. Non, elle ne m'a rien dit du tout à part « bonjour » et l'inévitable « où suis-je? ». Mais elle a une assez bonne conscience de ce qui se passe.

– Je peux lui parler?

– Doucement, Mike. Doucement et pas longtemps. Et rien de surexcitant.

– Tu comptes la garder combien de temps, ici?

– Au moins deux jours encore. Si ça n'avait été qu'un simple petit coup pour l'assommer, elle serait déjà rentrée chez elle, mais on a vraiment cherché à la tuer.

Je le remerciai et abandonnai mon café sans le boire. Je comprenais pourquoi Burke mettait tant de sucre.

Pat avait donné des ordres; le flic en faction me demanda mes papiers et me laissa entrer. La chambre était obscure; seule une petite veilleuse, au mur, permettait de distinguer le lit et les appareils. Quand la porte se referma, je pris la chaise près du lavabo, la portai à côté du lit et m'assis au chevet de Velda.

Petit à petit, je recommençai à me crisper, les poings serrés sur la barre du lit, les lèvres étirées sur les dents. J'avais envie de déchirer quelque chose, de mettre quelqu'un en pièces, de faire mal. Il aurait dû me prévenir. Il n'aurait jamais dû me laisser venir à froid la voir comme ça.

Velda. La belle, la merveilleuse Velda. Ces yeux noirs profonds et cette superbe bouche charnue. Les cheveux auburn lustrés qui tombaient souplement sur ses épaules...

Sa figure était maintenant bouffie, violacée, noirâtre d'un côté, un œil complètement fermé sous une épaisse enflure, l'autre à peine entrouvert et terne. Ses cheveux avaient été rasés autour du pansement et sa lèvre supérieure avait doublé de volume.

Je posai ma main sur la sienne et chuchotai :

– Nom de dieu, mon petit chat...

Son poignet remua et ses doigts serrèrent un instant les miens.

– Toi... tu vas bien? demanda-t-elle dans un souffle.

– Très bien, ma chérie, je vais bien. Ne parle pas. Repose-toi. Je veux simplement être là avec toi. Ça me suffit.

Alors je restai assis là en silence et au bout d'une minute, elle dit :

– Je peux... écouter, Mike. Je t'en prie, raconte-moi... ce qui s'est passé.

Je lui fis un récit édulcoré. Je ne parlai pas du tout des détails du meurtre et je donnai à entendre que c'était l'acte d'un fou, mais elle ne se laissa pas abuser.

Je sentais son pouls sous mes doigts. Il était régulier. Elle me pressa de nouveau la main.

– Il est entré... très vite. Il avait une main sur sa figure et... il levait l'autre... pour me frapper... Je n'ai pas vu sa figure, du tout.

Le souvenir ne l'avait pas énervée. Le pouls restait régulier, inchangé.

– Ça suffit, lui dis-je. Ne parle plus. Tu dois te reposer, mon lapin...

Mais elle insista.

– Mike...

– Qu'est-ce qu'il y a, mon petit chat ?

– Si la police... pose des questions...

Je devinais sa pensée. Dans son esprit, elle avait déjà mis l'affaire en dossier et la classait pour une action immédiate. Personne ne pourrait lui faire croire à l'histoire du fou en liberté. Nous étions trop proches l'un de l'autre, depuis trop longtemps, à présent elle pouvait lire dans mes pensées. Elle voulait que j'aie les coudées franches, même si pour cela elle devait servir de cible.

– Fais celle qui est trop malade, lui dis-je.

Tant qu'elle n'aurait pas fait de déposition, tout resterait en suspens. Elle était encore vivante et il était donc possible qu'elle ait vu l'assassin. Il ne pouvait se permettre aucun témoin, mais s'il essayait de l'éliminer, il deviendrait lui-même une cible facile. Désormais, la chambre d'hôpital serait solidement gardée. Le tueur allait devoir se donner un peu plus de mal.

Je crus voir le coin intact de sa bouche frémir et

esquisser un sourire et je sentis, de nouveau, la légère pression des doigts.

– Sois prudent...

Sa voix s'entendait à peine : elle retombait dans son sommeil.

– Je veux... te revoir.

Ses doigts se détendirent, sa main glissa de la mienne. Elle ne m'entendit pas répondre :

– Et moi aussi, je veux que tu reviennes, mon bébé.

Derrière la porte, le flic me demanda :

– Comment elle va?

– Elle tient le coup...

C'était un jeune, celui-là. Il avait encore la mine zélée. Il avait toute la fraîcheur de la jeunesse mais ses yeux me disaient qu'il avait arpenté pas mal de rues depuis qu'il était sorti de l'école de police.

– Est-ce que le capitaine Chambers vous a dit de quoi il s'agissait? lui demandai-je.

– Simplement que c'était du sérieux. Le reste, je l'ai su par le téléphone arabe.

– Ça va devenir encore plus dur. Ne minimisez pas ce que vous faites.

Il me fit un large sourire.

– Ne vous en faites pas, Mike, je ne suis pas encore blasé.

– A la bonne heure.

– Au fait...

– Quoi donc?

– Comment ça se fait que vous n'êtes jamais entré dans la police?

– Le roi Arthur n'a pas voulu se passer de moi.

– C'est vrai ça, dit-il en riant. J'oubliais que vous êtes le Chevalier Noir.

– Veillez bien sur ma petite fille. D'accord?

Son expression devint subitement très sérieuse.

– Vous pouvez compter sur moi, Mike.

En bas, une autre équipe arrivait pour prendre la relève, des figures jeunes en uniforme blanc pour remplacer la brigade épuisée qui avait subi une dure offensive durant le service de jour. Les internes paraissaient trop jeunes pour avoir leur doctorat mais ils avaient déjà les traits burinés par le métier. Un des partants était presque arrivé à la porte quand un haut-parleur caché l'arrêta net ; il se retourna, l'air incommensurablement fatigué, soupira et repartit dans le couloir.

Je fendis de petits groupes et me frayai un passage jusqu'à la sortie. La pluie avait cessé mais la nuit était moite, elle étouffait les bruits de la ville et tamisait l'éclairage des rues. Des nuits comme ça, c'est la plaie. Il n'y avait pas de taxi en vue et j'en avais au moins pour dix minutes à pied jusqu'à une station. Comme je n'avais pas le choix, je descendis les quelques marches jusqu'au trottoir. Derrière moi, deux internes envisageaient d'attendre une infirmière qui aurait une voiture; mais ils jugèrent qu'ils étaient trop fatigués et me suivirent, sur le trottoir opposé.

La nuit, les rues de ce quartier étaient bordées d'autos en stationnement, pare-chocs contre pare-chocs, si serrées qu'on se demandait comment elles arrivaient à se décoincer dans la matinée. Un petit malin avait braqué ses roues perpendiculairement au trottoir pour ne pas être poussé contre la voiture précédente, et je passai à côté comme un touriste du New Jersey avant de me rendre compte que ce n'était pas normal, que le léger grincement de la porte était tout à fait insolite, et c'est alors que tout explosa en même temps.

Par réflexe je plongeai de côté, et quelque chose chuchota au-dessus de ma tête. Et puis une paire de corps me tomba dessus, avec des poings qui me tapaient dans les reins et rebondissaient sur ma nuque. J'envoyai un grand coup de coude en arrière, je sentis des dents céder et mon crâne s'écrasa derrière moi sur le nez du type qui me maintenait. J'étais déséquilibré et avant que j'arrive à me servir de mes pieds, une autre paire de bras m'enlaça méchamment les jambes et me plaqua au sol; nous roulâmes tous sur le trottoir, avec moi en dessous de la pile. Mon 45 était toujours bien serré dans l'étui sous mon aisselle et je sentis une main se glisser sous ma veste pour me l'arracher.

Ce n'était pas une attaque de loubards. Une aiguille se planta dans ma hanche et, au bout de quelques secondes, je commençai à m'endormir. Quelqu'un jurait et crachait du sang derrière moi. Quand toutes mes forces m'eurent abandonné, les bras qui me retenaient prisonnier se relâchèrent et j'entendis un type déclarer qu'il voulait me faire sauter la cervelle à coups de pied, pour lui avoir cassé le nez.

Non, je n'étais pas au pays des rêves. Il y avait des bruits lointains et une sensation de mouvement. J'entendais des voix mais je ne savais pas ce qu'elles disaient. Et tout était noir. J'étais fatigué, je tombais de sommeil mais j'étais perdu tout seul dans les limbes.

Le temps lui-même ne signifiait plus rien. Je pouvais enregistrer son passage par la pulsation de mes élancements de douleur mais par aucun autre moyen. Alors je me résignai à laisser faire le temps en me disant que j'étais un foutu con de m'être fait prendre au piège comme ça. Je dis « merde » tout haut; mes oreilles l'entendirent, je soulevai vaguement mes paupières et relevai la tête.

– Il est réveillé, annonça quelqu'un.

Il n'y avait pour ainsi dire pas de lumière et elle

venait d'une faible petite ampoule, à une dizaine de mètres. J'étais ligoté sur une chaise, mes bras et mes jambes collés contre elle avec deux tours de corde me maintenant bien droit contre le dossier. C'était inutile de gaspiller mon énergie en tentant de me débattre. Ce boulot était l'œuvre de pros et j'en distinguais très vaguement un, devant moi, dont la figure n'était qu'une tache pâle. Il n'arrêtait pas de jurer tout bas et de cracher par terre.

Une main surgit de l'obscurité et me repoussa la tête en arrière. Le faisceau d'une petite torche électrique passa devant mes yeux et la voix déclara :

– L'effet s'est dissipé. Il est bien réveillé.

C'était une voix à accent, mais rien que je puisse identifier.

L'autre type parlait comme s'il avait un gros rhume, avec un chuchotement rauque. Il s'approcha mais sans que je puisse voir sa figure.

– Parle-nous de Penta, dit-il.

Il y a des moments où la grossièreté s'impose. Je répliquai :

– Va te faire mettre.

Sa main jaillit et je n'avais aucun moyen de bouger. Ce fut une bonne grosse gifle, assenée avec force, et je sentis un goût de sang dans ma bouche.

– Encore une fois, Hammer.

– Connard, dis-je.

La main me frappa, encore plus fort. Mon oreille en bourdonna tellement que j'entendis à peine l'autre voix qui bougonnait :

– Ça va comme ça. On n'a pas de temps à perdre à ces conneries.

– Laisse-moi simplement...

– Bordel ! T'as pas affaire à un enfant de Marie !

Les coups, c'est pas nouveau pour lui. File-lui le penthotal.

Je pensai que maintenant quelqu'un s'approcherait assez pour que je puisse le dévisager. Mais une serviette qui sentait l'huile de vidange me fut jetée sur la tête et puis on me retroussa la manche. Je sentis le froid du tampon d'alcool et une aiguille s'enfonça dans mon avant-bras.

Encore une fois, la réalité s'éloigna. Elle emporta toutes mes défenses mais je pouvais encore entendre et parler et même voir de la lumière à travers la serviette. Une petite partie de mon cerveau me disait que, si je luttais avec acharnement, je pourrais mentir malgré le sérum mais, d'un autre côté, pourquoi se donner la peine de mentir quand la vérité était si amusante?

Qui est Penta?
Je ne sais pas.
Où est Penta en ce moment?
Je ne sais pas.
Quand est-ce que tu as connu Penta?
Je ne connais pas de Penta.
Qui est Penta?
Je ne sais pas.

– Augmentons la dose, dit la première voix.

Je sentis encore une fois la piqûre. Il y eut un long silence, et les questions recommencèrent. Je donnai les mêmes réponses. C'était presque un plaisir d'en être capable.

Troisième piqûre et cette fois ils attendirent presque trop longtemps. Le sommeil me gagnait.

La voix reprit :

– Je suis Penta.

Seul mon cerveau rigola bêtement. Si je disais

qu'il ne l'était pas, j'avouerais que je connaissais Penta.

Ma langue répondit :

– Tant mieux pour toi.

– Tu travailles pour Penta?

Ils faisaient un nouvel effort.

– Je travaille... tout seul.

Les mots avaient bien du mal à sortir. L'enrhumé observa :

– Il s'en va.

– Eh bien alors, c'est râpé, lui dit son collègue.

– Tu crois qu'il faisait semblant?

– Je ne vois pas comment il pourrait.

Les sons étaient maintenant trop confus et je me sentis un peu secoué, et puis le sommeil vint, accompagné de bizarres rêves chimiques, incohérents, qui n'avaient ni sens ni substance, qui s'enfuyaient dans tous les azimuts comme des éventails de balles traçantes dans la nuit.

Le réveil fut lent, progressif, par paliers. Je restai sans bouger jusqu'à ce que mes idées s'éclaircissent, en essayant de me rappeler ce qui avait précédé la singulière stupeur où j'étais plongé. Enfin, la porte mentale s'ouvrit et tout apparut, pas totalement clair mais discernable.

Les cordes qui me maintenaient contre le dossier avaient été relâchées, en laissant juste assez de tension pour que je ne tombe pas de la chaise. Je m'en débarrassai et me levai. Je ne tenais pas très bien sur mes jambes, alors je restai là une minute.

Plus aucune drogue ne me brouillait l'esprit et j'y voyais mieux qu'avant, à la lumière de la faible ampoule. Je me trouvais dans une espèce de garage, avec une odeur de graisse et d'essence, entouré de machines. Mon chapeau était par terre, à mes pieds. A côté de lui, mon 45.

Je n'eus aucun mal à me baisser. Pour me redresser, ce fut une autre affaire. Je remis le 45 dans son étui et j'époussetai mon chapeau.

Non, ce n'était pas une attaque de loubards. C'était aussi loin d'une attaque de loubards que ça pouvait l'être. J'avais encore l'argent dans mon portefeuille. Un regard à ma montre m'apprit qu'il était quatre heures et quart.

De l'autre côté de la lumière, il y avait une immense porte coulissante avec une porte normale encastrée. Je tournai le bouton, tirai sur le battant et sortis dans la rue. Une enseigne artisanale, au-dessus de la porte, annonçait en lettres délavées : SMILEY'S AUTOMOTIVE. Je marchai lentement jusqu'au coin, vis où j'étais, traversai et longeai un long bloc d'immeubles vers une zone bien éclairée, où j'attendis cinq bonnes minutes avant qu'un taxi se présente.

Les yeux du chauffeur croisèrent les miens dans le rétroviseur.

– Ça va, mon vieux?

– Ouais. La nuit a été plutôt rude...

Je lui donnai mon adresse et fermai les yeux.

Pat m'examina avec un profond dégoût et enfonça les mains dans ses poches.

– Qu'est-ce que c'est encore que ces conneries, Mike? Tu laisses passer dix heures avant de me raconter ce qui s'est passé. Tu te figures qu'on n'aurait pas réagi tout de suite?

– C'étaient des pros.

– Les pros peuvent laisser des traces, me rappela-t-il.

– Qu'est-ce que vous avez trouvé?

– Bon, d'accord, rien d'important. La chaise, les cordes, quelqu'un a craché du sang par terre. Groupe O positif.

– C'est celui de la moitié de la population, marmonnai-je. Il y a au moins quelqu'un avec les dents de travers et un autre zigoto avec le nez cassé et probablement une superbe paire de coquards. Tu n'as rien tiré d'autre du propriétaire ?

– Que dalle; voilà ce qu'on a tiré. Smiley est installé là depuis plus de vingt ans. Pendant la morte-saison, il boucle tout et s'en va aux courtines. Jouer les petits chevaux, c'est son seul vice.

– Ce n'est pas le quartier idéal pour laisser son entreprise toute seule.

– Qu'est-ce qu'il y a à voler ? Deux presses hydrauliques pour redresser des châssis ? Et d'abord, où est-ce que tu veux en venir ?

– Les types qui m'ont enlevé savaient que le garage serait vide.

– Et après ? Y a deux autres boîtes dans la rue qui sont vides aussi... On aura peut-être un coup de pot et on tombera sur un édenté ou un nez cassé avec des traces de graisse sur ses semelles, qu'on pourra identifier.

– Te fatigue pas. Ils ont dû penser à ça aussi.

– Pourquoi ne répondais-tu pas au téléphone ?

– Parce que j'étais crevé. J'étais pas en état de faire quoi que ce soit.

– Quand ces internes ont appelé le 911, tu as été identifié en un quart d'heure. Toutes nos voitures patrouillaient à ta recherche.

– Et la bagnole dans laquelle ils m'ont jeté ?

– Une Mercedes noire. Dernier modèle mais personne n'a relevé le numéro. Un interne dit qu'un des feux rouges arrière était éteint. Jusqu'à présent, on ne l'a pas retrouvée.

– Alors qu'est-ce que tu as à râler? lui demandaije. Je suis là, il n'est rien arrivé et nous savons que quelqu'un d'autre cherche aussi ce Penta.

Pat poussa à nouveau un de ses gros soupirs réconfortants, se calma et me dit :

– Nous avons tous les renseignements sur feu Anthony DiCica.

– Ah?

– Tu peux oublier ces délits mineurs à New York. Il se révèle que DiCica était un exécuteur qui travaillait pour le gang de New York. Il était soupçonné de quatre homicides, n'a jamais été arrêté pour ça et s'est taillé une belle réputation de travailleur consciencieux.

– Alors, comment est-ce qu'il est devenu livreur?

– Simple. Quelqu'un lui a fracturé le crâne dans une bagarre de rue et son cerveau s'est tout démaillé. Il a passé sept mois à l'hôpital et il en est sorti avec des facultés mentales sérieusement diminuées.

– Qui s'est occupé de lui?

– Personne. Il se rappelait très peu de chose de son passé mais il pouvait faire des boulots pas compliqués. Ça faisait un an qu'il était employé par ton imprimeur. L'hôpital ne pouvait faire autrement que de le laisser partir.

– Et quelle est la chute de l'histoire, Pat?

– Il a pu se faire des ennemis. Quelqu'un l'aura vu et lui aura fait son affaire.

– Dans mon bureau?

– Quelqu'un qui nourrissait une haine assez terrible pour le mettre en pièces comme il l'a été ne devait déjà pas trop bien raisonner. Il l'a pris où et quand il a pu. Le hasard a voulu que ce soit dans ton bureau. Il l'a aperçu. Il l'a suivi. Si ton client inconnu s'est pointé ensuite, toute cette activité a dû lui faire prendre ses jambes à son cou.

Je réfléchis pendant une minute. Il y avait encore le « marcheur » que Maria Escalante avait vu, mais pour le moment, celui-là, je me le gardais.

– Mais pourquoi est-ce que j'ai été enlevé, alors? Personne ne me voulait. Ils voulaient Penta.

Un inspecteur entra, remit à Pat une épaisse chemise et s'en alla. Pat ouvrit le dossier, fit la grimace, puis il alla fermer la porte du bureau, étouffant le bruit confus.

– Mike, tu te rappelles Ray Wilson?

– Oui, bien sûr, le vieux type des services de renseignements.

– Depuis deux jours, il a Penta sur les ordinateurs, avec Washington. En général, nous recevons une réponse quelconque dans un laps de temps raisonnablement bref. Avec Penta, il n'y a que des retards et des références à d'autres services et départements.

– Qu'est-ce que ça veut dire, ça?

– Probablement rien, reconnut Pat. Ray a l'air de penser que lorsque Penta a été mentionné, un voyant a clignoté quelque part le long de la filière. Quand ça se produit, c'est que nous sommes sur quelque chose d'assez épineux.

Je laissai échapper un rire.

– Et je vois d'ici ce qui va te tomber sur le poil si on apprend que nous avons ces grandes conversations d'homme à homme! dis-je, et je regardai de tous côtés. Tu n'as pas de micros clandestins, chez toi?

Il parut surpris, pendant une seconde, puis il rit aussi.

– Va te faire foutre, crétin! Tu es *mon* pigeon et je te tiens.

– Belle histoire. N'en change pas, répliquai-je, et je regardai ma montre; pas loin de quatre heures. C'est quand, le prochain briefing?

– Comme qui dirait tout de suite. On y va.

Cette fois, la Princesse Glaçon portait un fourreau d'un bleu frais, dont le tissu avait l'air de la caresser à chacun de ses mouvements. Elle le savait et ses gestes étaient magnifiquement orchestrés pour son public. La réaction de ce dernier était tout aussi soigneusement calculée, comme si ces hommes étaient totalement ignorants du fait que cette femme vibrante était une des leurs. Ils nous virent entrer mais ne s'arrêtèrent de parler que lorsque nous fûmes assez près pour entendre leurs propos.

Pat indiqua la table.

– Asseyons-nous, voulez-vous?

Cette fois, je ne cherchai pas à finasser avec ma chaise. Je pris place en face de Jerome Coleman et quand il fut prêt, il désigna de la tête l'homme à côté de lui et dit :

– Voici Frank Carmody et son assistant Phillip Smith, tous deux du F.B.I. A ma droite. M. Bennett Bradley, représentant le Département d'État, et son assistant spécial de la C.I.A., M. Lewis Ferguson.

C'est drôle comme les flics ressemblent à des flics. Quand ce sont des fédéraux, ils ont les mêmes vêtements, la même coupe de cheveux et les mêmes attitudes physiques. Il y avait de petites différences, dans la couleur et la coupe de leurs costumes, mais à peine perceptibles. Ils avaient tous un peu plus de quarante ans et allaient probablement chez le même coiffeur qui les coiffait dans le style comme-il-faut et les rasait de près.

Bradley, au moins, le type des Affaires étrangères, était différent. Il portait un costume gris clair, une cravate rouge et il arborait une moustache, qui avait plus de poils qu'il ne restait de cheveux sur sa tête. Comme Yul Brynner, il se rasait la nuque pour plus de commodité. Mais il faisait quand même très Département d'État, il avait une attitude bureaucratique d'intégrité blasée et paraissait pressé d'en finir avec cette réunion.

Pat nous présenta :

– Je suis le capitaine Chambers et voici Michael Hammer. Je crois que vous avez quelques questions à lui poser.

Je levai la main avant qu'ils puissent parler.

– Il y a là un singulier rapport inter-agences. La collaboration entre le F.B.I. et la C.I.A. est une rareté. Sans parler du Département d'État. J'ai besoin d'un avocat, ici?

La Princesse Glaçon déclara :

– Vous ne courez aucun danger, monsieur Hammer.

– Mes licences sont intactes, je présume?

– Pour le moment.

Il n'y avait pas la moindre inflexion dans sa voix. Je fis un geste vague et me radossai.

Carmody prit la parole le premier.

– Nous voulons tout savoir de Penta, monsieur Hammer.

– Comme tout le monde, lui répondis-je.

– Oui. Nous avons lu la déposition que vous avez faite au capitaine Chambers. Les témoins de l'hôpital ont vu les assaillants, ont assisté à votre enlèvement et nous savons ce que vous avez dit.

– Où voulez-vous en venir?

Ce fut Bennett Bradley, du Département d'État, qui prit la relève :

– Monsieur Hammer. Quand votre nom est apparu dans cette affaire, je me suis souvenu de l'avoir déjà entendu. Après une petite enquête, j'ai ouvert un dossier qui était d'une lecture intéressante.

Pat grommela :

– Tout ce qu'il fait est intéressant.

Bradley enchaîna sans faire attention à lui :

– Vous avez témoigné lors d'un procès quant à l'inexactitude possible du test au polygraphe. Vous avez même fait une démonstration, en employant un opérateur autorisé de cette méthode, et vous avez réussi à mentir sans être détecté.

– Il y en a eu deux autres, qui ont fait la même chose, monsieur Bradley. Si on sait s'y prendre, c'est un petit truc qui n'a rien de sorcier.

– Dans cette affaire-là, l'accusation a perdu, puis-je ajouter.

– Eh bien, elle a perdu, dis-je. Quel rapport avec aujourd'hui ?

– Pourriez-vous recommencer après une piqûre de penthotal ?

Ils jouaient avec moi, maintenant. Ils commençaient à m'énerver.

– Je suppose qu'avec ça aussi, il doit y avoir un truc.

Ils m'observèrent tous, attendant la suite.

– Pourquoi êtes-vous si intéressés à la capture de ce cinglé ? demandai-je.

Ce fut Lewis Ferguson qui regarda Pat, pour avoir son feu vert. Pat hocha légèrement la tête, alors il se lança :

– Celui-ci, ce... Penta, a assassiné un de nos hommes. Vous semblez être assez... familiarisé avec les services de police pour comprendre ce que nous éprouvons dans ces cas-là.

– Je sais ce qu'éprouvent les flics.

– Nous ne sommes pas différents.

– Les flics n'ont pas le Département d'État pour les soutenir.

Bradley me sourit énigmatiquement. Ces types des Affaires étrangères avaient quelque chose, je ne sais quoi, qui me donnait envie de leur envoyer mon poing dans les gencives.

– Cet agent qui a été tué possédait de très précieux renseignements. S'il les a donnés avant de mourir, la sécurité des États-Unis est compromise.

– Ah, je vous en prie ! Ça fait un million de fois que j'entends ce coup de la sécurité nationale compromise. Qu'est-ce qu'un type seul pourrait transporter qui nous détruirait ? Vous savez bien que personne ne peut se permettre de faire péter des bombes atomiques à droite ct à gauche et vivre assez longtemps pour s'en vanter. Alors comment sommes-nous compromis ?

– Je ne parle pas des grandes puissances, monsieur Hammer. Certaines nations du tiers monde ont des capacités nucléaires dont personne ne parle. Il se peut qu'elles n'aient pas la même attitude morale que nous.

– Alors pourquoi tuer votre agent ?

– Parce qu'il savait quel pays a l'intention de faire voler le premier oiseau. Il était sur le point de transmettre ce renseignement.

– Ah merde ! m'exclamai-je. Et moi qui vous trouvais si altruiste à propos de la mort de votre agent ! Eh ben voilà, ça commence à sortir, on dirait.

– Monsieur Hammer, dit Ferguson, avez-vous menti à vos ravisseurs au sujet de Penta ?

Je haussai vaguement les épaules. C'était une meilleure réponse que des mots. Finalement, je leur dis :

– Je ne sais pas. J'étais drogué.

Ils furent très polis et me remercièrent. La Princesse Glaçon me regarda, avec des yeux aussi frais que sa robe. Elle se tourna, imperceptiblement, et son décolleté bâilla juste assez pour me montrer la rondeur de ses seins, d'un blanc de neige à côté du bleu glacier. Je ne cherchai pas à dissimuler mon appréciation et lui laissai voir le bord de mes dents sous un sourire.

Pat et moi échangeâmes un coup d'œil, dans la pièce vide, et il me demanda :

– Tu veux du café ?

– Naturellement. Tu crois qu'on pourra obtenir que Ray Wilson marche avec nous ?

– Il est toujours heureux de marcher dans des coups, m'assura Pat, en repoussant sa chaise. Mais pourquoi tu le veux ?

– Tu m'as rappelé qu'il a fait partie de l'Intelligence Unit.

– Pendant quatorze ans.

– C'est pas lui qui a dirigé les opérations quand Kadhafi a menacé d'attaquer personnellement Reagan ?

– Il était à la tête du P.C. de New York. Incidemment, il est notre agent de liaison avec certains homologues internationaux... Pourquoi ?

– Il pourrait peut-être m'éclairer sur quelques points.

– Génial ! Et ne viens pas me dire que la belle police de New York ne se casse pas le cul pour faire le bonheur du grand public.

– Je te rappelle que je paie mes impôts, protestai-je.

– N'oublie pas ta taxe professionnelle.

– Jamais ! répliquai-je en riant. Bon, alors ? On descend ensemble ou chacun à son tour ?

Pat secoua comiquement la tête.

– Depuis le temps, ce service a renoncé à nous comprendre, toi et moi.

– Pas le bureau du D.A., on dirait.

– Oh, ceux-là ! Ils vont et ils viennent, à chaque élection. Mais ne sous-estime pas Candace Amory.

– Mmmm... Princesse Glaçon.

– Ouais, celle-là.

– Elle va dîner avec moi, déclarai-je.

– Déconne pas ! répliqua-t-il, mais il parut surpris quand même. C'est arrivé quand ?

– Dès que je le lui demanderai, bébé.

Ray Wilson était déjà à une table quand nous arrivâmes au snack, un sandwich au salami et une tasse à café vide devant lui.

– Pouvais pas vous attendre, expliqua-t-il. Café ?

Nous acceptâmes tous les deux et il leva deux doigts. Avant même que nous soyons installés, le garçon avait posé les cafés. Le vieux flic retourna à son sandwich, mordit dedans et déclara :

– Plus personne ne m'invite à moins de vouloir quelque chose de moi.

– Et les femmes ? suggérai-je.

– Oh là là, elles ! Si elles veulent quelque chose ? Mon appartement, mon salaire, ma retraite.

– Simplement parce que vous êtes beau gosse ?

– Jeune homme, dit-il avec un clin d'œil, je ne suis peut-être pas un jeune premier mais j'ai de quoi plaire. Bien dressé, connais tous les trucs... Mais ce n'est pas ce que vous avez envie de savoir. Alors ? Qu'est-ce qui se passe ?

– Mike a réfléchi, dit Pat.

Le vieil agent hocha la tête et attendit la suite.

– Vous êtes au courant que je me suis fait agresser ? Je veux dire comme il faut ?

– Pat m'a raconté, répondit-il négligemment.

– Deux des types m'ont interrogé sur Penta. Ils

avaient un accent mais sur le moment j'étais plutôt groggy après la piqûre qu'ils m'avaient faite et je n'ai même pas essayé de l'identifier. Mais maintenant, quand je pense aux inflexions, il est évident que c'était du bidon. Un accent fabriqué.

– Et alors?

Mon café était trop chaud. Je n'en pris qu'une petite gorgée.

– Qu'est-ce que vous pensez de Penta?

Wilson regarda Pat qui lui donna le feu vert d'un geste des deux mains.

– Je présume que ce que vous voulez savoir, c'est si les types qui vous ont enlevé étaient d'un service du gouvernement?

– Tout juste.

– Pourquoi?

– Leurs méthodes. Leur attitude. Tout cela était assez bien structuré.

– Vous savez, Mike, même une bande de loubes aurait pu faire ce coup-là.

– Est-ce que des loubards s'intéresseraient à Penta?

Pat leva une main et intervint :

– Supposons qu'en qualité de tueur du gang, DiCica croyait avoir tué Penta et qu'il se gourait. Il courait toujours le risque de se faire buter.

– Et qu'est-ce que je fous là-dedans, moi? lui demandai-je.

– Toi, tu es en plein milieu, mon bonhomme, en plein dans le merdier. Si tu savais quoi que ce soit sur Penta, ils voulaient le savoir.

– Bon, et pourquoi est-ce qu'ils ont laissé mon pistolet à côté de moi par terre? Un loubard s'en va pas en laissant traîner un outil pareil.

Wilson laissa échapper un petit rire ironique.

– A en juger par les outils que nous ramassons dans la rue, personne ne veut d'une antiquité, d'un

45 comme le vôtre. De nos jours, les truands penchent plutôt pour les Uzi, les 357 Magnum, des trucs dont on ne peut pas retrouver la trace. Une arme déclarée, comme votre colt, ça n'attire que des emmerdes.

– D'accord, reconnus-je. Mais s'ils faisaient bien partie d'un service du gouvernement, ça collerait quand même.

– C'est vrai.

Wilson finit son sandwich, essuya ses doigts sur sa serviette et alluma une cigarette.

– Tout ce que vous voulez, c'est mon opinion?

– C'est tout.

– O.K., c'étaient pas des truands. Ils sont bien renseignés. Ils étaient au courant pour l'hôpital, leur voiture était garée au bon endroit, en position pour une fuite immédiate. C'est facile de se procurer du penthotal ou un tranquillisant à action rapide, mais l'utilisation du garage de Smiley prouve qu'ils étaient bien informés. Et autre chose : vous avez esquinté deux de leurs hommes, et pourtant personne n'a exercé de représailles contre vous. Ça, c'est l'attitude de vrais professionnels.

Il s'interrompit, le temps de tirer sur sa cigarette et de contempler les volutes de fumée qui s'échappaient vers le plafond.

– Donc, c'étaient des agents du gouvernement?

– Je n'ai pas dit de quel gouvernement. Ni quel service, me fit-il calmement observer. D'ailleurs, tout ce que vous voulez, c'est une opinion.

– Il y a des troupes du F.B.I. et de la C.I.A. qui cherchaient la même chose, il y a une heure.

– Carmody et Ferguson, dit-il.

– Précisément.

– De vieilles barbouzes. Je les connais. Des braves gars, bons agents, mais sans imagination. Ils ont pas mal travaillé à l'époque des Black Panthers. Par la suite, Ferguson a passé beaucoup de temps outre-mer à réparer certaines conneries qu'on avait faites.

– Vous êtes drôlement au courant, Ray.

Il fit un clin d'œil à Pat.

– Coopération inter-départements, on appelle ça.

Je prenais maintenant mon temps pour boire mon café. Quand la tasse fut vide, je la posai. De petites choses commençaient à se faire jour.

– Et Bradley, qu'est-ce qu'il fait là-dedans?

– C'est un médiateur du Département d'État.

– A quel niveau?

– Ça, je ne sais pas. Il vient de passer six mois en Angleterre et il a été rappelé ici il y a trois semaines.

Il devait bien y avoir un rapport quelque part.

– Penta commence à avoir un parfum international.

– Pas nécessairement, me dit Wilson. Le Département d'État pourrait bien intervenir uniquement pour protéger une de ses sources. Washington devient plutôt chatouilleux au sujet des contacts qu'on fait travailler.

– Comme Pat me fait travailler?

Wilson marmonna quelques mots inintelligibles.

– Ouais.

– Alors qui est ce Penta? insistai-je.

– Et pourquoi l'as-tu tué? demanda Pat. Et comme je lui jetais un regard noir, il ajouta : Ce billet veut dire quelque chose, bon dieu!

– Pas si c'est à DiCica qu'on en voulait. Dans ce cas-là, vous n'auriez qu'un bon vieux crime banal et non je ne sais quel complot.

Je me levai et jetai un dollar sur la table pour mon café.

– Je suis sûr que ce billet est important, insista Pat. Comment expliques-tu la phrase : « Tu meurs pour m'avoir tué ? »

– Facile, dis-je.

Tous deux me regardèrent.

– Quelqu'un lui a collé le sida.

Le regard de Pat durcit et je levai la main avant qu'il ait le temps de faire une réflexion.

– Mais c'est pas moi, mon pote.

Je crus que le petit bonhomme bizarrement vêtu qui s'approchait de moi en traînant les pieds était un mendigot. Quand je refermai la portière du taxi, il me regarda de près, la bouche tordue par un sourire, et me dit :

– Vous vous souvenez de moi ? Je suis Ambrose.

– Ambrose comment ?

– Combien de types vous connaissez, avec un nom comme ça : De chez Charlie le Grec.

Je me le rappelai, alors, derrière un balai-brosse et une serpillière, essuyant de la bière renversée par terre. On l'appelait Ambie à cette époque.

Il ajouta :

– Charlie a dit comme ça que vous l'appeliez.

– Pourquoi ?

– Allez savoir. Il m'a juste dit de vous dire ça. Et que le plus tôt sera le mieux. C'est important.

Je lui dis d'accord, lui allongeai deux dollars et le regardai s'éloigner de sa démarche de canard. Une fois chez moi, je pris l'annuaire, trouvai le numéro du Grec et appelai Charlie. De sa voix rocailleuse, il commença par m'incendier parce que je n'étais pas passé chez lui depuis six mois et quand il eut fini, il me dit :

– Y a là un monsieur qui voudrait vous causer, Mike.

Charlie était un type d'un autre temps. Quand il disait *un Monsieur*, c'était avec une majuscule, des guillemets et imprimé en rouge. Tout « Monsieur » devait être un personnage dans la hiérarchie aboutissant aux avenues singulières de ce qu'ils refusent d'appeler le crime organisé. Charlie n'en faisait pas partie; il n'était qu'un instrument commode de l'appareil de la pègre.

– Il a un nom, Charlie?

– Ouais. Probable. Mais je ne le connais pas.

– Quelles conditions?

– Ben, disons, ce soir. Vous pouvez venir ici ce soir?

– Vous savez l'heure qu'il est?

– Tard, mais vous n'êtes pas couché.

– Il est là en ce moment?

– J'ai un numéro où appeler. Il peut être là en dix minutes.

Je regardai l'heure.

– D'accord, donnez-m'en trente. Vous pensez que je dois me faire accompagner?

– Nan. Ce type est net.

– Dites-lui de s'asseoir au bar.

– Ça roule, Mike.

La boîte du Grec n'était qu'un vieux saloon vétuste dans un quartier promis aux démolisseurs. La moitié des immeubles étaient abandonnés, mais le bar de Charlie faisait l'angle, il avait une clientèle d'habitués et beaucoup de passage dans la journée. Les après-midi entre quatre et sept la clique gay s'en emparait, puis tout ce joli monde s'en allait subitement et la boîte retournait à la norme cradingue.

Deux vieilles bonnes femmes buvaient de la bière au bout du comptoir et, bien au milieu, un monsieur corpulent d'un certain âge, en costume foncé, tenait dans sa main un whisky-soda. Ses yeux me cueillirent dans le long miroir, dès que j'entrai, et les présentations furent superflues. Il fit signe à Charlie. Je dis :

– Canadian Club et ginger ale.

Sur quoi, nous prîmes nos verres et allâmes nous asseoir à une table du fond.

– Je vous remercie d'être venu, me dit-il.

– Ce n'est rien. Qu'est-ce qui se passe?

– Certaines personnes s'intéressent à la mort de Tony DiCica.

– Un assez vilain sujet de conversation. Vous savez ce qui lui est arrivé?

Il hocha la tête et marmonna :

– Dur, dur.

– Ouais. Il a vraiment salopé mon bureau. Mais ce n'est pas ce que vous voulez savoir.

Son regard fit le tour de la salle. Puis il but une petite gorgée de whisky.

– Vous et cet officier de police, vous avez perquisitionné chez lui.

– Exact.

– Vous avez trouvé quelque chose?

– Un chargeur d'automatique, plein, mais pas d'automatique, aucune arme. Tout ce qu'il avait, c'était une vieille boîte à outils.

– Vous me répondez du tac au tac, jeune homme.

– Les réponses négatives sont faciles à donner.

– Cet appartement a vraiment été fouillé?

Je poussai mon verre de côté. Je n'y avais toujours pas goûté.

– Nous n'avons rien démoli. Qu'est-ce que nous aurions dû trouver?

Il me considéra longuement, sérieusement, puis laissa voir un petit sourire.

– Vous l'auriez su.

A présent, je goûtai mon whisky. Charlie m'en avait servi un double et je ne fis qu'y tremper les lèvres. Le type en face de moi m'observait avec curiosité. Finalement, je lui dis :

– Mettons tout de suite les choses au point. Vous et vos copains, vous vous foutez éperdument de savoir qui a buté Tony.

– On s'en fout totalement.

– N'exagérons rien. Vous voulez dire, à *moins* qu'il ait obtenu de Tony ce que vous cherchez.

Après un instant de réflexion, il le reconnut.

– Quelque chose comme ça.

– Vous savez, je me contrefous de ce que Tony cachait. Le type qui l'a tué l'a pris pour moi, et là, en revanche, je ne me fous pas du tout de savoir qui c'était.

– Certaines personnes ne verront pas les choses comme ça, me répliqua-t-il. Et à moins qu'elles ne soient pleinement satisfaites, vous allez avoir un problème.

– Il y a une sacrée faille dans votre raisonnement, mon petit père. Tony était lâché dans la nature depuis longtemps. S'il détenait quelque chose, pourquoi est-ce qu'on ne le lui a pas soutiré quand il était en vie ?

– Vous connaissez l'histoire de Tony ?

– Je la connais.

– Si vous devinez la réponse, je vous dirai si c'est la bonne.

Mais quoi ! Il ne pouvait y en avoir qu'une :

– Tony possédait quelque chose qui pouvait faire pendre quelqu'un. *(Le type continuait de m'observer.)* Il souffrait d'amnésie définitive depuis qu'il avait eu le crâne fracturé et il ne se souvenait plus qu'il l'avait ni où il l'avait mis. *(Les yeux ne quittaient pas les miens.)*

L'histoire commençait à prendre corps.

– Tout dernièrement, il a dit ou fait quelque chose qui pouvait indiquer un retour de la mémoire.

Les yeux se plissèrent un peu et je compris que j'étais tombé juste.

Après avoir vidé son verre, en deux gorgées rapides, il le fit tourner entre ses doigts pendant un moment.

– Ça s'est su le jour où il a été tué. Une semaine avant, il a subitement reconnu quelqu'un qu'*on* avait laissé près de lui, et il l'a appelé par son nom.

– Et puis il est retombé dans son amnésie ?

– Personne n'en sait rien.

– Ne me dites pas qu'on n'a jamais visité son appartement !

– Deux fois. Sans rien trouver du tout. Si on avait démoli quelque chose, il aurait pu paniquer. Il vivait après tout dans un monde entièrement nouveau. S'il était resté dedans, et si ce qu'il détenait était resté avec lui, tout aurait été O.K. Mais il en est sorti.

Je commençais à voir où il voulait en venir.

– Et vous pensez que quelqu'un d'autre le surveillait aussi, attendait qu'il émerge de son amnésie.

Il se contenta de me regarder, sans un mot.

– Quel rôle jouez-vous là-dedans ? lui demandai-je.

– Vous savez que vous avez une sacrée réputation, Mike ?

– Et alors ?

– Vous avez les mains dans toutes sortes de merdiers. Vous êtes comme cul et chemise avec les mecs propres et vous fréquentez tout aussi facilement les crasseux. Personne n'aime à vous chercher des crosses parce que vous avez remis quelques pendules à l'heure avec votre foutu canon et vous avez des potes à Pouletville, là où ça compte. Alors vous êtes exactement le genre de mec chez qui Tony DiCica cavalerait avec une histoire qui lui permettrait de garder une tête sur ses épaules.

– C'est dingue, déclarai-je.

– Pas tant que ça. Il était déjà allé trois fois à votre bureau.

– Pour l'imprimeur. C'est ma secrétaire qui s'en occupait.

– Que vous dites! Il aurait pu venir discuter de ses propres affaires.

– Jamais de la vie!

– Vous pouvez prouver le contraire?

Je réfléchis une seconde.

– Non.

– Le jour où il a été tué, il était venu mettre au point quelque chose avec vous. Avant votre arrivée, quelqu'un d'autre est passé à l'action et a fait le boulot, pensant s'en aller avec l'information. Tony ne l'avait pas, mais il aurait sûrement parlé quand on lui coupait les doigts.

Cette histoire me collait vraiment à la peau.

– Bon, et quel est mon rôle, à moi?

– Il est votre client, monsieur Hammer. Il vous a tout dit en échange d'un plan d'évasion que vous deviez lui fournir.

– Tout ça, c'est un ramassis de conneries et vous le savez très bien.

Un geste de ses mains signifia que cela n'y changeait rien.

– Voyez-vous, pour certaines personnes, vous serez dans le coup jusqu'à ce qu'elles jugent que vous êtes dédouané. L'information que possédait

Tony peut valoir énormément d'argent et causer énormément de morts. D'une manière ou d'une autre, ils tiennent à la récupérer.

– Qu'est-ce qui se passe si les flics la trouvent les premiers ?

– Personne ne compte vraiment là-dessus, déclara-t-il, et il releva sa manchette pour regarder sa montre. Si le tueur n'a pas obtenu cette info de Tony, il va penser comme les autres... que c'est vous qui l'avez ou que vous savez où elle est.

J'avalai une dernière gorgée et me levai :

– J'ai l'impression que tout le monde veut ma mort.

– Certaines personnes vous accordent au moins quelques jours de grâce, avant de prendre une décision.

Je sentis mes lèvres s'étirer sur une colère rentrée, et je savais que ce sourire n'était pas joli à voir. Je dégainai le 45, regardai ses yeux devenir fixes, le temps que je fasse sauter le chargeur pour en retirer une balle. Que je lui donnai.

– Vous leur remettrez ça, lui dis-je.

– Qu'est-ce que ça veut dire ?

– Ils comprendront, assurai-je.

4

JE m'étais souvent demandé comment Petey Benson obtenait ses informations. Le téléphone était son copain et les taxis ses alliés. Il avait l'air de ne connaître personne. Pourtant il connaissait tout le monde. Par deux fois, au cours des dernières années, ses révélations avaient bouleversé le gouvernement et fait sauter deux ministres; sa révélation d'une opération de Wall Street avait failli mettre une grande banque en faillite. Le crime n'était pas son domaine, mais les magouilles tortueuses l'étaient. Quand il démolissait les machinations complexes des gens au pouvoir, il était carrément radieux.

Nous nous retrouvâmes devant le Plaza et nous engouffrâmes dans le bar. A cette heure, il n'y avait que deux autres clients, à l'autre extrémité, plongés dans leurs propres affaires. Petey me glissa une enveloppe; j'en retirai deux feuillets manuscrits et une photocopie.

– Tu bois quelque chose? me demanda-t-il.

Je voulais lire les notes mais je répondis :

– C.C.-ginger.

Ce qu'il avait griffonné, c'étaient les points sensibles de la bio de Candace Amory. Sa famille était de cette espèce redoutable qui pond un brûlant génie dans l'arène politique une génération sur deux et sème en chemin d'autres lumières moins flamboyantes. Aucun de ces Amory n'avait atteint les sommets parce qu'ils étaient tous assez malins pour rester en coulisse et tirer les ficelles du pouvoir. Dans sa propre famille, Candace Amory exaspérait tout le monde, mais restait apparemment contrôlable.

C'était la photocopie qui expliquait tout. Petey avait vidé son verre, alors je poussai le mien vers lui.

– Où tu as eu ça? lui demandai-je.

– Secret professionnel.

Ce que j'avais entre les mains était un essai écrit par la Princesse Glaçon. C'était un exposé si direct, si concis, un plan d'action si précis que je ne doutai pas un instant que Mlle Amory le respecterait. La jeune Candace promettait qu'elle serait district attorney de la ville de New York, qu'elle serait ensuite gouverneur de cet État et irait de là à la présidence des États-Unis.

Si elle n'était pas déjà arrivée au bureau du D. A. et ne s'était insinuée dans une affaire spectaculaire de première classe, j'aurais dit que ce n'étaient là que les élucubrations et fantasmes de la jeunesse inexpérimentée.

Mais c'était « pour de vrai ».

– Mets-moi au parfum, Petey. Ces trucs-là ne traînent pas n'importe où. Où est-ce que tu as dégotté ce papier?

– Paie-moi un autre verre.

Je lui payai un autre verre.

– Tu n'as pas encore deviné?

– Je ne suis qu'un con de détective.

– Tu es passé par l'université, Mike?

– Bien sûr. Pourquoi?

– On te fait faire un essai sur toi-même, ça fait partie de ta demande d'admission.

– Ah merde ! Dis donc, t'en rates pas une, toi ! Et on te l'a remis, aussi sec ?

Tout en portant à ses lèvres le nouveau verre il m'avoua :

– Non, je l'ai volé. Ça, tu vois, c'est des choses que je sais faire. Ça t'est utile ?

– Ça me donne un petit avantage.

– Il t'en faudra plus que ça si tu veux jouer au plus fin avec cette dame.

– Ma foi, pas de sang, pas de gloire, dis-je en fouillant dans ma poche pour chercher de la monnaie. Tu n'aurais pas son numéro de téléphone, par hasard ?

Il me dit si, bien sûr, et me le donna en me rappelant qu'elle ne figurait pas dans l'annuaire. Autant pour le mur de la vie privée.

– Et tu lui téléphones pour quoi ?

– Je vais l'inviter à dîner.

– Ça va pas, non ? C'est déjà l'heure du souper. Les femmes ne marchent pas à ce genre d'approche.

– Celle-ci pourrait.

J'allai à la cabine téléphonique et appelai la dame. Elle me dit qu'elle n'avait rien de mieux à faire et qu'elle me verrait au Four Seasons. Je lui répliquai qu'elle me retrouverait au Pub de la Cinquante-Septième Rue, puisque c'était moi qui invitais. Elle jugea bon de ne pas discuter. J'avais mon rendez-vous.

– Alors ? me demanda Petey.

Je jetai un coup d'œil à ma montre.

– Je la verrai dans une demi-heure.

Il en resta bouche bée.

– Bon dieu, comment t'as fait ?

– Pour paraphraser un vieux copain, ça c'est des choses que je sais faire.

Ce que je ne lui révélai pas, c'était que je savais qu'elle attendait mon coup de fil depuis qu'elle avait fait sa petite exhibition de nichons.

L'Irlandais qui tenait le Pub m'accueillit à bras ouverts, me réserva une table dans le fond et posa une Miller Lite sur le bar pendant que j'attendais. J'étais en avance parce que je savais qu'elle le serait. Toute personne visant la Maison-Blanche se doit d'être en avance.

Elle me sourit dès son entrée et je lui dis :

– Bonsoir, mademoiselle Amory.

– Bonsoir, monsieur Hammer. Suis-je à l'heure ?

– Pile à l'heure. Vous prendrez un verre au bar ou préférez-vous passer tout de suite à table ?

– Oh, passons à table. La journée a été longue. J'aime autant m'asseoir.

J'indiquai le fond de la salle et la laissai suivre le maître d'hôtel. Le Pub était de l'irlandais de qualité, corned-beef succulent et habitués new-yorkais typiques. Ce n'était cependant pas le dessus du panier; l'élite choisissait d'autres boîtes pour voir et être vue et, d'après les mouvements subreptices de Candace Amory, je devinai qu'elle plaçait l'établissement dans un casier particulier et qu'elle ajoutait une nouvelle note à mon étude de caractère.

En nous asseyant je lui dis :

– C'est une bonne adresse.

Perplexe, une cigarette à mi-chemin des lèvres, elle me regarda.

– Pardon ?

– Rien, dis-je, et j'indiquai la cigarette. Pourquoi fumez-vous ?

– Par habitude, je suppose.

Encore une fois, la perplexité.

– Une bouche comme la vôtre n'a pas besoin d'une cigarette dedans.

Le bout de sa langue apparut pour humecter ses lèvres.

– Ah? Et de quoi a-t-elle besoin, monsieur Hammer?

Je lui adressai un petit sourire et elle rougit. Je la tirai d'embarras, gentiment.

– Que diriez-vous d'un sandwich chaud au corned-beef?

Pendant un instant fugace, un peu de givre avait fondu sur la Dame de glace, mais la confusion n'avait pas duré. Malgré tout, j'avais marqué les premiers points. Elle posa sa cigarette.

Bien des choses peuvent être dites à table. Le simple acte de manger laisse le temps de réfléchir, d'examiner, de sonder. Nous avions chacun nos raisons d'être là et toutes les armes étaient déployées.

La dame était froidement consciente de la coupe de sa robe qui moulait ses seins et en montrait juste assez pour vous faire savoir qu'il y en avait bien plus à découvrir. Quand elle avait marché vers la table, en faisant glisser son manteau de ses épaules, elle savait que des yeux l'observaient, savouraient sa grâce féline, suivaient le rythme sensuel de ses pas. Maintenant, tout son arsenal se concentrait sur moi et je me félicitais d'avoir sur les épaules assez d'années pour ne pas me laisser embobiner comme un amateur.

– Dites-moi, monsieur Hammer.

– Mike...

– Dans ce cas, il faut m'appeler Candace.

– Jamais Candy?

– Jamais, et Candace, uniquement en dehors du travail.

– Ce ne serait pas convenable à une réunion du conseil ?

Elle sourit.

– Ni dans une salle de tribunal.

– Alors, qu'est-ce que vous voulez que je vous dise ? demandai-je.

– Quel est votre mobile, en m'invitant à dîner ?

Je pris une nouvelle bouchée de sandwich.

– Vous faire parler, me dire ce qui se passe. Notre Penta attire beaucoup l'attention en haut lieu, on dirait.

– A juste titre.

– Bradley n'a pas cité le nom de cet agent qui a été assassiné.

– Naturellement.

– Vous le connaissez ?

Elle secoua la tête.

– Non, et je ne le veux pas. Les morts sont morts. Les vivants, on peut les faire parler et les citer au banc des témoins. Nous cherchons en ce moment un tueur coupable de crimes multiples, un assassin qui torture et doit être arrêté avant qu'il s'en prenne à quelqu'un d'autre.

– Et ça, c'était ce que vous vouliez réellement savoir au commencement, n'est-ce pas, Candace ?

Cette fois, sa figure passa par une diversité d'expressions avant de se fixer sur un air de défi.

– Dites-le-moi !

– Comment se fait-il que je ne meure pas de peur de sortir tout seul en sachant que Penta veut ma peau ? Si c'est bien après moi qu'il en a.

– Je n'en reviens pas, Mike. Pourquoi en effet ?

– Eh bien, tout à coup, je suis sur le qui-vive. Je n'ai pas envie de subir une autre agression. Je n'aime pas non plus servir de cible, alors le premier abruti qui sera chargé de me faire ma fête prendra une balle dans la cafetière. Ou ailleurs.

– Ailleurs me paraît mieux, dit-elle, et elle se décida à attaquer son sandwich.

– Dites-moi une chose, Candace. Vous n'êtes pas effrayée par la façon dont on traite cette affaire ?

Elle continua de manger, attendant une explication.

– Tout le monde me parle, m'invite à des conférences, me révèle ostensiblement des informations ultra-secrètes... Tout cela est absolument contraire aux principes de la police et de la justice.

– Pas nécessairement. Les témoins peuvent être traités... de manière amicale.

– Passez-moi une nouvelle fois l'expression mais c'est des conneries. Vous savez parfaitement que jusqu'à présent, je ne suis rien. Rien qu'un innocent mêlé malgré lui à un crime, victime d'un enlèvement et, pour le moment, suspect d'un genre indéfinissable. Mais je suis aussi autre chose, ma chère. Je suis un type avec une réputation qui l'oblige à marcher droit. Je suis un sacré chasseur de têtes et j'ai l'impression que tous tant que vous êtes vous attendez de voir qui va broncher le premier, dans l'espoir que je vais vous simplifier la tâche en fourrant un 45 sous le nez de Penta.

Elle grignota délicatement le bout d'un petit pain.

– Bien dit, et avec force, commenta-t-elle.

– Alors pourquoi les gros bras des agences ?

De nouveau, elle se chronométra à la perfection et finit son café avant de prendre une décision.

– Mon ami Jerome Coleman est un ancien du F.B.I.

Je tentai un coup de dés :

– C'était un de vos moniteurs à l'académie de Norfolk, n'est-ce pas ?

Je tapais dans le mille, et elle fut prise la garde baissée.

– Eh bien... oui.

Ses yeux posaient une question.

– C'est juste un truc que j'ai appris comme ça, dis-je. (Son association avec le F.B.I. pouvait être de notoriété publique, mais pas son amitié avec Coleman.) Oui?

– Il était dans mon bureau quand nous avons appris le meurtre commis dans le vôtre. Le nom de Penta lui a rappelé quelque chose et il a téléphoné à Frank Carmody. C'est là que les agences fédérales sont entrées en jeu. Penta était recherché pour le meurtre de leur agent outre-mer.

– Ils doivent avoir son signalement?

– Pas un iota. Pas d'empreintes, pas de photos, rien.

– Où est-ce que c'est arrivé, tout ça?

– En Angleterre. Quelque part en Angleterre. Du côté de Manchester, je crois.

– Et pourtant, ils connaissent son nom.

– Oui. Je ne sais pas comment.

Il me venait des idées mais il me faudrait du temps pour les étudier. Je devais maintenant lui laisser son tour. Je beurrai mon dernier morceau de petit pain, le trempai dans mon café et le mangeai. Puis je demandai :

– Et que puis-je pour vous?

Elle baissa les yeux sur la petite montre en brillants à son poignet.

– Reconduisez-moi, pour commencer. Nous pourrons causer en chemin.

Je réglai l'addition et sortis avec elle, en savourant les regards envieux que je m'attirais. Cette fois, sa démarche était moins provocante mais elle ne pouvait cacher les contours de son corps. Un taxi attendait au bord du trottoir et nous le prîmes.

Elle donna son adresse au chauffeur. Nous étions presque arrivés quand je lui dis :

– Vous n'avez pas encore répondu à ma question, Candace.

– On m'a prévenue que vous étiez très agressif.

– Bien sûr. C'est un métier dur.

– Alors dites-moi... ce que vous comptez faire dans cette... histoire.

La dame posait une question dramatique, pas de doute. Le taxi s'arrêta devant son immeuble, un portier en uniforme se précipita, ouvrit la portière et nous descendîmes. Il dit bonsoir à Candace, me salua à peine de la tête, puis il parut me reconnaître et j'eus droit à un nouveau petit salut, l'air agacé parce qu'il ne se rappelait pas mon nom.

– Voulez-vous monter prendre un verre ?

Je n'allais certainement pas gâcher son plan d'attaque; j'acceptai et la suivis à l'intérieur. Nous prîmes l'ascenseur jusqu'au onzième et je fis le gentleman courtois en ouvrant sa porte avec ses propres clefs.

Mlle Candace Amory vivait comme la princesse qu'elle était. L'appartement était d'une perfection de magazine, un de ces châteaux miniatures de New York que seule peut payer une fortune illimitée. Et la foutue piaule avait même l'air confortable. Je crois que la musique se mettait automatiquement en marche quand on entrait, quelque chose de doux, de sentimental et de classique. Il était près de neuf heures et demie et je me demandai quand interviendrait le *Boléro* de Ravel.

– Pourquoi souriez-vous ?

– J'admire votre maison.

– Est-elle assez séduisante pour vous ?

– Elle vous va bien, dis-je.

Elle rit.

– Je suppose que, maintenant, je devrais annoncer que je vais me changer, mettre quelque chose de plus léger? C'est ma réplique, non?

– Peu importe. Je sais me débrouiller avec les boutons et les agrafes.

– *Touché*! Servez-nous à boire pendant que j'appelle le bureau.

J'allai au bar et préparai deux whisky-soda. Je les posai sur la table basse et m'assis dans un fauteuil en face du canapé assorti, en me demandant comment elle allait négocier ce coup-là.

Elle écouta ses messages, griffonna quelques notes et forma un autre numéro. Son interlocuteur était le district attorney et elle lui dit qu'elle serait chez elle toute la soirée. Puis elle vint vers moi, prit son verre et s'installa dans le canapé.

– Vous avez peur de moi?

– Non, répliquai-je, et je levai mon verre pour un toast. *Cheerio.*

– *Cheerio,* dit-elle, puis : Encore une fois, quels sont vos projets?

– Sur le plan légal, expliquai-je, je n'ai pas la moindre position. Je peux fournir des informations et des idées à la police et autres agences fédérales, mais en ce qui concerne l'affaire elle-même, je ne m'en occupe en aucune façon.

– Je ne vous parle pas de ce qui est légal.

Mon whisky était bon, moelleux. Je répondis par un petit geste vague.

– Je suis une victime qui demande réparation.

– A mon tour : ne dites pas de conneries!

Un petit sourire tirailla légèrement ma bouche.

– Il n'y a pas si longtemps, vous menaciez de me supprimer ma licence.

Je bus encore une gorgée et demandai :

– Il y a des micros, chez vous?

– Non.

– Ça n'a pas grande importance, dans le fond. Je ne demande pas mieux que de vous dire que j'ai bien l'intention de me farcir ce Penta. Je pourrais simplement l'abattre, ou le tailler en pièces. Ce salaud a tenté de tuer une personne que j'aime beaucoup, il m'a fourré dans la merde jusqu'au cou avec ce meurtre dans mon bureau, et je ne suis pas un type à laisser passer des trucs comme ça.

– Comment pouvez-vous le combattre ?

– Qu'est-ce que vous avez appris à Norfolk, mon lapin ?

– La filature, les indicateurs, les profils psychologiques et tout ce qui s'ensuit.

– Bravo. Mais vous oubliez le plus important.

– Quoi donc ?

– L'expérience.

– Et c'est quoi, l'expérience ?

– Beaucoup de temps passé à être agressif, obstiné, à servir de cible et à faire l'imbécile.

– Vous avez tout ça ?

– Pas seulement. Je suis intelligent aussi.

Elle ne put réprimer un sourire.

– Ah ! Vous êtes intelligent ?

– Assez pour vous dire ce que vous voulez être quand vous serez grande.

J'étais sûr de ce qu'elle allait répliquer :

– Vous voulez parier ?

– Je ne demande pas mieux. Qu'est-ce que vous misez ?

Elle tomba dedans la tête la première :

– Oh, vos conditions seront les miennes.

Je pris mon temps, vidai mon verre à moitié.

– Si je perds, dis-je, je vous dirai qui est Penta.

Elle fronça les sourcils.

– Vous disiez que vous ne saviez pas...

– C'était avant.

Elle était sur les dents maintenant. C'était une chose qu'elle avait besoin de savoir et elle n'avait pas peur de perdre. Même si je mentais, cela n'avait pas d'importance.

– Et si vous gagnez?

Je répondis très nonchalamment :

– Vous vous déshabillez. Ici même.

Toutes les émotions de la Princesse Glaçon se révélèrent, le temps d'un éclair : la crudité de la suggestion, l'audace du geste, la honte de l'exhibition, le désir de commettre l'inconcevable. Ce fut une superbe expression. Mais elle ne pouvait pas perdre! Alors elle répondit :

– D'accord.

Je terminai mon whisky et posai le verre.

– J'ai droit à combien de réponses?

– Une seule.

– C'est assez juste.

Je me carrai dans le fauteuil et la dévisageai. La musique diffusée était la *Danse hongroise n° 5* de Brahms.

– Vous envisagez... non, vous avez la très ferme intention d'être... sans l'ombre d'un doute vous voulez être et vous savez que vous serez... (Elle ne respirait plus. Elle était assise très droite, l'air anxieux.)... le président des États-Unis.

Elle leva lentement à ses lèvres le revers de sa main. Ses yeux s'agrandirent, choqués, sa ravissante bouche s'entrouvrit, toute sa figure exprima une stupéfaction mêlée de crainte parce que je m'étais complètement introduit dans sa pensée.

– Non! souffla-t-elle. C'est impossible. Personne ne le sait. Je... Je n'en ai jamais parlé à personne... jamais. Vous ne pouvez absolument pas savoir cela...

Elle se leva au ralenti, en posant son verre avant

de le laisser tomber. Pendant un instant, elle faillit perdre son flegme.

– Comment... comment l'avez-vous su?

– Peu importe.

– Si, c'est important.

– L'expérience. J'ai gagné, n'est-ce pas?

– Oui.

– J'attends.

– Vous ne parlerez jamais de ceci, à personne. Jamais.

– Pourquoi en parlerais-je?

La lèvre inférieure serrée entre ses dents, elle me considéra. Elle se demandait comment elle avait pu perdre totalement le contrôle de la situation. Son projet initial avait mal tourné et maintenant elle était obligée de mettre en jeu son intégrité.

La fermeture de la robe était simple mais spectaculaire. Elle porta une main à ses seins et trouva le départ de la glissière dissimulée. Elle tira dessus rapidement, pas pour l'effet mais sinon elle aurait été incapable de payer sa dette.

Ma Princesse Glaçon souffrait, mais elle était résolue. Elle aspira profondément et je devinai ce qu'elle allait faire.

– Faites pas ça, dis-je.

Elle tenait à deux mains le corsage qu'elle s'apprêtait à ouvrir sur ses seins.

– C'est une dette d'honneur.

– Non... c'était un sale coup de ma part.

– Mike... ne mentez pas. Ce que vous avez dit est vrai et à moins de lire dans ma pensée, vous ne pouviez absolument pas le savoir.

– Remontez ce zip, Candace. Si je voulais réellement vous avoir nue, je vous aurais déshabillée moi-même.

– Alors pourquoi avez-vous...

– Je voulais voir si vous étiez fidèle à votre parole.

Elle chercha à tâtons la fermeture et la remonta, lentement cette fois. Un peu de colère se fit jour dans le pincement de ses lèvres, mais il y avait de l'amour-propre blessé dans ses yeux. Une peine à laquelle je ne m'attendais pas.

– Vous ne me désirez *vraiment* pas, alors?

– Ne vous faites pas d'illusion, ma jolie. J'y ai pensé la première fois que je vous ai vue et je n'ai pas cessé. Vous n'avez pas besoin de me dire que vous n'avez encore couché avec personne... aucune femme rêvant d'être de nos jours le président des États-Unis ne peut prendre ce risque. Ça, je le sais. Mais maintenant j'aime ce que je vois, bien mieux qu'avant.

Je repris mon chapeau et me levai du fauteuil.

– Mike... si vous aviez perdu... est-ce que vous m'auriez révélé qui est Penta?

Je n'avais pas besoin de mentir pour me tirer de celle-là.

– La question ne se pose pas, beauté. Je n'ai pas perdu.

Je lui adressai un clin d'œil et remis mon chapeau.

– Merci pour le verre.

Elle sourit tandis que je passais devant elle pour gagner la porte et, juste au moment où j'allais ouvrir, elle murmura :

– Mike...

Je me retournai et j'eus soudain cette impression bizarre d'avoir été déjà là, une autre fois.

La Princesse Glaçon laissa tomber sa robe à ses pieds en un monceau soyeux et, dessous, elle ne portait rien. Elle était nue, plutôt qu'à poil, et pas glacée du tout, mais tiède et belle, si vivante que je voyais le léger mouvement de sa respiration.

Vibrante. Les pointes de ses seins étaient en érection.

Elle me souriait. Je lui rendis son sourire et ouvris la porte.

A l'hôpital, l'infirmière de la réception fut heureuse d'avoir quelqu'un à qui parler, même à minuit. Velda était toujours sous sédatifs et son état s'améliorait nettement. Les médecins étaient passés deux fois dans la journée et ils étaient satisfaits de ses progrès. Oui, il y avait toujours un officier de police à sa porte et, non, ils ne s'éloignaient jamais. Les agents se relayaient à des heures régulières. Je la remerciai, raccrochai et appelai Petey Benson chez lui.

Comme je m'en doutais, il buvait une bière devant sa télévision et quand il reconnut ma voix, il me demanda tout de suite :

– Comment ça s'est passé, avec elle ?

– Comme frère et sœur.

– Allez ah ! Je te crois, tiens ! Qu'est-ce que tu veux encore ?

– Tu as des contacts en Angleterre ?

– Oh dis ! L'Angleterre, c'est grand.

– Du côté de Manchester.

– Ma foi, il y a bien un rédacteur sportif du *Manchester Guardian*, je l'ai connu à Londres, à un match de foot. C'est pas comme notre football, tu sais, c'est...

– Je sais, interrompis-je impatiemment parce que, si on ne le pilotait pas un peu, Petey avait tendance à partir dans tous les sens. Comment est-ce que je peux le joindre ?

– T'as un crayon ?

– Oui.

– Alors je vais te donner son numéro. Attends voir...

Il tourna des pages de son répertoire, me donna le numéro et m'avertit :

– Je crois que nous avons cinq heures de retard sur eux, là-bas. Appelle-le maintenant, tu le trouveras peut-être chez lui.

– D'accord. Je me servirai de ton nom.

– Tant que tu voudras. Je suppose que tu ne veux pas me dire de quoi il s'agit ?

– Plus tard.

Russell Graves était chez lui et « enchanté, vraiment », de parler à quelqu'un des colonies. En fait, c'était le premier appel téléphonique d'au-delà des mers qu'il recevait, me confia-t-il. Petey était pour lui une manière de héros, un reporter criminel américain qui pouvait se permettre de monumentales notes de frais et qui était envoyé sur des coups fumants. Quand je lui dis que j'étais un authentique détective privé américain travaillant avec Petey et que j'avais besoin d'un contact outre-mer, il fut tellement surexcité que j'eus peur qu'il ne jouisse dans son jean. Il prit soin de me rappeler qu'il n'était que rédacteur sportif, mais je lui dis que le crime était partout, même dans les sports, donc que ça ne devait surtout pas le bloquer.

– Eh bien alors, bon, monsieur Hammer. Qu'est-ce que vous voulez que je fasse ?

– Il y a quelque temps, un Américain a été assassiné du côté de Manchester. Je ne connais pas son nom et je ne peux pas vous le décrire mais c'était un agent fédéral travaillant sur place, chez vous.

– Ça me paraît bien vague, monsieur Hammer.

– Possible, mais dans votre pays, les crimes ne sont pas tellement fréquents.

– Les temps ont un peu changé, monsieur.

– Je m'en doute. Mais c'est un Américain qui a été tué. Si c'est arrivé à la campagne, quelqu'un doit bien être au courant. Et autre chose, ça pourrait être assez vicelard. Méchant. Pas un simple meurtre. Quelque chose de plutôt dégueulasse. Vous voyez ce que je veux dire?

– Euh... oui. Je crois.

– Il se peut aussi, repris-je, que notre gouvernement et le vôtre aient voulu étouffer l'affaire, mais nous cherchons un tueur qui a frappé là-bas et ici chez nous, et qui va probablement tenter de frapper ailleurs, aussi. C'est pourquoi je vous suggère d'enquêter hors des sentiers battus pour tout ce qui se rapporte au meurtre.

– Est-ce qu'il y aura moyen de tirer un papier de cette histoire? Je suis sûr que mon rédacteur en chef me verrait d'un bon œil si...

– Garanti, Russell. Petey et vous, vous aurez l'exclusivité à vous deux, si tout marche bien.

Cela lui suffit. Je lui donnai les numéros de mon bureau et de mon domicile, lui dis de demander une communication de personne à personne et que, s'il pouvait accélérer les choses, je lui obtiendrais des billets la prochaine fois que nos pros organiseraient une démonstration de football américain dans un stade de Grande-Bretagne.

Après avoir raccroché, j'allai prendre une bière fraîche dans le réfrigérateur, la bus en deux longues gorgées, et allai me coucher.

5

Je garai la voiture à cinquante mètres du garage Smiley, descendis et regardai de tous côtés. Il y a beaucoup de quartiers comme celui-là dans le bas de Manhattan, de vieux immeubles qui pourrissent faute d'entretien, des foyers, des boutiques vétustes vendant de vagues surplus militaires ou des soldes innommables. Une odeur de caoutchouc brûlé venait d'un petit atelier de rechapage ouvert de bonne heure. Devant la porte, deux types déchargeaient des caisses d'une fourgonnette.

Une enseigne à la devanture d'un magasin indiquait OUTILLAGE, mais la boîte semblait ne pas faire d'affaires du tout. Il y avait un vitrier, qui me parut plus prospère, et un autre garage, en train d'ouvrir, spécialisé dans les RÉGLAGES ET RÉPARATIONS. Quelques autres commerces paraissaient définitivement fermés.

En passant devant chez Smiley, je crus que c'était fermé mais il y avait de la lumière dans le fond et quelqu'un qui allait et venait. Je tapai du poing sur la porte, attendis et frappai encore.

– Ça va, ça va, on arrive! cria une voix.

Un petit vieux ouvrit et me déclara :

– C'est pas ouvert.

J'avançai mon pied dans la porte et y plaquai les mains.

– Vous êtes là, mon vieux.

Je poussai, tirai mon portefeuille de ma poche, l'entrouvris vaguement et le remis à sa place. Le geste était suffisant.

– Vous êtes chiants, vous alors, les flics! Qu'est-ce que vous attendez pour venir vous installer ici, tant que vous y êtes?

– Pas de télé, répliquai-je. Où vous habitez, pépé?

– Au même endroit, là où j'habitais quand les autres flics sont passés. Je leur ai déjà dit.

– Vous ne me l'avez pas dit, à moi.

– Juste au coin, là. Au-dessus de l'épicerie. Qu'est-ce que vous croyez que vous allez trouver? Y a rien, ici.

– C'est une visite de contrôle. Vous savez ce que c'est une visite de contrôle?

– Je sais que vous allez me le dire, voilà ce que je sais.

– C'est au cas où vous vous rappelleriez quelque chose que vous aviez oublié.

– Ouais, eh bien j'ai rien oublié.

Je plongeai dans ma poche pour prendre mon carnet et, ce faisant, lui laissai voir le pistolet sous mon aisselle. Rien n'impressionne plus les gens que la vue d'une arme à feu.

– Votre nom?

– Jason, me dit-il, et je le regardai. McIntyre, ajouta-t-il.

– Adresse?

Il me la donna.

– Vous travaillez pour qui?

– Je l'ai dit aux autres.

– Dites-le à moi, maintenant.

– Quand Smiley a des trucs à faire, je travaille.

– Quels trucs?

– Du nettoyage. Des courses, des fois. Ben quoi, merde, je suis trop vieux pour autre chose. L'a fallu que je vienne, après que les flics avaient tout foutu en l'air. Et d'abord, qu'est-ce qu'ils cherchaient, hein? Ils ont dit que quelqu'un avait passé à tabac un type, là-dedans. Y avait des taches de sang par terre et vous savez quoi :

– Quoi?

– J'ai trouvé une dent. Une dent entière, bon dieu! Elle était là en plein sur la pile de chiffons, dans un glaviot sanglant. Des fils de fer encore attachés après.

– Vous l'avez montrée à la police?

– Nan. Z'étaient déjà partis.

– Faites-la voir...

Il me jeta un coup d'œil, comme si ça ne me regardait pas, et j'ordonnai :

– Allez la chercher.

C'était une dent, pas de doute, un débris de prothèse avec ce qui me parut être une canine inférieure. Une partie de la matière plastique maintenant la dent avait été cassée net mais les fils métalliques la fixant aux dents attenantes étaient intacts.

– Pourquoi est-ce que vous gardiez ça : lui demandai-je.

– Dites donc, monsieur, ces trucs-là ça coûte cher. Si ce type revenait la chercher, je pourrais bien en tirer cinq dollars, tiens.

Je secouai la tête, comme si je ne le croyais pas.

– Vous croyez que je rigole? L'année dernière, j'ai eu une paire de lunettes qui étaient tombées sous une presse hydraulique, je ne sais pas comment. Les verres étaient cassés mais la monture était en or, en vrai or, et ça m'a rapporté six dollars.

– C'était quand, ça?

– Sais pas. En hiver, un froid du diable, dehors.

– Où était Smiley?

– L'avait pris une semaine de vacances. J'étais venu juste avant son retour pour m'assurer que le chauffage marchait bien. Smiley n'aime pas gaspiller de l'argent.

– Quand doit-il revenir, cette fois?

– Demain, me dit Jason. Ça ne lui plaît pas, toutes ces conneries qui se passent ici.

– Alors je reviendrai demain.

– Et ma dent?

– Je vais vous dire. Si je ne retrouve pas le type à qui elle va, je vous la rendrai.

– Les flics rendent jamais rien.

– Vous avez probablement raison, lui dis-je.

A cent mètres, je découvris le café du coin. Je m'attendais à l'habituelle gargote infecte qu'on trouve dans ces parages, mais la petite vieille dame italienne qui le gérait l'entretenait aussi bien que sa propre cuisine. Quand j'entrai, j'avais sans doute l'air tout content, car elle rit et me dit :

– Surpris hein? Vous êtes surpris. Tous les gens qui sont nouveaux par ici sont surpris.

Je me juchai sur un tabouret et commandai un sandwich à l'œuf et un café.

– Avec bacon?

– Pourquoi pas? Ça doit être bon.

Elle acquiesça et se retourna vers le fourneau.

– Et des gros œufs, j'ai. Pas les petits moyens. De gros œufs pour les hommes qui travaillent dur. Les plus gros.

– Ça me paraît épatant.

– Vous ne travaillez pas par ici, eh?

– Non. J'avais quelque chose à voir chez Smiley, mais il n'est pas là.

– Ah, Smiley, un homme fantaisie. Je le disais tout le temps à mon Tony, que Smiley était un homme fantaisie.

Elle me servit mon café et je lui demandai :

– Qu'est-ce que c'est, un homme fantaisie?

Elle haussa les épaules, secoua la tête.

– Un petit homme, qui veut péter plus haut que son cul. Qui fait de l'esbroufe. Il veut la monnaie de vingt dollars pour un beignet. Vous voulez votre bœuf retourné?

– Tout doucement, sans casser le jaune.

Elle beurra le pain, y glissa quatre tranches de bacon et, adroitement, posa l'œuf dessus. Elle me regarda crever le jaune avec mon couteau, l'étaler sur le bacon et fermer mon sandwich. Quand je mordis ma première bouchée, je sentis du jaune me couler sur le menton. Elle rit.

– Seulement les hommes sexy, ils mangent comme ça.

– Délicieux, lui dis-je. Un type, là-bas, m'a dit que Smiley rentrait demain.

– C'est sûr qu'il va rentrer. Il viendra prendre un café, il me paiera avec un billet de vingt. Le monsieur important. Lui et ses petits chevaux. Je le disais à mon Tony, un homme fantaisie de rien du tout.

– Il ne lui arrive pas de perdre?

– Smiley le type fantaisie? Jamais! Il est le gros malin qui ne perd jamais.

Je finis mon sandwich, je lui donnai exactement la monnaie plus un dollar de pourboire et lui dis :

– Histoire que vous ne me preniez pas pour un type fantaisie.

Pendant une heure encore, je tournai autour du

bloc d'immeubles de Smiley, en causant aux gens qui y travaillaient. Personne n'avait l'air de beaucoup aimer Smiley. Il avait un peu de travail, dans son garage, mais rien qui rapporte gros. C'était l'hippodrome qui haussait Smiley au-dessus de tout le monde.

Un des gars ne voulait même pas croire à ça.

– Putain, je vous jure, il va aux courtines quand y a même pas de réunion. Il aime faire comme s'il prenait l'avion pour aller ailleurs, mais merde, il est raide avant de partir. Quand il revient, il a un paquet.

– Alors il va au P.M.U.?

– Vous rigolez, Smiley allant dans un truc officiel comme le P.M.U.? Un book, peut-être, mais pas le P.M.U.

– Il doit avoir beaucoup de chance.

– Des clous. Vous savez ce que je pense? Je crois qu'il a une combine avec quelqu'un. Des mecs qui peuvent trafiquer la cote et lui dire quoi jouer.

– Où est-ce qu'il aurait des relations de poids comme ça? demandai-je.

Après un instant de réflexion, le type hocha la tête.

– Ouais. Et alors il est quand même bidon. Bon, il a du fric, des fois.

Il cracha par terre et se remit au travail.

Il n'y avait rien d'autre à voir. Le lendemain, je viendrais rendre visite à Smiley. Celui-là, je tenais vraiment à le voir.

Burke Reedey finit ses consultations, se lava les mains et revint dans le bureau. Il s'assit et se frotta la figure.

– Tu bois quelque chose?

– Merci. Pas maintenant.

Il ouvrit le tiroir du bas, trouva une mini-bouteille de scotch et la vida dans un verre. Il le leva, à ma santé, en disant : « Souvenir des compagnies aériennes », but d'un trait et s'essuya les lèvres.

– Velda se remet très bien, tu sais.

– C'est ce qu'on m'a dit quand j'ai téléphoné. Quand est-ce qu'elle aura le droit de parler ?

– Si tu n'exagères pas, tu peux y aller quand tu voudras. Elle va avoir une sale tête pendant une huitaine de jours encore mais tout redeviendra normal. Ce coup qu'elle a reçu était si massif que nous tenons à bien nous assurer qu'elle n'a rien d'irréversible.

– Quoi, par exemple ?

– D'abord, la perte de mémoire possible. Jusqu'à présent, rien ne semble l'indiquer. Quand vas-tu y aller ?

– Ce soir.

– Bien. Elle sera contente de te voir. Tu sais, naturellement, qu'elle est amoureuse de toi, me dit-il en riant.

– Ça fait un bout de temps que nous travaillons ensemble.

– Arrêtez de travailler le temps de vous marier. Mon petit vieux, les arbres te cachent la forêt. C'est une sacrée bonne femme, Velda.

– Dans mon métier, le facteur de longévité est assez moche, docteur. Ça fait du boulot pour toi, et un vrai gâchis d'un mariage.

Je changeai de conversation et lui montrai la prothèse cassée trouvée dans le garage.

Il la prit, la tourna et la retourna, l'examina de tous les côtés.

– Qu'est-ce que tu veux que je fasse avec ça ?

– Quelles chances aurait-on de le faire identifier ?
– Je suppose que tu veux dire par la police ?
– Hé oui !
– Ma foi, ils envoient dans tout le pays des radios dentaires, des photos de prothèses partielles ou complètes et les dossiers des patients, je ne sais pas quel est le pourcentage des résultats, des identifications exactes par les techniciens qui ont fait le travail, mais je sais qu'il y a eu pas mal de réussites, me dit-il, et il se pencha pour laisser tomber le débris dans ma main. Un morceau aussi petit ne serait pas facile à identifier. L'ennui, c'est sa simplicité même.
– Merde.
– La police ne manque pas de ressources, Mike. La technologie moderne est impressionnante.
– Ouais, quand elle peut se concentrer.
– Tu ne peux pas réduire un peu le champ des recherches ?
Je lui adressai un beau sourire.
– Burkey, mon vieux, tu es un toubib de première.
Je fis sauter la dent dans ma main, la rattrapai au vol et la rempochai. Burke ouvrit un autre tiroir et y prit une petite enveloppe d'échantillons de remèdes.
– Faut avoir de l'hygiène, avec ce truc-là.
Il m'observa pendant que je la mettais dans l'enveloppe, la cachetais et la remettais dans ma poche.
Je le remerciai, sortis et hélai un taxi qui passait.

Pat fit rouler la dent entre ses doigts avant de la poser sur son bureau.

– Tu trouves de ces trucs, Mike!

– Tes gars n'ont pas bien balayé ce garage.

– Si tu étais venu tout de suite, ce soir-là, ils n'auraient peut-être pas été aussi négligents, grogna-t-il, et je reconnus qu'il avait raison. Qu'est-ce que tu veux que je fasse de ça, d'abord? Et ne me demande pas d'essayer de l'identifier. Nous n'avons pas affaire à un cadavre ni à une personne disparue, alors quelle est la priorité? Il y a probablement eu un million de ces prothèses...

– Arrête, Pat! Adresse-toi seulement à deux sources, cette fois. Vérifie avec les dossiers dentaires d'agents du F.B.I. et de la C.I.A.

– Ça va pas, non? s'écria-t-il. Tu te figures que nos gars vont se livrer à des coups pareils?

– Pourquoi pas?

Il m'examina avec attention.

– Donne-moi une raison. Et pas de tes conneries d'intuition, s'il te plaît.

– Il y avait une certaine finesse dans la situation. Ils cherchaient une réponse, rien de plus. Ils n'ont même pas voulu me casser la figure en représailles des mauvais coups que je leur avais portés. Ils n'ont pas touché à mon pistolet. Ils pouvaient se procurer du penthotal. Ils ont passé mon bras à l'alcool avant de me faire une piqûre. Toutes choses que feraient automatiquement des types bien entraînés.

– Et si ça ne donne rien?

– Tu ne peux pas savoir avant d'essayer, pas vrai?

– Les enquêtes comme celle-là peuvent faire tiquer.

– Pat, lui dis-je, tu sais, et je sais, que nous avons tous de drôles de relations dans de drôles d'endroits. La police de New York est une puissance, bébé, et quand elle demande tout le monde écoute. Sers-toi de tes relations, bonhomme.

La dureté de ses yeux s'adoucit un peu, il prit un air agacé mais bougonna :

– D'accord, c'est une possibilité, alors je vais faire passer.

– Bravo.

Je m'apprêtai à me lever mais il me dit d'attendre et fit glisser de sous son buvard un message qu'il me tendit :

– Voilà une relation à aller voir, vieux. Bonne chance.

Candace Amory avait laissé un numéro où je pouvais la joindre.

– Mais mettons d'abord de l'ordre dans nos priorités, Mike. Tu as quelque chose qui marche pour toi, n'est-ce pas ?

– C'est, comme tu dis, une possibilité. Rien de concret.

– D'accord, alors accouche et ne me raconte pas que ce n'est qu'une idée.

– Pas de problème, mais dis-moi... combien de types à toi travaillent sur mon enlèvement ?

– Devine.

– Un.

– Pan dans le mille.

– Et qu'est-ce qu'il a trouvé ?

L'expression de Pat se fit un peu sournoise.

– Nous sommes amis depuis trop longtemps, je crois. Alors toi d'abord.

– Smiley est l'intermédiaire de quelqu'un. Son garage pourrait gagner de l'argent mais ce n'est qu'une foutue couverture.

– Tu peux le prouver ?

Cette fois, ce fut à moi de sourire en coin.

– Je pourrais faire ça mieux que toi. Mes règlements sont différents. Bon, qu'est-ce que tu sais ?

– On est sur la même piste, je crois. L'ennui, c'est que s'il trempe dans une combine quelconque, il ne laisse aucune trace. Il habite un logement bon marché, il a une vieille bagnole...

– Et il dit qu'il joue aux courses.

– Qui peut dire le contraire ? Cette fois, il n'est pas parti en voyage, nous avons vérifié, et il est probablement allé au champ de courses pour maintenir sa couverture.

– Vous avez travaillé, on dirait.

– La police de New York sait faire son boulot. Mon gars me dit que tu es allé fouiner dans le coin.

– Je cherchais simplement à aider. Dans cette affaire, je suis mon propre client, si jamais il y a une controverse sur la légalité.

– Jusqu'à présent, pas de rouspétance. S'il devait y en avoir, nous aurions déjà entendu les hauts cris. Le Trio Terrible a rôdé par ici toute la journée, à regarder nos albums de photos et à user nos téléphones.

– Quel trio ?

– Coleman, Bradley et ta madame candi.

– Je ne pige pas du tout le rôle du Département d'État dans cette histoire, Pat. Pourquoi est-ce qu'ils veulent avoir un représentant sur place, dès le début ? Nous avons affaire à un tueur, pas à une intrigue internationale. Bon, d'accord, Penta a estourbi un de leurs agents à l'étranger... et il s'est fait un ex-gangster ici...

– C'était toi qu'il voulait.

– Conneries. Je n'y crois pas du tout. Je ne suis pas un mobile, merde !

– Mike... J'ignore pourquoi, mais tu es là-dedans jusqu'au cou.

– Ouais, au poil, marmonnai-je.

– Planque tes miches, mon petit vieux. Si tu

t'entêtes à rôder et patrouiller comme ça tout seul, c'est sûr que quelqu'un va t'éliminer.

Je regardai ma montre et me levai.

– Je ne lui faciliterai pas le travail.

On me connaissait, à l'hôpital, mais on voulait quand même voir mes papiers. Un nouveau flic à la porte examina ma licence de privé, mon permis de conduire, compara ma gueule à la photo et, finalement, me laissa entrer dans la chambre de Velda.

– Salut, bébé, dis-je tout bas.

A la faible lumière de la veilleuse, je la vis tourner légèrement la tête et je compris qu'elle était réveillée. On l'avait soulevée, le drap était juste remonté sur ses seins, les bras à l'extérieur. Sa figure était moins enflée mais elle avait encore toute une joue au beurre noir, un œil fermé, et il ne lui était pas facile de sourire.

– Est-ce que j'ai vraiment une sale tête?

Un petit rire m'échappa et je m'approchai du lit.

– Je t'ai vue plus à ton avantage.

Je lui pris la main et me laissai envahir par sa chaleur. Une espèce de folie me tordait les tripes et me bouffait le cerveau parce que quelqu'un lui avait fait cette horreur. De sa douce beauté et de son corps tendre on avait voulu faire une masse informe et sans vie, simplement parce qu'elle gênait et que la tuer était le moyen le plus simple de l'écarter.

– Mike! Non!

Je retins un moment ma respiration et soufflai lentement. J'avais serré sa main trop fort et je forçai mes doigts à se détendre.

– Tout va bien, mon chat?

– Oui. On me soigne bien… Tu me manques.
– Je sais.
– Qu'est-ce qui se passe ?

Je la mis au courant, d'une manière générale, mais elle m'interrompit. Elle voulait des détails, alors je les lui donnai.

Finalement, après avoir réfléchi quelques minutes, elle me dit :

– Celui que tu appelles le marcheur… C'était bien lui.

– Comme signalement, ça ne vaut pas cher.

– Je peux peut-être… ajouter quelque chose. Si cet interlocuteur… celui qui a téléphoné pour prendre rendez-vous avec toi… est le marcheur… celui que tu appelles Penta…

– Oui ? Et alors ?

– J'ai enregistré son coup de téléphone. Tu pourrais en tirer une bonne empreinte vocale, ça servirait plus tard à établir des comparaisons.

– Ah merde !

C'était superbe ; il ne nous manquait plus que le suspect à comparer, mais au moins c'était un « plus ». En général, les appels de l'extérieur ne sont pas enregistrés, pour que l'interlocuteur ne s'inquiète pas à l'idée de laisser un échantillon de sa voix.

– Comment se fait-il que tu avais l'appareil en marche ?

– J'étais sur le point d'appeler Byers pour les chiffres dont tu avais besoin. Il est toujours pressé, alors je l'enregistre et je transcris ensuite tout ce qu'il a dit.

– Où est la bande, mon lapin ?
– Je l'ai rangée… dans le dossier Byers.
– Velda, ma poupée, je devrais t'embrasser !
– Qu'est-ce qui te retient ?

Je lui souris, en riant un peu.

– Ça ne va pas te faire mal?
– Pas tant que ça.
Je m'appuyai des deux mains sur le lit et me penchai pour rapprocher ma figure de la sienne. Le bout de sa langue passa entre ses lèvres, les humecta, et quand ma bouche s'y posa elle ferma l'œil unique. Un baiser, c'est curieux. C'est une chose vivante, une communication, tout un monde d'émotions sauvages exprimées en un seul contact humide et, quand sa langue effleura la mienne, ce fut une explosion silencieuse. Nous ressentîmes, goûtâmes et, satisfaits, nous séparâmes.
– Tu sais ce que tu me fais? lui dis-je.
Elle se contenta de sourire.
– Maintenant, je bande comme un satyre. Je ne peux pas sortir dans cet état. Pas maintenant.
– Embrasse-moi encore, en attendant.
– Non. Si je fais ça, j'aurai besoin d'une douche froide.
Je me levai, sentant encore sa bouche sur la mienne.
– Je reviendrai te voir demain, mon chaton.
Elle avait son sourire en coin et ses yeux riaient.
– Et qu'est-ce que tu vas faire de... ça?
– Je tiendrai mon chapeau devant, répliquai-je.

Le veilleur de nuit, au bureau, me dit bonsoir et ajouta :
– Vous travaillez tard, ce soir.
Je signai le registre d'entrée.
– Juste deux, trois trucs à venir chercher.
– Comment va Velda?
– Elle se remet très bien.
– C'est quand même écœurant, cette histoire. Les flics n'ont encore arrêté personne?

– Non, mais ils y travaillent.

Je lui rendis le registre et mis le cap sur la rangée d'ascenseurs.

C'est seulement la nuit que l'on se rend vraiment compte qu'un immeuble de bureaux est presque une créature vivante. Tout à coup, il n'y a plus de mouvement, le peu de bruit a quelque chose de creux en se répercutant entre les murs et paraît anormalement amplifié. L'éclairage n'est plus le même, on pense à un funérarium et on se met à chercher des cercueils dans la pénombre des corridors. Ce qui est vivant dans la journée est mort la nuit.

Je dégainai le 45, fis sauter le cran de sûreté et armai l'outil. Je commençai par actionner le bouton de porte, pour m'assurer qu'elle était verrouillée, et puis j'introduisis la clef sans bruit. Je m'accordai dix bonnes secondes de battement avant de m'accroupir, d'ouvrir la porte d'une poussée et d'entrer précipitamment en roulé-boulé pour aboutir contre les classeurs, dans le fond, pistolet au poing et prêt à tirer.

Comme il n'y avait toujours aucun bruit et pas de mouvement au bout de trente secondes, je levai une main, tâtonnai contre le mur et allumai. L'entrée était déserte, mon bureau aussi.

Si quelqu'un m'avait vu faire, il se serait bien marré, mais au point où nous en étions, je ne prenais pas de risques. Je fermai et reverrouillai la porte, allai au plus petit des classeurs et tirai le tiroir contenant le dossier Byers. La minuscule bobine était là. Au bureau de Velda, j'ouvris le magnétophone, installai la bobine et pressai le bouton.

Trois brefs messages passèrent avant que la voix de Velda annonce :

« Michael Hammer Investigations. »

Celle de l'homme était étouffée, comme s'il tenait l'appareil un peu éloigné de lui et parlait à travers un mouchoir.

« Me serait-il possible de voir monsieur Hammer aujourd'hui ? Aujourd'hui à midi, cela m'arrangerait.

» – Je regrette, mais monsieur Hammer ne vient pas au bureau le samedi.

» – Est-ce que... est-il possible de le joindre ?

» – Eh bien... Tout dépend. Pouvez-vous me donner votre nom et la nature de votre affaire ? »

Il y eut un bref moment d'hésitation, peut-être de réflexion, et puis la réponse :

« Lewison. Mon nom est Lewison, Bruce Lewison, et mon affaire est extrêmement urgente. »

Velda persévérait dans la méfiance :

« Qui vous a recommandé notre agence, monsieur ? »

Poliment, la voix répondait :

« Mon affaire est un peu trop confidentielle pour que j'en parle au téléphone. Cependant, si vous disiez à M. Hammer que je dois le consulter de toute urgence, je suis sûr qu'il comprendrait. Et je peux payer ses services d'avance, si besoin est. »

Je croyais presque entendre travailler le cerveau de Velda.

« Dans ce cas, monsieur, je suis certaine qu'il sera heureux de vous voir. Je le ferai venir ici à midi.

» – Je vous remercie beaucoup, madame. Merci. »

La conversation était terminée. Je ne reconnaissais pas du tout la voix et je ne pensais pas que d'autres pourraient la reconnaître, mais à notre époque de technologie électronique les experts seraient capables de relever une empreinte vocale de cette bande qui rendrait une identification aussi sûre que si l'homme avait laissé des traces de doigts partout. Je rembobinai la bande, la retirai de l'appareil, la mis dans un étui en plastique et la glissai dans ma poche. Dans le tiroir, je pris une bobine neuve et l'installai dans l'appareil.

En refermant le couvercle, mes doigts y restèrent figés. Velda n'aurait jamais laissé le répondeur vide, sans bande d'enregistrement. Elle en mettait une neuve avant même de classer la précédente.

Le salaud était revenu. Il avait envisagé la possibilité d'avoir été enregistré, avait travaillé la porte en expert pour l'ouvrir et fouiller discrètement le bureau, comme le ferait un authentique reporter entreprenant, mais il avait déjà trouvé ce qu'il était venu chercher, la bande du magnétophone.

Dommage, mon salaud, dommage, pensai-je.

Il n'était pas très au courant des pratiques d'un bureau bien tenu. L'idée ne lui était pas venue que Velda classerait le message enregistré et mettrait une bobine neuve dans le répondeur. Il ne savait pas quelle fine mouche c'était. Bruce Lewison mon cul. Elle avait compris que c'était un faux nom et me l'avait mis de côté.

Je me fis déposer par le taxi derrière mon immeuble, à la porte de service, et je descendis dans le garage. Je pris le monte-charge pour monter chez moi. En arrivant à mon étage, j'eus un bon aperçu de tout le couloir. A ma porte, je notai que la petite écharde que j'avais glissée dans l'encadrement n'avait pas bougé, donc que personne n'avait cherché à entrer par effraction.

Le dernier journal télévisé était commencé. Je me servis un verre et m'assis devant la télé pour regarder tout le monde faire semblant de vouloir nettoyer la ville. La politique municipale était toujours un vrai foutoir mais le maire faisait son numéro de comique et tournait ça en plaisanterie. Il y avait eu un meurtre en pleine rue, un accident qui avait fait plusieurs morts sur la voie express de l'East Side et un incendie dans la Cent Douzième Rue. A peu près les mêmes nouvelles que la veille.

J'étais en train de remettre de la glace dans mon whisky quand le téléphone sonna. Une voix à l'accent britannique, dans une chambre d'écho, demanda :

– Monsieur Hammer? C'est vous?

– Russell?

– Lui-même. J'ai des nouvelles pour vous.

– Au poil!

– Je vous avouerai que ça n'a pas été très commode. Très difficile d'obtenir des renseignements des autorités, sauf pour me déclarer que l'enquête était encore en cours. Les gens d'ici savaient qu'un Américain avait été tué mais ne savaient pas pourquoi. Le truc macabre, c'est comment il est mort. Il avait un couteau planté dans la gorge, c'est l'arme du crime, mais le bout de ses doigts a été coupé, à la main droite.

– Est-ce que la presse a parlé de ça?

– Je crains que non, mon vieux. La seule personne, ici, qui le savait, c'est l'homme qui a découvert le corps. Et cela n'a pas été facile du tout de le faire parler. La maréchaussée lui a formellement interdit de mentionner ce fait à quiconque.

– Comment avez-vous fait, alors?

– Très simplement, monsieur Hammer. Je lui ai offert vingt-cinq livres et lui ai juré le silence.

– Russell, lui dis-je, vous avez été épatant. Je vous enverrai un chèque, au cours actuel du change.

– N'oubliez pas les billets de football et l'exclusivité.

– Promis, mon ami.

Je raccrochai et me rassis avec mon verre. Maintenant, Penta avait un M.O., un mode opératoire. Il aimait couper des doigts. Il en avait pris cinq à l'agent en Angleterre et dix au pauvre bougre dans mon bureau. Le nombre semblait avoir une signification. Et il y avait de fortes chances que Penta ait laissé sa marque de fabrique ailleurs, aussi. Il y a toujours un motif, dans les mutilations, une raison. Les sévères qui font la une des journaux sont généralement d'ordre sexuel, les cibles pour le couteau du dévoyé sont alors des seins, des ventres ou la castration, les sacrifices animaux ou même humains parfois. De la folie pure. Ils étaient tous cinglés... mais chacun avait sa raison pour se livrer à ce sport.

Penta. Y avait-il là une allusion au chiffre *cinq*? Cinq doigts? Mais on en avait coupé dix, aux mains de DiCica.

C'était dingue, pas de doute, et c'était ce qui allait faire trébucher Penta. Je finis mon whisky, pris une douche et me couchai, mon réveil réglé sur six heures.

A sept heures et demie, je me garai à deux cents mètres du garage de Smiley et y allai à pied, par le trottoir opposé. Devant l'atelier de rechapage, un petit camion chargé de pneus usés stationnait avec son conducteur endormi au volant. Une vieille fourgonnette brimbalante tourna le coin, plus haut, et ce fut tout pour la circulation. Personne ne paraissait s'intéresser assez aux affaires pour ouvrir de bonne heure.

Le garage de Smiley n'était qu'une boîte parmi d'autres, dans cette rue. C'était *là*. Il ne s'y passait rien. Derrière les vitres sales de la porte, il y avait le halo terne d'une veilleuse. Au bout de dix minutes, rien n'avait changé, alors je traversai, et ce fut seulement une fois tout près que je vis le léger entrebâillement de la petite porte encastrée, qui n'avait pas été complètement fermée.

Quand je la poussai du bout du pied, elle s'ouvrit et j'entrai précipitamment, le 45 au poing, pour me coller aussitôt contre le mur, le temps de m'orienter. Puis je fis deux pas vers le pont de graissage et m'accroupis derrière.

Rien ne bougea.

Je me glissai en crabe vers l'autre extrémité du pont et m'arrêtai pour écouter. Les légers grattements que j'entendis venaient du petit bureau, dans le fond sur ma gauche, de tout petits bruits précipités qui s'arrêtaient et repartaient; puis d'autres venaient s'y ajouter et, quand je perçus une espèce de sifflement, je compris ce que j'entendais.

Je me relevai, m'approchai sans bruit de la porte et les rats qui cavalaient partout s'enfuirent de tous côtés. J'actionnai la lumière avec mon coude et vis toutes les minuscules traces de pattes et les traînées laissées par leurs queues dans le sang dont ils s'étaient gorgés, une mare épaisse, foncée, suintant de sous la tête à moitié chauve qui avait été fendue par une longue clef Stilson.

Le corps était encore dans le fauteuil à pivot, la tête et les bras sur le bureau. Apparemment, l'unique coup l'avait tué si vite qu'il n'avait plus bougé un muscle. Ses yeux étaient encore ouverts et il avait dans la bouche une moitié de cigare éteint par le sang accumulé tout autour.

Sous son bras droit, il y avait deux notes d'un hôtel de Las Vegas et un billet d'avion périmé. Je pus lire le nom sur une des notes et sur le billet : Richard Smiley.

Je pris un mouchoir en papier pour décrocher le téléphone, composai le zéro. Quand l'opératrice répondit, je lui dis que je ne voyais rien sans mes lunettes et lui donnai le numéro du bureau de Pat. Il venait d'arriver. J'étais sur le point de lui gâcher sa journée.

– Ouais, Mike. Alors, qu'est-ce qui s'est encore passé à cette heure matinale ?

– Quelqu'un a rectifié Smiley.

– *Quoi* !

– Je suis au garage en ce moment.

– Merde. Reste où tu es et, bon Dieu, ne touche à rien !

– Du calme, mon vieux ! Je n'ai fait que le zéro au téléphone.

– Tu es seul ?

– Tout à fait. Celui qui a fait le coup a eu le temps de s'en aller. Le sang est assez coagulé pour estimer sa mort à au moins une heure. Ce n'est qu'un avis personnel.

– Tu es sûr que c'est Smiley ?

– Ses papiers l'indiquent, dis-je, et avant qu'il pose une question, je précisai : Ils traînaient sur le bureau.

– Bon. Ne bouge pas. Nous arrivons.

Je raccrochai et regardai autour de moi. J'avais probablement cinq minutes avant qu'une voiture de police arrive et s'il y avait un truc à apprendre, je voulais être le premier.

Pendant quelques secondes, j'examinai la position du corps. Il était assis comme s'il avait été en train de faire quelque chose, à son bureau. Le coup avait été porté en diagonale, de haut en bas, avec précision et avec force. Le tueur s'était tenu tout près, il avait attendu le bon moment puis il avait abattu l'arme sur le crâne chauve de Smiley et l'avait fracassé d'un seul coup terrible. La clef

Stilson avait été tout simplement jetée à côté du cadavre et l'assassin s'en était allé tranquillement. Il n'avait même pas eu besoin d'apporter sa propre matraque. Il y avait dans le bureau assez d'outils, des clefs, des démonte-pneus et des leviers, pour faire l'affaire.

Quel que soit ce tueur, Smiley le connaissait. Est-ce qu'un rendez-vous avait été pris, avant l'aube, pour un règlement? Ça m'en avait tout l'air. Smiley avait pu avoir l'argent dans ses mains, le compter, comme cela lui était sans doute déjà arrivé. Aucune raison d'avoir peur. Ce n'était qu'une affaire normale et il s'assurait simplement qu'il touchait bien ce qui lui revenait. Et son compte avait été bien réglé, pour sûr. Le tueur n'avait eu qu'à récupérer l'argent et à sortir dans le silence de la nuit où il n'y avait même pas d'habitants du quartier pour le regarder partir.

Comme crime professionnel, on ne pouvait pas faire mieux. Un bon coup sur la tête et c'était fini. Pas de fantaisies, pas de vengeance ni de messages sanglants comme dans mon bureau. Smiley avait encore ses doigts intacts.

La première voiture de police arriva au bout de quatre minutes. Je montrai mes papiers aux deux uniformes mais le conducteur me reconnut et donna le feu vert.

– C'est vous qui avez appelé?

– Ouais. Le corps est dans le bureau, au fond. Je n'ai touché à rien. Rien qu'au téléphone mais avec un Kleenex, et à l'interrupteur, avec mon coude.

Un des agents prit son calepin pendant que l'autre entrait.

– Débarrassons-nous d'abord de la paperasse, dit-il.

– D'accord.

Je lui donnai tous les renseignements personnels

dont il avait besoin, lui racontai dans tous les détails mon entrée, ma découverte du mort et ce qui avait suivi. J'allais en finir quand deux autres voitures de patrouille arrivèrent, suivies de près par une voiture banalisée. Pat était au volant, la mine sombre et les traits tirés, et je compris pourquoi quand je vis Candace Amory et son patron en descendre.

Pat leur dit de rester là jusqu'à ce que le premier examen des lieux soit terminé, puis il m'aperçut et me rejoignit.

– Qu'est-ce que c'est que cette manie que tu as de te trouver partout en compagnie de cadavres, Mike? A entendre le D.A., tu es un danger public.

– Je n'ai tué personne. Du moins pas encore.

– Avec le temps, tu y arriveras, tu y arriveras. Et ça aussi, c'est de la bouche de notre éminent district attorney. Alors, qu'est-ce qui s'est passé?

Je le lui racontai, exactement comme au premier flic arrivé sur les lieux.

– Et tu es venu ici sur une intuition?

– Bof...

– Nous avions une unité de surveillance devant chez Smiley, hier soir. Il n'est pas rentré chez lui.

– S'il est revenu par le vol de nuit, il a pu venir tout droit ici.

– Pourquoi?

– C'était un de ces types cupides qui veulent leur argent aussi vite qu'ils peuvent le toucher. Le bureau n'était pas un mauvais endroit pour un règlement rapide et l'heure était bonne.

Les photographes de la police arrivèrent et s'engouffrèrent dans le garage. Pat regarda sa montre et me dit :

– Ne bouge pas, toi.

– Où veux-tu que j'aille ?

– Va donc parler aux huiles, là-bas.

– Pat... Comment se fait-il que le D.A. ne soit pas en train de te harceler ? En général il aime bien se mêler de tout.

– Je crois que la Princesse Glaçon le tient en laisse, répliqua-t-il aigrement.

Aucune présentation n'était nécessaire. Le district attorney et moi nous connaissions et comme situation d'antagonisme, on ne faisait pas mieux. Il était sorti du rang et c'était son premier mandat ; pour lui, les gens comme moi étaient des erreurs législatives qui n'avaient pas à se mêler du travail de la police. Il était de ces types qui réprouvent l'utilisation d'indicateurs ou de toute méthode ou technique risquant d'apporter des arguments à la défense au cours d'un procès.

– Une sacrée façon de commencer la journée, marmonnai-je.

– Vous semblez avoir le chic pour ce genre de choses, me dit-il. Cela vous ennuierait de me réciter encore une fois les détails ?

Je dis que non et débitai de nouveau toute ma salade. Il enregistra tout, en classant chaque détail dans sa petite tête.

– Vous avez une curieuse position, ici.

– Ça, vous pouvez le dire, maître. Principal témoin, découvreur de cadavres, enquêteur autorisé et, si la presse se pointe bientôt, source de choix pour un bon papier.

Une autre voiture arriva et s'arrêta au milieu de la chaussée. Le médecin légiste en descendit et passa devant moi, avec un petit sourire amusé, en disant :

– Encore vous, hein?

J'acquiesçai.

– Il n'y a de la veine que pour les canailles.

Candace nous observait et elle attendit que le légiste ait disparu à l'intérieur.

– Je crois que nous avons des choses à nous dire, monsieur Hammer.

Cette fois, elle ne m'appelait plus par mon prénom.

– Je n'en doute pas.

Pat les appela tous les deux et leur fit signe d'entrer. Il repoussa son chapeau sur la nuque et passa une main sur sa figure.

– Je crois que ton idée de la situation est la bonne, me dit-il.

– A moins que vous ne trouviez autre chose, tes hommes et toi.

– Smiley ne devait pas garder des registres de ces transactions-là mais il doit bien y avoir une trace écrite quelque part.

Je m'assurai que personne ne pouvait nous entendre et lui confiai :

– Il pourrait y avoir mieux que ça.

Il m'observa du coin de l'œil.

– Quoi, par exemple?

– Si le premier tueur, Penta, est celui qui a pris le rendez-vous pour être sûr que je serais dans mon bureau, alors j'ai peut-être un enregistrement de sa voix.

– Où ça?

Je tirai la cassette de ma poche et la lui donnai.

– Qui d'autre est au courant?

– Rien que Velda.

Il rangea la bande dans sa poche intérieure.

– Je vais garder ça dans mon propre service, pour le moment.

Au ton de sa voix, je compris que quelque chose l'irritait. Avant de lui poser la question, j'aperçus Jason McIntyre qui rasait les murs de l'autre côté de la rue; ses yeux brillaient de curiosité mais ses mouvements révélaient une inquiétude qu'il ne pouvait dissimuler.

– Voilà un type qui peut identifier le corps, Pat, dis-je.

– Où?

Je montrai du doigt Jason et Pat appela un agent en tenue; il lui dit d'aller le chercher. Le vieux faillit tourner de l'œil quand le flic lui prit le bras mais il le suivit, fut conduit à l'intérieur et en ressortit une minute plus tard, tremblant, la figure d'une pâleur effrayante. Il avait procédé à l'identification. C'était bien Richard Smiley. Jason alla au bord du trottoir et rendit tripes et boyaux.

Candace et son patron sortirent ensemble. Lui avait l'œil quelque peu vitreux, mais elle tenait parfaitement le coup. Elle regarda de mon côté mais à ce moment deux camions, des unités de télévision de deux chaînes rivales, arrivèrent en trombe et s'arrêtèrent pile pour dégorger leurs équipes, avec une précision militaire. En quelques secondes, ils eurent cadré Candace, puis ils passèrent à son boss, cherchèrent d'autres sujets prioritaires et un cadreur essaya de se glisser discrètement à l'intérieur.

– Comment est-ce que tu vas jouer ce coup-là devant l'objectif, Pat?

– Comme d'habitude. L'enquête se poursuit, nous avons un suspect, nous pouvons nous attendre à une prochaine arrestation.

– Mobile?

– Cambriolage apparent, ça fera l'affaire pour le moment. Son portefeuille était ouvert, vide, sur ses genoux. Par terre, il y avait un billet froissé de dix dollars, comme si l'assassin l'avait laissé tomber en tirant l'argent du portefeuille.

– Tu crois que ça prendra?

– Pas de raison que ça ne prenne pas. Il rentrait d'une bonne journée aux courses, il était seul, quelqu'un savait qu'il était bourré aux as et lui a sauté dessus. Smiley était peut-être inconscient de venir ici à une heure pareille, mais il était comme ça.

– S'ils gobent ça, dis-je, nous aurons peut-être un ou deux jours de répit.

– Mais quelle est ton explication, Mike?

Je souris largement et il fronça les sourcils.

– Tout ce que j'ai à faire, c'est une déposition à la police. La spéculation n'est pas de mon ressort.

Sans que je l'entende, Candace était arrivée derrière moi. Elle demanda :

– Mais si vous spéculiez, monsieur Hammer, que diriez-vous?

– Vas-y, dis-le-lui, grommela Pat.

Je me retournai et tendis une main pour redresser un des revers de sa veste.

– Je dirais que quelqu'un ne voulait pas que ce vieux Smiley soit en mesure d'identifier ses copains... Et ça, c'est de la *pure* spéculation.

– Capitaine? demanda-t-elle.

– La spéculation, mademoiselle Amory, est ce qu'aucun flic au monde ne se permet à haute voix. Une fois les dépositions données, les rapports rédigés et quand j'aurai analysé le tout, un communiqué officiel sera publié.

Elle nous examina tous deux d'un regard très spéculatif, hocha la tête et s'éloigna.

– Mike, mon petit vieux, me dit Pat, cette bonne femme a dans l'œil une lueur qui me dit qu'elle a des visées sur toi.

– C'est le mécanisme de défense d'une carriériste, assurai-je. De la couille.

– Fais gaffe qu'elle ne te coupe pas les tiennes.

– Tu veux que je reste ici, ou non ?

– Où tu vas ? demanda-t-il.

– T'en fais pas, je ne vais pas quitter la ville.

6

Tous les immeubles semblent avoir un recoin oublié qui n'est apparemment bon à rien du tout. Il y a des endroits qui sont simplement là, des pièces sans fenêtres, dont les murs vibrent constamment au passage des ascenseurs voisins. Elles sentent le moisi et ont un air si lugubre que personne ne veut les occuper. Et puis arrive quelqu'un qui voit le coin, et pour cette unique personne cela devient un territoire privilégié parce qu'il représente le calme et la solitude quand le travail est intensément cérébral. C'est ainsi qu'un domaine est établi.

Je frappai à la porte, ouvris et dis bonjour à Ray Wilson.

– Vous vous rendez compte que personne ne sait où vous travaillez, dans cette baraque ? On me répétait que ça devait être quelque part en bas.

Il me fit signe d'entrer.

– Ma tour d'ivoire personnelle, déclara-t-il en poussant du pied une chaise vers moi. Asseyez-vous. Je suis à vous tout de suite.

Je m'assis et contemplai l'assortiment de classeurs, tout autour de moi. Il y avait un curieux bourdonnement dans la pièce, des voix étouffées, et je vis un scanner, dans le fond. Ray était à l'écoute des radios de police. A côté de son bureau, il avait un ordinateur dernier modèle dont l'écran était couvert de rangées de chiffres. Il y avait d'autres appareils, moins neufs, mais manifestement adaptés au travail qu'ils devaient fournir.

Ray claqua un tiroir, retourna à son bureau, se jucha sur un coin et alluma une cigarette.

– Je me demandais quand je vous verrais arriver. Pat m'a dit que vous passeriez, tôt ou tard.

– Tiens donc ? Et pourquoi ?

– Parce que j'ai un accès assez immédiat à du matériel qu'il faudrait rechercher pendant des mois.

Il commençait à m'intéresser.

– Quoi, par exemple ?

– Par exemple, la mutilation des doigts, dans votre bureau. Ce que cela veut dire.

– C'est le double de ce qu'il a pris à l'agent U.S. en Angleterre.

La cigarette resta en suspens à mi-chemin de sa bouche.

– Comment diable avez-vous appris ça ?

– J'ai mes services de renseignements. Qui d'autre a perdu ses doigts ?

Il se laissa glisser du bureau, le contourna et s'assit dans un vieux fauteuil tournant, en bois blanc.

– Vous vous aventurez en terrain dangereux, Mike.

– Vous êtes curieux aussi, Ray. Vous avez toutes ces machines qui travaillent pour vous, toute l'autorité dont vous avez besoin et, fort probablement, d'excellentes relations par-dessus le marché pour vous faciliter les choses. Vous avez vos entrées à Interpol, à Scotland Yard et à la P.J. française, et du moment que ce que vous cherchez est de nature criminelle et pas politique, vous pouvez puiser à toutes leurs sources. Alors, Ray, qui d'autre a perdu des doigts?

Cette fois, il tira une longue bouffée de sa cigarette et garda la fumée, pendant qu'il réfléchissait; puis, soufflant un fin nuage, il me considéra.

– J'en ai localisé trois avant que ça devienne politique.

– Merde.

– Un trafiquant de drogue français, de bas niveau, mais il carottait l'organisation. Les doigts ont été coupés une heure avant qu'un coup de couteau le tue. Le deuxième c'était une affaire assez bizarre... Un gosse de dix ans a été enlevé, près de Rome. Ses parents étaient immensément riches. La police n'arrivait à rien et il était bien évident qu'on avait affaire à un groupe de criminels très organisés. La rançon était de un million de dollars en devises américaines. Apparemment, les parents se sont chargés eux-mêmes de l'affaire, bien qu'ils ne l'aient jamais reconnu. Bref, le gosse leur a été rendu indemne, avec un billet expliquant où trouver le ravisseur. Il était ligoté sur une chaise dans une grange, les cinq doigts de la main droite coupés et le bout pointu d'une pioche planté dans sa poitrine. On a découvert le reste de la bande et ils sont tous morts au cours d'une fusillade avec la police.

– Ce type est un vrai sauvage!

– Pas tant que ça...

Il alluma une nouvelle cigarette au mégot de la précédente et avala la fumée.

– Ce n'est pas un cinglé. Pas encore. Six mois après le kidnapping, un important vol de tableaux a eu lieu en Belgique. Deux toiles d'un des plus grands maîtres ont disparu d'un musée. Elles étaient comme *La Joconde*, impossibles à estimer, sans aucune valeur marchande. Quoi qu'il en soit, une récompense a été offerte pour leur récupération.

– Personne n'a demandé de rançon ?

– Le vol avait été commis, semble-t-il, pour le compte d'un collectionneur particulier, qui n'en a jamais vu la couleur. Trois semaines après le vol, une toile a été livrée au musée avec une lettre expliquant comment l'argent devait être transféré, et qu'ensuite le second tableau serait rendu. Il n'y a eu l'intervention d'aucune police, le musée a accepté les conditions et l'autre tableau a été restitué. Cette fois, une petite boîte l'accompagnait. Elle contenait cinq doigts coupés. Quinze jours plus tard, l'odeur d'un corps en putréfaction conduisit la police au cadavre. Il avait une main sans doigts, et tout indiquait qu'il s'agissait du voleur de tableaux. Quant au commanditaire, je ne sais pas s'il a été arrêté.

– Et maintenant, il est ici. Mais cette fois, il en a pris dix.

– Cette fois, il a pensé que c'était votre main qu'il taillait.

Je secouai la tête.

– Ça, Ray, c'est le hic. Je ne peux en aucune façon avoir un quelconque rapport avec ce type. Ce billet qu'il a laissé ne peut être qu'une blague. C'était à DiCica qu'il en voulait et j'ai été mêlé à cette histoire tout à fait par hasard.

– Pat m'a fait part de l'hypothèse de vos amusants amis. Étant donné les antécédents de DiCica, il pourrait y avoir une probabilité...

– Enfin quoi ! Il y a aussi de la logique, là-dedans !

Cette fois, il dit carrément non.

– Je n'y crois pas. Ici, ce Penta commet un

crime de dément dans votre bureau. Quel effet vous font ses autres meurtres ?

– J'avoue qu'ils baignent dans l'huile. Il savait ce qu'il faisait.

– Mais il n'a pas été l'instigateur des assassinats, n'est-ce pas ? Quelqu'un l'a envoyé à la poursuite des coupables. Pour les tableaux, c'est la récompense qui l'a motivé. Le meurtre était sa signature.

– Alors ce type serait un tueur à gages ?

– Une foutue merveille, voilà ce qu'il est. Quelque part dans le courant de l'enquête, mes demandes de renseignements sont réduites au silence comme on claque une porte. J'ai attendu de voir s'il y aurait des répercussions en haut mais, jusqu'à présent, rien ne bouge. Il va falloir beaucoup plus de poids que je n'en ai pour surmonter un obstacle politique.

– Vous êtes sûr que c'est allé aussi loin ?

– Bientôt, Mike, ce sera pour moi la retraite forcée. Cette petite entreprise privée de détection que j'ai créée et élaborée pour en faire un département va tomber à l'eau quand je serai parti, à moins qu'elle ne se taille un peu de gloire, assez pour intéresser les distributeurs de crédits de la municipalité. Ils ne savent même pas ce qu'ils ont ici. L'ère des ordinateurs a relié ce bureau à tous les pays et toutes les industries du monde, aussi étroitement que deux amants nus dans un lit.

– C'est dingue.

– J'ai une drôle d'impression sur cette histoire.

– Moi aussi, Ray, moi aussi. Mais d'où nous vient-elle ?

Il tira encore une bouffée de sa cigarette et toussa pendant trente secondes. Quand la toux fut calmée il me dit :

– Vous avez tué Penta, Mike. Il le dit lui-même.

– Ça suffit, Ray ! Vous savez depuis combien de temps je n'ai plus tué personne ? Je commence à en avoir marre, de ce message à la con.

– Vous, je veux bien vous croire. C'est ce Penta qui est difficile à suivre... Mais vous êtes quand même toujours la cible.

– Donnez-moi un mobile, et alors je le croirai peut-être.

– Vous devez bien vous rendre compte qu'il y a un mobile quelque part. Il peut être fou, il peut être absolument invraisemblable, mais il *existe.* Ces meurtres ne sont pas le fait de quelqu'un qui a perdu la boule et qui se balade dans les rues un couteau à la main.

– Alors qu'est-ce qui va se passer maintenant ?

– Ce type est un traqueur. Quelque chose le motive et il exécute le travail. Il est efficace, silencieux et totalement dépourvu de scrupules.

– Vous vous rendez compte qui vous décrivez là, Ray ?

– Certainement. Un terroriste.

– Il y a combien de temps qu'il a commis ces trois crimes ?

Ray acheva de fumer sa cigarette et l'écrasa dans un cendrier.

– Je me demandais si vous alliez me poser la question. Le dernier remonte à douze ans.

– Et vous pensez qu'il y en a eu d'autres depuis, c'est ça ?

– Un tueur comme ça, qui aime son travail, ne s'arrête pas. Vous savez ce que je pense ?

Je hochai la tête :

– Quelqu'un a pris conscience de son potentiel et l'a utilisé à ses propres fins.

– Vous ne manquez pas d'astuce, dit-il en riant.

Dès que nous touchons à quelque chose de politique, les stores se baissent. Les communications sont coupées. J'ai l'impression que tôt ou tard quelqu'un va me convoquer pour une petite conversation.

– Et vous allez continuer de vous acharner ?

Il ramassa son paquet et en fit sauter une cigarette.

– Dans trois semaines, je rends l'insigne et je pars à la retraite. Je ne peux pas laisser une situation pareille en suspens. (Il rit en craquant une allumette.) C'est drôle, dans un sens. J'ai été promu tout en bas de l'échelle là où je me plais le mieux et j'aimerais voir la tête que feront certains si cette affaire se solde par un glorieux feu d'artifice.

Il approcha la flamme de la cigarette, aspira une bouffée et fut pris d'une nouvelle quinte de toux.

– Qui héritera de cette enquête ?

– C'est une affaire de police. Elle ira à Pat. Comment il la gérera, ce sera son affaire. Tout ça, c'est strictement entre nous, je suppose que vous le savez ?

– Pas de problème. Ce que j'ai entendu ici, je le laisse ici. Merci pour tous les renseignements.

– Franchement, je trouve que pour un privé vous avez les plus extraordinaires relations que j'aie jamais vues. Vous allez et venez dans le département comme si vous étiez chez vous. Vous êtes cul et chemise avec les huiles, vous traversez les merdiers sans vous salir les pieds et vous en émergez en sentant l'eau de lavande.

– Vous êtes jaloux ?

– Non, bougrement curieux, c'est tout.

Il se remit à tousser et fourra le paquet de cigarettes dans sa poche.

– Ces trucs-là vont vous tuer, lui dis-je.

Il me sourit froidement.

– Pour le moment, je dirais que mes chances valent à peu près les vôtres.

– C'est sûr, avouai-je amèrement.

Il dissipa sa fumée d'une main tandis que j'ouvrais la porte.

– Restez en vie, Mike, dit-il à mon dos.

Il me fut impossible d'éviter les trois journalistes, au rez-de-chaussée. Ils attendaient n'importe qui, toute personne mêlée à l'enquête sur le meurtre de Smiley, en espérant harponner Pat, et je leur tombai en plein dessus. Il avait dû leur refiler la version officielle pour ce qu'elle valait, mais c'étaient tous des anciens et ils reniflaient la grosse affaire qui n'avait pas encore éclaté. Deux d'entre eux me reconnurent pour avoir été mêlé à deux ou trois autres histoires complètement dingues et à un procès à sensation, il y avait trois ans. J'avais toujours fait de la bonne copie et maintenant, avec le crime dans mon bureau et ma présence sur les lieux d'un autre, ils essayaient de fabriquer une chaîne en assemblant ce qui n'était encore qu'un tas de maillons épars.

Je ne leur mentis pas. Ils s'y entendaient trop en matière de rapprochements. Je ne leur racontai pas tout non plus, et ils s'en doutèrent bien. Ce qu'ils obtinrent, les flics l'avaient déjà, alors je ne baissai pas complètement ma garde.

Le journaliste qui, jusque-là, n'avait fait que prendre des notes pendant que les deux autres m'interrogeaient me demanda finalement :

– Ce type a réellement cassé la gueule à votre copine, hein ?

Une nouvelle fois, mes poings se crispèrent et les muscles de mon cou se nouèrent.

– Je me ferais un plaisir de tuer ce fumier, grinçai-je d'une voix subitement dure et rauque, et je crachai par terre.

– C'est votre petite amie ?

Je me retins juste à temps. Il m'observait attentivement et enregistrait mentalement ma réaction.

– Velda travaille pour moi, dis-je. Nous sommes de vieux amis.

Je n'allai pas plus loin et, avant qu'il puisse insister, la porte d'entrée s'ouvrit et Candace Amory arriva avec Pat. Deux des journalistes se précipitèrent pour les intercepter. Le troisième prit son temps et me quitta, la bouche tiraillée par un petit sourire ironique. Je fus heureux quand il eut rejoint les autres.

Pat et Candace se débarrassèrent d'eux rapidement mais d'une manière amicale et les remirent au flic des relations publiques qui attendait son moment. Pat m'avait aperçu dès son entrée. D'un geste du pouce il me désigna l'ascenseur. La porte se referma et la cabine monta.

– Qu'est-ce que tu fais là ? me demanda-t-il.

– Je croyais que tu voulais une déposition.

Candace nous jeta à tous deux un coup d'œil aigu.

– Est-ce que vous n'en avez pas fait une sur le lieu du crime ?

Le ton de sa voix était presque une réprimande. Je restai impassible.

– Pas dans tous les détails superfins, madame.

– Cela nous est déjà arrivé, lui dit Pat avec brusquerie.

La porte s'ouvrit à son étage, nous sortîmes de la cabine et allâmes à son bureau. Je m'installai dans le confortable fauteuil près de la fenêtre, tandis que Candace faisait les cent pas. D'une démarche animale. C'était une démarche de chat irrité, comme seules peuvent marcher les femmes qui ont un chardon dans le cul. Quand elle s'arrêta, elle regarda fixement Pat et demanda :

– Qu'est-ce qui se passe, entre vous deux ?

– Demandez-lui, répondit-il sans même prendre la peine de la regarder.

Ses yeux me cherchèrent et me trouvèrent.

– Je n'arrive pas à croire à cet... à cet arrangement confortable. Vous avez l'air de vous figurer que vous faites partie de la police !

– J'ai ma licence.

– Où avez-vous appris...

– Je suis passé par l'école du F.B.I., j'ai suivi tous les cours de l'école de police de New York, je suis allé ici en ville à l'école des pompiers... vous en voulez encore ?

Pat riait franchement, à présent.

– Demandez-lui comment il a fait. Je suis sûr que ça doit être une bonne histoire.

– Et Pat et moi sommes camarades de régiment, ajoutai-je. Mais je ne crois pas bénéficier de privilèges particuliers.

– Et mon cul, dit-elle, puis elle esquissa un sourire.

Elle alla s'asseoir sur une chaise, toujours d'une démarche féline, mais le chat n'était plus irrité.

Il y avait deux agrandissements sur papier glacé, sur le bureau de Pat, et il me les tendit.

– L'histoire commence à se resserrer. Jette un coup d'œil à ça.

Sur la première photo on distinguait tout juste quatre empreintes de pas et la seconde était un agrandissement de l'une d'entre elles.

– Qu'est-ce que tu en penses ?

– On dirait des mocassins. Pas de hiatus entre la semelle et le talon.

– Exactement, et les tailles sont différentes. Deux personnes.

Il m'intriguait.

– Et alors?

– Regarde bien l'agrandissement.

Cette fois, je l'examinai attentivement. On voyait un curieux motif géométrique. Je mis une minute à piger.

– Ça, c'est de la chaussure de bateau. Semelle antidérapante. On en fait de tous les styles, de la toile au plastique.

– Oui. Ça ne te dit rien?

Tout cela passait très loin au-dessus de la tête de Candace. Elle avait un air tout à fait perplexe. Je hochai la tête.

– De vrais pros, pas de doute. Et des délicats.

– Ce n'est pas tout.

Il décrocha son téléphone, tapa un numéro et pria son interlocuteur de venir dans son bureau.

Deux minutes plus tard, l'agent responsable de la photographie arriva, lui remit deux autres agrandissements, tourna les talons et s'en alla. Pat les examina pendant quelques secondes, puis il me les montra. C'étaient encore les mêmes semelles.

– Celui qui portait ces chaussures a tué Smiley, déclara-t-il. Celles-ci sont de la même taille que sur l'autre cliché et tu sais d'où elles viennent, n'est-ce pas?

Je remis les photos à Candace, pour qu'elle les examine.

– Elles appartiennent à ceux qui m'ont passé à tabac, hein? Un travail de police super, mon vieux.

Pat avait un petit air satisfait. Il ne dédaignait pas le compliment.

– Nous sommes d'assez bons pros, nous aussi. Le fabricant de ces chaussures a été identifié et il nous envoie une liste des détaillants qui les vendent, bien que je ne pense pas que ça nous soit très utile. Mais les chaussures, les gens les gardent, en général, alors ça nous donne autre chose à chercher.

– Quelles pistes avez-vous, capitaine?

Il ne mentionna pas l'enregistrement que je lui avais donné. Pat savait travailler en liaison étroite avec le D.A. mais il n'était pas obligé de coucher avec lui.

– Certaines choses sont en cours d'élucidation, dit-il. Nous devrions avoir bientôt des résultats.

J'avais l'impression d'être en plein rêve. Pat s'adressait à Candace et j'entendis ce qu'il disait mais je n'écoutais pas. Leurs voix étaient un bourdonnement lointain et j'étais assis dans le garage obscur, ligoté sur une chaise, abruti par la drogue qu'on m'avait injectée. On me priait de me rappeler un dénommé Penta, mais je ne pouvais me souvenir de rien sauf d'un rêve où quelqu'un derrière moi avait des haut-le-cœur et marmonnait des imprécations puis crachait quelque chose d'horrible.

– Tu es avec nous, Mike? demanda Pat.

Je sursautai.

– Pardon. J'essayais de me rappeler quelque chose.

– Et ça t'est revenu?

– Pas tout à fait.

Candace et Pat avaient apparemment terminé leur conversation pendant ma séquence de rêve et elle se remettait du rouge à lèvres. Mon estomac grommelait pour me rappeler que je n'avais rien mangé de la journée.

– Quelqu'un est d'accord pour un dîner de bonne heure?

– Une autre fois, me dit Pat.

Je tendis la main vers Candace. Elle secoua la tête.

– Merci, non. J'ai rendez-vous avec Bennett Bradley et M. Coleman dans un petit moment. (Ses yeux m'examinèrent par-dessus la petite glace de son poudrier.) Mais je vous rejoindrai pour aller prendre un verre, quand nous aurons fini.

– Épatant. Où voulez-vous que je vienne vous chercher ?

– A mon bureau. Vers sept heures, ça va ?

– Parfait. De quoi parlerons-nous ?

Elle passa un bout de langue sur ses lèvres pour humecter le rouge, mais sans lever les yeux.

– Je suis sûre que vous trouverez un bon sujet.

Pat n'eut pas besoin de dire un mot. Je savais ce qu'il pensait.

Une douche chaude bien savonneuse me remit à neuf. Je tournai le bouton, du mince jet cinglant à la trombe de massage vibrante, pour revenir à la pluie normale pendant les cinq dernières minutes où je me rasai sous l'eau courante.

Ensuite, j'enfilai un caleçon, me préparai un grand C.C.-ginger avec un zeste et mis en marche le répondeur téléphonique. Le premier appel était du teinturier, pour m'annoncer que mon costume était prêt. Le deuxième de Russell Graves de Manchester qui voulait que je le rappelle. Il me donnait le numéro et je calai le combiné contre mon épaule pendant que je le composai.

Le téléphone britannique fit son double rototo, sonna deux fois et une voix à l'accent prononcé dit :

– Oui, vous désirez ?

– Russell ? Ici Mike Hammer. Qu'est-ce qui se passe ?

Il avait complètement perdu sa joyeuse désinvolture.

– Monsieur Hammer... je ferais mieux de vous dire... eh bien, vous savez... cette histoire des doigts mutilés?

– Oui?

– Par deux fois, j'ai reçu la visite de personnes que je soupçonne d'appartenir à la police. Ces personnes voulaient savoir pourquoi je m'intéressais à... au mort.

– Elles ont décliné leur identité?

Je l'entendis déglutir.

– Pas la peine. Ces gens-là ont un certain air, vous savez.

– Voyons, Russell, vous êtes en Angleterre, mon vieux. La police ne travaille pas comme ça.

– C'était... une sorte de police différente.

– Qu'est-ce que vous racontez?

– Les agents des services secrets britanniques ne travaillent pas dans les mêmes conditions que les bobbies.

– Ils vous ont menacé?

– Disons qu'ils étaient... *menaçants*. Ils ne sont partis qu'une fois bien assurés que j'étais réellement un journaliste. L'impression que j'ai eue, c'était que j'étais un... un intrus embarrassant.

– Ils l'ont dit?

– C'était surtout ce qu'ils ne disaient *pas*, vous savez. Je crains qu'il n'y ait quelque chose d'énorme dans l'air. Ils étaient très effrayants.

– Pourquoi la visite... alors?

– Parce que... L'un d'eux a dit, eh bien... plutôt inconsidérément, je crois, je doute qu'il en ait eu conscience... de ne pas aller à la recherche *des autres*... Il est possible qu'il ait dit *d'autres* mais je suis à peu près certain qu'il a dit *les* autres. Dans ce cas, il y en aurait d'autres...

– Superbe, Russell. Vous avez été très bien. N'allez à la recherche de rien ni de personne.

– Oh, pour ça, vous pouvez être tranquille, Mike! Je n'aime pas du tout la violence. Ces hommes étaient très costauds. Et ils savaient ce qu'ils faisaient. Alors voilà, j'ai pensé que vous devriez être mis au courant, quoi.

Je le remerciai encore et raccrochai.

J'étais indiscutablement en plein milieu de quelque chose.

Leur conférence n'était pas encore tout à fait terminée quand j'arrivai au bureau de Candace. Sa porte était ouverte et j'entendis leurs voix assez échauffées, du bout du couloir. Sur un ton sec et froid, Coleman disait :

– Depuis tout ce temps, il doit bien y avoir *quelqu'un* qui peut l'identifier. Cette histoire de nom unique, *Penta,* doit avoir une signification.

– Nous coordonnons tous les renseignements que l'ambassade a pu nous fournir. Nous n'avons pas tellement d'agents sur le terrain...

Je les interrompis, du seuil :

– Et pourquoi, monsieur Bradley?

Tous trois échangèrent des regards rapides. Candace réagit avec une surprise qui me dit qu'elle avait oublié que nous avions rendez-vous pour prendre un verre. Avant qu'elle puisse ouvrir la bouche, Bradley répliqua :

– Pourquoi en aurions-nous tant que ça? Un meurtre ou deux...

– Ne me racontez pas de blagues, Bradley. Si ce Penta exige l'intervention sur place du Département d'État, nous jouons très gros jeu.

– Monsieur Hammer...

Il se retourna vivement pour me faire face,

grand, massif, portant tout le poids de l'autorité fédérale. Il ne demandait qu'à me chasser définitivement de la partie, mais il n'était pas fort à ce point. Je m'avançai dans la salle.

– De quels « un ou deux » meurtres parlez-vous ? Je peux vous citer trois autres affaires civiles portant la marque de fabrique de Penta, et bien d'autres sur la scène politique qui ont perdu des doigts.

Je mentais, sur ce dernier lot, mais il ne le savait pas et je le vis pâlir. Il jeta un coup d'œil à Coleman puis ses yeux revinrent vers moi.

– Comment le savez-vous ?

Ça, c'était mieux. Il ne me défiait pas du tout. Il savait que j'avais obtenu, d'une façon qui lui échappait, des informations que je n'étais pas censé connaître et il se demandait ce que j'allais en faire. Je n'étais pas quelqu'un qu'il pouvait faire attendre et il devait prendre une décision sans tarder.

Je lui répondis par un simple geste qui n'engageait à rien.

Coleman s'éclaircit la gorge. Lui aussi avait été pris par surprise.

– Vous me paraissez avoir des sources insolites, monsieur Hammer.

Je ne dis toujours rien.

– C'est le capitaine Chambers qui vous a révélé tout cela ?

– Je ne crois pas que Pat soit au courant, répliquai-je sans mentir.

Je suais la vérité, ces temps-ci. Ray Wilson n'avait probablement pas eu le temps de le mettre au parfum et Pat ne connaissait pas Russell Graves.

– Et, naturellement, vous n'allez pas nous dire d'où vous tenez ces renseignements.

– Qu'est-ce que ça peut faire ? Nous savons tous quelle est la réalité des faits.

La figure de Candace Amory était glacée mais ses yeux lançaient des éclairs. J'ajoutai :

– Dommage que vous n'ayez pas permis à la dame district attorney d'entrer dans votre jeu.

Elle avait aussi de la glace dans la voix :

– Oui, en effet, c'est dommage. Je croyais que nous formions une équipe.

– Nous allions en former une, mademoiselle Amory. Nous pensions que, pour le moment, il était préférable de laisser de côté les précédents pour mieux nous concentrer sur la situation actuelle, dit Bradley, qui se donnait vraiment du mal maintenant. Peut-être – si M. Hammer veut bien nous laisser – pourrions-nous jouer cartes sur table...

Je ne le laissai pas finir.

– Pourquoi ne lui dites-vous pas que vous courez après un terroriste, Bradley ? lançai-je. Puis je me désintéressai de lui et regardai Candace : C'est un tueur à gages, ma jolie. Un tueur professionnel sans complexes qui travaille en première division et qui adore signer ses crimes en coupant des doigts. Quelqu'un l'a sorti de son terrain pour le jeter dans l'arène politique. Et maintenant, il est ici...

Candace alla à la porte, la ferma et revint vers la table.

– Tout cela est vrai, j'imagine ? demanda-t-elle à Bradley.

– Dans l'ensemble, oui.

Pendant que l'électricité crépitait encore dans l'atmosphère, je dis :

– Alors, si vous mettiez un peu vos cartes sur la table, messieurs ? Que ça vous plaise ou non, je suis dans le coup. Il n'y a plus aucun moyen de m'écarter.

Avant que Bradley puisse intervenir, elle le regarda bien en face mais s'adressa à moi :

– M. Bradley est l'expert du Département d'État pour ce qui concerne cet individu, Penta. Je croyais sa nomination assez récente mais on dirait qu'il y travaille depuis pas mal de temps. N'est-ce pas, monsieur Bradley? Ou dois-je m'adresser à mes relations de Washington pour le savoir?

La figure de Bradley n'exprima pas le moindre embarras. On les entraîne bien, dans la Carrière. Lorsque les choses tournent à l'aigre, ils font contre mauvaise fortune bon cœur et cherchent la porte de sortie.

Ce fut à moi qu'il s'adressa, mais en gardant les yeux sur elle.

– Oui, c'est absolument vrai. Voilà onze ans que je commande un groupe spécialement sélectionné pour retrouver et capturer Penta. Nous nous en sommes approchés souvent, les Britanniques aussi, mais à chaque fois, il nous échappe. On lui prête neuf assassinats politiques, mais ceux-là sans mutilations. Rien qu'une estafilade à la pointe du couteau, en travers des quatre doigts et du pouce. Plutôt que de laisser une signature, il parafait son travail. Quand notre agent l'aura surpris, en Angleterre, il sera revenu à son ancienne méthode d'amputation totale des doigts, pour bien marquer son mécontentement.

– Qui est son chef? demandai-je.

– Forcément un ennemi. Quelqu'un qui le finance bien...

Coleman mit son grain de sel :

– Nous le soupçonnons d'être une personne d'un rang inférieur en politique ou dans une organisation policière. A en juger par sa façon de se déplacer il paraît très bien renseigné sur nos activités.

– Et si vous voulez tout savoir, monsieur Hammer, c'est à cause de la mort de notre agent en Angleterre que j'ai été déplacé et rappelé aux États-Unis.

– Pourquoi êtes-vous ici, alors?

– Parce que je suis le seul à avoir une expérience des opérations de cet individu. Quand Victor Starson arrivera, il prendra la relève et je serai transféré à Washington.

– En attendant, lui rappelai-je, Penta est ici.

– Et vous aussi, monsieur Hammer. N'oubliez pas que c'est pour vous qu'il est venu.

– Et nous voilà revenus à la case départ. Politiquement, je suis zéro. Je n'ai aucun rapport avec la politique du gouvernement, aucun. Je suis la grosse erreur dans ce scénario.

– Ce tueur n'a encore jamais commis d'erreur, insinua Bradley. Tant que son identité reste un mystère total, il a toutes les chances de son côté.

– Allons donc! Ce n'est pas un fantôme. Il a été vu par un tas de gens. L'ennui, c'est qu'ils n'ont pas su qui ils voyaient.

Je marquai un temps, les dévisageai tous les trois et dis enfin à Bradley :

– Et vous vous trompez en disant qu'il n'a jamais commis d'erreur.

Ils attendirent la suite mais je regardai ma montre et souris à Candace.

– On va le boire, ce verre, mademoiselle Amory?

Mais Coleman n'entendait pas en rester là.

– Vous disiez, monsieur Hammer...

– Je disais que c'est une affaire de police, dans la ville de New York, et que vous devez attendre que le capitaine Chambers vous renseigne sur le déroulement de l'enquête. Vous êtes prête, mademoiselle Amory?

Tout le monde s'en alla. Les adieux furent confus et vagues. Candace et moi prîmes un taxi. Je lui demandai de nous conduire à l'Old English Tavern. Petey Benson, au bar, parlait de base-ball à un yuppie et il faillit perdre son dentier quand il me vit avec Candace.

Je la poussai légèrement du coude et murmurai :

– Vous voulez faire la connaissance d'un admirateur ?

– Est-ce qu'il vote ?

– Qu'est-ce que ça peut vous faire ? Vous êtes nommée.

– Cela changera un jour.

– Il vote, assurai-je.

Elle sourit aimablement.

– Dans ce cas, je vous en prie, présentez-le-moi.

Petey fut un peu intimidé par la main qu'elle lui tendit, mais il sourit largement et la serra. Il respectait l'autorité civile d'un point de vue objectif, mais pas d'aussi près.

– Petey fait partie des bons journalistes gentils. Il a de remarquables talents cachés.

– Merveilleux, dit-elle.

Mentalement, Petey me flanquait des coups de pied au cul. Je lui demandai :

– Tu as envie de me faire un plaisir, vieux ?

– Non, je n'ai jamais...

– Va plonger dans tes fiches et apporte-moi des renseignements sur DiCica. Pas son casier ni ses activités récentes. Remonte le plus loin possible.

– Pourquoi ? Il est mort.

– Fais-le, c'est tout. D'accord ?

Pendant une seconde, je crus qu'il allait m'envoyer sur les roses mais, pendant cette seconde, il lut dans mes yeux et il acquiesça lentement.

– D'accord. Je veux bien faire ça, pour une seule raison...
– Laquelle ?
– Nous avons maintenant des ordinateurs et des fax et je ne perdrai pas huit jours à fouiller dans la doc.
Je jetai cinq dollars sur le comptoir et commandai des bières pour Petey et son pote de base-ball, puis j'emmenai Candace à une table du fond. Je répondis à sa question avant qu'elle la pose.
– C'était DiCica ou moi que le tueur cherchait. Or, je sais tout de moi mais seulement certaines choses sur DiCica. Ce que je veux, c'est *tout* savoir de lui.
– Nous savons tout de DiCica, nous.
– Ma cocotte, DiCica lui-même n'en savait pas autant. Il a mené deux existences entièrement différentes.
Elle attendit que le garçon apporte les verres, puis elle fit tourner le sien entre ses doigts pendant qu'elle mettait de l'ordre dans ses pensées. Elle savait que je l'observais, que je la caressais des yeux, que je la sondais et lisais des bribes qu'elle laissait échapper de son langage corporel, et elle finit par pincer les lèvres.
– Ne faites pas ça, dis-je.
Son expression devint toute interrogation.
– Vous avez une belle bouche sensuelle, ma jolie. Ne la pincez pas comme ça.
– Je vous en prie !
Elle regarda vivement de tous côtés, craignant qu'on ait pu m'entendre. Je lui souris ironiquement.
– Maintenant, parlez-moi, jolie dame.
Cette fois, elle secoua la tête et me rendit mon sourire.

– Pourquoi est-ce que je passe du chaud au froid, avec vous ?

– Parce que vous jouez le jeu aussi, ma belle.

– Et qu'est-ce qu'il y aura pour le gagnant ?

– Je ne sais pas trop encore quel est le meilleur prix.

Elle attrapa sa lèvre inférieure entre ses dents, croisa ses mains sous son menton et m'examina.

– Ce sera vous le gagnant, n'est-ce pas ?

Je ne lui répondis pas.

– C'est ça qui me dérange. Qui dérange tout le monde. Vous êtes la pièce qui n'a pas sa place dans le jeu mais qui doit y être. Comme disent mes amis, un foutu détective privé dans une position qui échappe à leur contrôle. Pourquoi, Mike ?

Je ne trouvai rien à dire, alors je fis un vague geste de l'épaule.

– Mon chef s'en remet au capitaine Chambers. Il reconnaît son professionnalisme et apprécie son opinion. Dans tout cela, vous avez une niche particulière et personne ne sait où elle est... Où est-elle ?

– En plein milieu du merdier.

– Absurde.

– Mais juste. On vous a déjà tiré dessus ?

Elle fit un léger non de la tête.

– Quand ça vous arrivera, lui dis-je sérieusement, vous comprendrez ce que je veux dire.

– Mais vous serez quand même gagnant.

– Candace, ma chérie, celui qui reste en vie le plus longtemps est le gagnant. Il se passe en ce moment quelque chose que personne ne veut divulguer. Nous avons des agences fédérales dans tous les coins, le Département d'État vient tripatouiller dans une affaire criminelle parce qu'ils ont la trouille de foutre le bordel dans le paysage politique. En ce moment, tout ça, c'est de la connerie. Nous enquêtons sur un meurtre, un homicide qui est du ressort de la police de New York.

– Aucun homicide n'est simple.

– Un meurtre n'est pas compliqué. Seuls les mobiles sont compliqués.

Elle abaissa ses mains, recula contre son dossier, pencha légèrement la tête et me considéra encore avec curiosité.

– Vous voyez... c'est l'autre chose qui intrigue, chez vous.

Cette fois, j'attendis.

– Quelqu'un a voulu vous tuer, *vous*. Il veut fort probablement toujours vous tuer et vous n'avez pas l'air d'avoir peur, du tout.

– Ne vous y trompez pas.

– Vous avez peur?

– Peut-être pas comme vous l'entendez. Je suis prudent. Et il faut bien être vivant, pour avoir peur.

– Cela donne à penser.

– Je vais vous donner un autre sujet de réflexion. Ayez peur mais ne laissez pas trembler votre main.

– Plus tard, je vous demanderai de m'expliquer ça.

Elle ouvrit son sac et en retira un poudrier, qu'elle rangea après un coup d'œil à la glace.

– Plus tard?

– Quand vous m'aurez ramenée chez moi, dit-elle avec un sourire espiègle.

Elles s'oublient parfois, ces superbes femmes. Il y a des moments où elles savent soulever leurs jupons jusqu'aux sourcils sans que personne n'y trouve à redire parce qu'elles le font dans le noir et, en ce moment, mes yeux étaient fermés.

Quand le taxi s'arrêta devant chez elle et que le portier piqua son petit sprint, je lui expliquai :

– Si votre main tremble, vous ratez votre cible, ma chatte.

Elle me jeta un coup d'œil, les sourcils froncés, et demanda :

– Est-ce que votre main tremble ?

– Aucune importance, ma jolie, je ne vise pas.

Je baisai le bout de mes doigts et les posai sur le bout de son nez.

Cette fois elle sourit et descendit du taxi. Ce n'était plus du tout un sourire espiègle.

7

L'EXERCICE au Bing's Gym me donna au moins l'occasion de me battre physiquement. Les appareils d'haltérophilie étaient des ennemis que je pouvais bousculer et maltraiter, en serrant les dents. Je tapai de toutes mes forces sur le sac de sable, massacrai le punching-ball, et si ce n'était pas de la vraie bagarre c'était de la bonne thérapeutique. Je me sentis bien mieux ensuite.

J'aurais même continué plus longtemps si Bing ne m'avait pas dit que ça suffisait comme ça, en me poussant dans la salle de vapeur, une serviette autour des reins. Il n'y avait personne d'autre, alors je m'assis et laissai mon esprit vagabonder parmi les détails d'une affaire de mutilation et de meurtre d'un ancien mécréant dans mon bureau.

Un sale crime, et le monde entier était sens dessus dessous. Le bureau du D.A. s'y met, le F.B.I. est dans le coup, la C.I.A. s'en mêle, le Département d'État y met son nez, tout ça parce qu'un type qu'ils appellent Penta a liquidé un foutu gangster débile. En me mettant dans le coup par la même occasion.

Mais il y avait une chose que j'étais le seul à savoir avec certitude... En réalité, je n'étais pas du tout dans le coup. En aucune façon je ne pouvais avoir eu de rapports avec le tueur. Même s'il s'agissait bien de ce Penta que tout le monde cherchait, il n'en avait jamais voulu à personne d'autre qu'à DiCica. Certainement pas à moi.

Question : *quel* DiCica ? Le tueur à gages qu'il était avant que sa mémoire s'échappe par une fracture du crâne ? Dans ce cas, le mobile était la vengeance pure. Mais pourquoi attendre si longtemps ? DiCica ne se cachait pas. Même le gang savait où il était. En ce moment, Pat enquêtait d'un côté et Petey piochait de l'autre. Quelque chose allait bien sortir de tout ça... vraisemblablement.

DiCica avec sa mémoire retrouvée, c'était une autre histoire. Le gang n'avait rien à fiche de lui en tant qu'individu. Tout ce que voulaient les truands, c'était ce qu'il savait, ce qui pouvait faire du tort à leur organisation. Ils auraient pu le tuer, eux, mais alors l'information qu'il détenait pouvait être découverte. Et l'idée – fausse – qu'ils avaient que j'avais été contacté par DiCica pour l'aider signifiait que ce n'étaient pas eux qui avaient téléguidé le meurtre.

Donc... une autre partie de l'organisation, un individu ou un groupe dissident, désireux de s'emparer du contrôle, ou peut-être une tout autre famille savait que DiCica retrouvait des bribes de souvenirs, et avait décidé de passer à l'attaque. Dans ce cas, la séance de torture l'avait-elle fait parler ?

Qui avait pris rendez-vous pour me voir à mon bureau ? Était-il possible qu'il s'agisse d'un vrai client qui ait été ensuite effrayé par l'activité de cette journée ? Logique et possible.

Le plus dément, c'était la mutilation-signature d'un dénommé Penta que les gouvernements américain et britannique semblaient très bien connaître, alors qu'il était vraiment improbable qu'un type de la pègre ait la possibilité de contacter quelqu'un travaillant à son niveau.

Je fis tout repasser dans mon esprit et la seule explication que je trouvai, ce fut que quelqu'un avait appris par hasard certains détails sur Penta et l'avait plagié en renchérissant sur le travail de mutilation pour créer la plus belle des fausses pistes que j'aie jamais vue.

Et j'étais toujours en plein dans le coup!

Après une douche, je me rhabillai et pris un taxi pour aller à l'hôpital. Cette fois, les voitures ventouses de la nuit étaient parties, laissant la chaussée dégagée, et aucune Mercedes ne stationnait les roues braquées à fond pour démarrer rapidement. Je me demandai quelles auraient été les options de mes assaillants si j'avais trouvé un taxi à la porte de l'hôpital, ce soir-là.

J'achetai un pot de fleurs, en bas, montai à l'étage de Velda et allai jusqu'à l'accueil. Pat était là, en conversation avec Burke Reedey. Je faillis lâcher mes fleurs. Ma seule idée fut qu'il était arrivé quelque chose à Velda. Mais Pat se tourna à demi, m'aperçut et me fit un signe de tête amical, qui me fit comprendre que tout allait bien.

– Qu'est-ce que tu fais là? lui demandai-je.

– La même chose que toi, mon vieux, j'apporte des fleurs à une amie, dit-il. Il devina ce que je pensais et me rassura : Elle va bien.

Je jetai un coup d'œil à Burke, pour qu'il me le confirme, et il sourit.

– Elle se remet magnifiquement, Mike. Nous avons procédé à de nouveaux examens ce matin. Le pronostic est excellent.

– Je peux la voir?

– Oui, bien sûr, mais elle dort. Laisse tes fleurs, nous lui dirons que tu es passé.

Le flic à la porte m'avait vu causer avec Pat mais il attendit quand même son signe de tête avant de me laisser entrer. Je posai les fleurs sans faire de bruit et la contemplai. L'enflure avait un peu diminué, l'hématome avait changé de couleur, mais l'amélioration était évidente. Sa respiration était forte et régulière.

– Dors bien, mon chaton, murmurai-je dans un souffle.

Pat et moi trouvâmes le salon des visiteurs, nous procurâmes du café et nous installâmes à une table à l'écart de la foule.

– On dirait que quelque chose te travaille, lui dis-je.

– J'ai vu Ray Wilson, ce matin.

– Ah! Alors je suis maintenant dans la merde jusqu'au cou, j'imagine?

– Pas plus que d'habitude.

– Pourquoi faire la tête, alors?

– Simplement, vas-y un peu plus mollo avec les ressources de la police, Mike. La consigne est passée, cinq sur cinq. L'affaire Penta nous est retirée.

– Tu te fous de moi! Le meurtre de DiCica est entièrement du ressort de la police de New York!

– Pas quand l'oncle Sammy a d'autres idées.

– Pourquoi m'en parler, alors?

– Parce que tu es toujours le gros emmerdeur. Tu figures au premier plan de l'affaire et, tout en étant licencié, conformément aux lois de l'État, tu es quand même un civil, un simple citoyen U.S., et personne n'est plus difficile à faire taire qu'un des nôtres.

– Tu peux faire mieux que ça, Pat.

– O.K. Notre copain de la C.I.A., Lewis Ferguson, a demandé une réunion dans... (il consulta sa montre)... quarante-cinq minutes.

– Où ça?

– Dans un de ces charmants petits réduits que le Département d'État réserve à ses conférences discrètes. Prends ton temps. Finis ton café.

Pat avait une voiture banalisée. Nous remontâmes la Sixième Avenue jusqu'aux rues Cinquante. Nous nous garâmes dans un parking-garage et passâmes par la porte de côté dans le vaste immeuble. L'ascenseur nous emmena au huitième et nous tournâmes à gauche pour aboutir devant la porte en verre dépoli de SUTTERLIN ASSOCIATES, ARCHITECTS.

A l'intérieur, la réceptionniste était dans une cage de verre. Pat lui parla par un guichet. Elle nous pria d'attendre, téléphona, et une minute plus tard un jeune homme en costume de ville et allure générale du Département d'État vint nous chercher. Il nous fit suivre un couloir et frappa à une porte anonyme. Il attendit qu'un bourdonnement signale qu'elle était ouverte et nous fit signe d'entrer.

Bennett Bradley et Ferguson étaient déjà là, Bradley derrière son bureau et Ferguson marchant de long en large en face de lui sans s'occuper des trois fauteuils soigneusement mis en position. Il n'y eut pas de poignées de main, rien que des signes de tête polis, et nous nous assîmes immédiatement.

Bradley ne perdit pas de temps. Il se pencha sur son bureau, les mains jointes, avec une expression donnant à penser que son caleçon le serrait.

– Messieurs, dit-il, avant de commencer, je tiens à ce qu'il soit bien entendu que cette réunion et ce qui y sera dit doivent rester strictement confidentiels. Trois d'entre nous représentons des agences du gouvernement et comprenons cette nécessité. C'est donc pour vous, monsieur Hammer, que je veux être parfaitement clair. Est-ce bien compris ?

– Je vous entends, assurai-je.

– Bien. Je crois que M. Ferguson a quelques mots à nous dire.

L'agent de la C.I.A. changea de position dans son fauteuil pour faire face à Pat. Il fouilla dans sa poche et en retira une enveloppe que je reconnus tout de suite.

– J'ai là, capitaine Chambers, un objet qui a été dirigé sur mon bureau pour identification.

Il fit tomber au creux de sa main la dent trouvée dans le garage de Smiley. Pat se rembrunit aussitôt.

– Je devais recevoir un rapport à mon bureau.

– Simplifions les choses, riposta Ferguson, et il me regarda. Si j'ai bien compris, c'est vous qui l'avez trouvée ?

Je biaisai un peu.

– Ça m'est tombé entre les mains, oui.

– Comment ?

– Disons dans le cours de ma recherche d'indices. J'ai été victime d'un crime qualifié et je tenais à retrouver mes assaillants. C'est ce qu'on appelle un indice.

– Je me passerai de vos sarcasmes, monsieur Hammer.

– Ce n'était pas mon intention, dis-je gravement, et la figure de Pat se détendit quelque peu.

– Vous pensez que ceci vient de la bouche d'un de vos agresseurs ?

– Quelque chose en est sorti. Cette dent était la seule chose qui le pouvait.

– Et vous l'avez immédiatement apportée au capitaine Chambers.

– C'est exact, dis-je, et comme je devinais ce qui allait suivre, je le devançai : Cette attaque contre moi n'était pas le fait de loubards, alors ne cravachons pas ce cheval mort. Ce qui s'est passé était une entreprise très réfléchie, commise par des hommes qui s'y connaissaient. Ils travaillaient en équipe, ils savaient utiliser la drogue, ils n'ont pas pris la peine de s'approprier mon argent ou mon pistolet... ils avaient même des chaussures d'espion permettant de marcher sur n'importe quelle surface sans glisser et sans bruit.

– Vous faites allusion, bien entendu, à la C.I.A. ?

Pat intervint :

– C'est de là qu'est finalement venue l'identification, n'est-ce pas ?

Ferguson ôta ses lunettes et se frotta les yeux.

– Oui, avoua-t-il, et quand il eut remis de l'ordre dans ses idées, il poursuivit : Le porteur de cette prothèse a fait exécuter le travail dans un service du gouvernement après avoir perdu la dent au cours d'une opération de la C.I.A. Cela figurait dans son dossier et reste programmé dans les ordinateurs.

– Qui était-ce ? demanda Pat.

Comme Ferguson ne répondait pas, je proposai :

– Vous voulez que je quitte la pièce ?

Un certain mépris s'insinua dans la voix de l'agent quand il répondit :

– Je crois que cela n'a pas grande importance, au point où nous en sommes. N'est-ce pas, capitaine Chambers ?

– Vous l'avez dit au départ, mon vieux. Il est assez impliqué dans cette histoire et s'il a envie de rendre quelque chose public, il peut le faire. Simplement, n'oubliez pas qu'il est quand même dans le camp des bons.

– Bien dit. Bon. La prothèse appartenait à un

agent nommé Harry Bern. C'était un ancien, entré à l'Agence en 1961. Il avait des antécédents militaires, il était bien noté mais jugé un peu tête brûlée en mission. Quand il y a eu tout ce tollé à propos de méthodes extrêmes employées dans les opérations secrètes, certains agents jugés risqués ont été révoqués. Bern était de ceux-là.

– Je suppose que vous avez vérifié son passeport ? dit Pat.

Ferguson parut étonné. Dans son idée, les flics ne voyaient pas si loin, sans doute.

– Il a fait de nombreux voyages à l'étranger. Apparemment, il se trouve aux États-Unis en ce moment.

– Apparemment, marmonnai-je. Et il n'est pas seul.

Encore une fois, Ferguson se tortilla un peu dans son fauteuil.

– Un des autres agents que nous avons renvoyés était son partenaire. Gart Fells. Ils étaient entrés ensemble, ils sont partis ensemble. Ils avaient des antécédents et des profils personnels presque identiques.

Bradley laissa alors échapper un grognement – « hrumpf » – pour attirer notre attention et quand il l'eut obtenue il déclara :

– Ce sont les questions qu'ils vous ont posées, monsieur Hammer, sur la localisation de Penta qui ont éveillé l'intérêt du Département d'État pour cette affaire.

– Vous n'êtes pas fichus de retrouver ces deux types-là ? demandai-je.

– Rester invisible s'il le faut est une de leurs spécialités.

– Un bon entraînement.

– C'est normal. Ils faisaient partie du premier groupe commandé par le général Rudy Skubal.

Ni Pat ni moi ne changeâmes d'expression, mais chacun savait ce que pensait l'autre. Le général Skubal n'avait rien de nouveau pour moi. Autrefois, il y avait longtemps, il avait essayé de me recruter dans son organisation, allant jusqu'à persuader Pat de faire pression sur moi.

Ce vieux Skubal, pensai-je, qui était passé derrière les lignes ennemies pendant vingt-deux mois avec ses « tigres », comme il les appelait. Une bande de combattants supérieurement entraînés, parlant couramment plusieurs langues slaves, qui avaient flanqué un bordel total dans les communications de l'ennemi avant de rejoindre les unités américaines après le débarquement en Normandie.

La plupart de ces tigres étaient entrés à la C.I.A. dans ses débuts, pour des missions de première ligne, et ils étaient devenus légendaires dans les hautes sphères de la Barbouzerie.

– Et cela nous mène où ? demanda Pat.

– Nulle part, répondit Bradley en décroisant ses mains pour joindre le bout des doigts. Du moins, cela ne vous mène nulle part, *vous*. A dater de maintenant, la police est dessaisie de l'affaire. Et vous savez naturellement ce que cela veut dire, n'est-ce pas, capitaine ?

Pat acquiesça, sans rien dire.

– Quant à vous, monsieur Hammer, votre silence total est exigé. Pas demandé, exigé. Il n'y aura plus d'enquête sur l'affaire Penta ni sur vos assaillants, puisque tout sera fait par les agences fédérales. Cette affaire est d'une telle délicatesse que moins il y aura de personnes pour s'en occuper, plus l'enquête sera facilitée. Y a-t-il d'autres questions ?

– Est-ce que l'enquête sur le meurtre d'Anthony DiCica ferait partie de l'affaire Penta ? demandai-je.

Bradley écarta ses mains et haussa légèrement les épaules.

– Je ne vois pas ce que DiCica vient faire là-dedans, monsieur Hammer. C'est *vous* que Penta vise.

– Merci bien ! Alors, si je dois être la cible passive, est-ce que j'ai droit à une couverture ?

– Je vais peut-être vous paraître impitoyable, monsieur Hammer, mais vous avez déjà parfaitement exprimé vos sentiments. Vous préférez ne pas être gardé. Donc, pour bien préciser votre position, répondez-moi franchement. Voulez-vous ou ne voulez-vous pas de garde du corps ? Je vous le demande parce que vous êtes aussi un professionnel ; habilité à porter des armes à feu.

– J'aime autant prendre mes risques tout seul, monsieur Bradley. Ça m'énerve, quand les gens m'observent.

– A votre aise, dit Bradley, et il se leva.

La conférence était terminée.

Quand nous fûmes tous deux dans la rue, Pat me demanda :

– Je peux te déposer quelque part ?

– Non, mais je t'accompagne au garage.

– D'accord, comme ça tu pourras peut-être me parler de cette petite histoire avec DiCica ?

– Allons donc, Pat, nous pensons la même chose, tous les deux. Il est *possible* qu'il ait été aux trousses de DiCica et que tout le reste soit de la poudre aux yeux. Qu'est-ce que tu as sur ce type ?

Nous nous étions arrêtés au coin et Pat regarda l'heure.

– Je ne suis pas de service. On se tape une bière ?

– Comment est-ce que tu peux ne pas être en service ? On est en plein après-midi.

– Parce que c'est moi le patron, voilà comment.

– Parfait. Une bière me paraît super et Ernie's Little Place est juste à côté. Tu as déjà été chez Ernie ?

– Non.

– Bravo. Moi non plus.

Devant nos bières, Pat me parla d'Anthony DiCica. Il avait une liste de toutes ses arrestations, de ses inculpations qui prêtaient à rire, des victimes qu'il était soupçonné d'avoir tuées. Tous ces morts appartenaient au milieu et deux d'entre eux étaient vraiment de très gros malfrats. Ces deux-là avaient été abattus simultanément, alors qu'ils dînaient dans un petit restaurant italien. La police soupçonnait que ce n'était pas seulement un dîner amical. C'était un repas d'affaires. Après avoir abattu les deux hommes de deux balles dans la tête chacun, le tueur s'était enfui avec une enveloppe qu'un des serveurs avait vue sur la table. A la suite de ce règlement de comptes un calme inquiétant avait régné pendant une semaine, après quoi plusieurs autres membres de l'organisation étaient morts ou avaient mystérieusement disparu avant qu'une trêve soit apparemment déclarée. Et c'était quinze jours plus tard que la tête d'Anthony DiCica était entrée en collision avec un tuyau de plomb au cours d'une bagarre de rue.

– Tirons un scénario de tout ça, Pat.

– O.K. Notre camarade Anthony est allé un peu plus loin quand il a abattu ces deux gangsters. Il savait qu'ils complotaient contre son patron et il s'est emparé des papiers. Quand il a vu ce qu'il avait dans les mains, il a compris qu'il était en position de force mais il ne savait pas très bien comment jouer ses cartes, alors il a caché ça quelque part... A toi, maintenant.

– Les truands s'en sont pris à eux-mêmes. Ils ont cru qu'il y avait une trahison quelque part, puis ils ont compris ce qui s'était passé et se sont calmés. Il a fallu quinze jours pour retrouver notre Anthony. Mais ils y sont allés un peu fort pour l'interroger. Ils lui ont fracturé le crâne. Après ça, il ne valait plus rien, pour personne. Ils avaient quand même besoin des renseignements qu'il détenait et ont dû attendre qu'il retrouve la mémoire pour pouvoir passer à l'action...

Pat leva sa bière pour me saluer.

– Nous avons vraiment passé sa piaule au peigne fin, tu sais.

– Non, je ne savais pas. Qu'est-ce que vous avez trouvé ?

– Que dalle. Il n'y a pas de cachette du tout. On a même tenté notre chance à la cave. S'il avait quelque chose, il l'aura planqué ailleurs.

– Et maintenant ? Qu'est-ce qu'on fait ?

– On attend, comme on le fait toujours, me dit-il.

Je lui ris au nez.

– Mon cul. Quand est-ce que tu vas me poser la question ?

Il rit aussi.

– Ça va, gros malin. Quand est-ce que tu vas rendre visite au général Skubal ?

– Bientôt. Puisque tu es dessaisi de l'affaire, j'irai seul, mais rien ne nous empêche d'avoir quelques bonnes conversations plus tard, pas vrai ?

– Absolument rien.

– Et je n'enquête pas du tout sur l'affaire Penta. Je vais simplement voir un vieil ami. D'accord ?

– D'accord.

– Et la prochaine fois que le vieux Bradley *exigera* que je fasse quelque chose, je crois que je lui enverrai dans le nez un bon gros poing de civil.

– Bonne idée. Tu sais où est Skubal ?

– J'ai son adresse au bureau. J'irai la chercher ce soir.

Nous finîmes notre bière et quand Pat fut parti je donnai deux coups de téléphone avant de trouver Petey, à son bureau, au journal. Il me dit de venir tout de suite. Il me parut surexcité.

Avant de voir son bureau, je ne m'étais pas douté de la position de Petey Benson dans son journal. La plupart des rédacteurs avaient une table et un terminal, dans le chaos plus ou moins silencieux de la salle de rédaction, mais Petey avait une pièce à lui, pas un compartiment, avec une porte qui fermait et ses propres classeurs.

– Eh bien, dis donc ! m'exclamai-je. Je croyais que tu faisais tout ton travail dans les bars ?

– Simple poudre aux yeux à l'intention des manants.

– Tu viens de gâcher ton image aux miens.

– Mais non. Ça fait trop longtemps que je suis dans le coup, pour que ça arrive. Ce que tu vois ici, c'est l'ancienneté à l'œuvre. Plus, naturellement, le génie pur. De nos jours, la technologie et la puce électronique règnent sur le système et le gagnant est celui qui a le plus de gadgets. Attends de voir ce que j'ai dégoté.

Je jetai mon chapeau sur une vieille Smith-Corona et tirai une chaise à côté de Petey.

– Tu as déjà un topo ?

Il hocha la tête.

– Nous avons la chance de nous aventurer dans des secteurs qui disposent de bons systèmes de terminaux informatiques. Tu connais quelque chose aux ordinateurs?

– Très peu.

– Bon, je vais te mettre au courant. En remontant la bio de DiCica, j'ai pu piocher dans les archives de l'information publique. J'ai fait arpenter le bitume à quelques copains à l'autre bout et avec ça, la nouvelle loi sur la liberté de l'information et le pouvoir de la presse, nous avons eu pratiquement tout l'historique de M. Anthony DiCica. Prêt?

– Vas-y.

Les doigts de Petey dansèrent sur le clavier et l'écran s'alluma.

– Par où veux-tu qu'on commence?

– Par le commencement?

– D'accord, à la base...

Sur ce, il recréa Anthony Ugo DiCica dans sa verte réalité électronique. Né le 2 janvier 1940, de Maria Luisa et Vittorio DiCica à Brooklyn, New York. Vittorio était ébéniste, il avait fait la Seconde Guerre mondiale et été démobilisé en 1945. Maria DiCica avait fait deux fausses couches. Il n'y avait pas d'autres enfants. Anthony était sorti du lycée Erasmus Hall en juin 1958, il avait travaillé un an dans l'atelier d'ébénisterie de son père, puis il était parti et avait été arrêté pour la première fois un an et une semaine plus tard.

– Qu'est-ce que tu en dis, jusque-là? me demanda Petey.

– Il s'est lancé assez tôt dans les rues. Pat a son casier, alors tu peux sauter cet aspect et continuer sur le côté personnel.

Petey se remit à taper.

– Son père a été tué au cours d'un hold-up, peu de temps après, comme tu le vois. Et là, il y a un extrait du *News* sur le meurtre d'un homme soupçonné d'avoir tué Vittorio. Il portait même la montre de l'ébéniste. Anthony a été arrêté et interrogé mais relâché faute de preuves. Cependant, le bruit courait qu'Anthony avait retrouvé le type et l'avait descendu.

– Il découvrait sa profession, en somme?

– Mieux que ça, il s'est trouvé un patron. Juan Torres.

Ce nom me disait quelque chose et je me redressai.

– On dirait que nous entrons maintenant dans le gros trafic de la cocaïne.

– Je te prie de le croire! Tu connais les rapports de Torres avec l'Organisation, j'imagine?

– Pendant longtemps, il est resté un poids plume assez minable, je m'en souviens. Il s'est passé quelque chose qui l'a transformé en caïd.

Petey approuva en se mordillant la lèvre inférieure.

– Il disparaissait pendant des mois et quand il revenait il était un peu plus important. J'ai finalement compris que Torres était un trouveur. Tu sais ce que c'est?

– Non.

– Il a de la famille dispersée un peu partout au Mexique et en Amérique du Sud, un million de cousins, tu vois? Il a ses contacts, et là où il y a une source de coke, il va y puiser. C'était un rien-du-tout, personne, mais c'était peut-être comme ça qu'il faisait marcher son truc. Étant donné les prix que la marchandise atteint dans la rue, aucune opération n'était trop petite pour lui. Torres obtenait les tuyaux, il traitait les marchés, et l'Organisation lui faisait gravir les échelons. Oh, c'était un excellent trouveur, pas de doute. Il était au cœur du cartel de Medellín, quand il a été créé.

Petey allongea un bras devant moi, ramassa quatre photos qu'il me donna. Sur chacune d'elles, Juan Torres était en étroite conversation avec Anthony DiCica, dans divers endroits, et leurs rapports étaient manifestement très amicaux. Là, DiCica était élégamment vêtu et exhibait des bijoux à chaque main.

Petey tapa encore sur quelques touches et fit apparaître les actes de ventes et les titres de propriété de deux maisons. DiCica était l'unique soutien de sa mère. Elle habitait encore dans la maison de Flatbush où elle vivait des revenus de deux teintureries qu'il avait achetées pour elle plusieurs années auparavant.

– Et l'autre maison ?

– Un pavillon pour deux familles. Les deux locataires sont là depuis longtemps. La maison est à son nom, à lui, et les loyers vont à sa mère. D'après son testament, elle en hérite aussi.

– Est-ce que Maria sait ce qui est arrivé à son fils ?

– Il y a là la copie d'un rapport à son sujet. Quand Anthony était sous le coup du traumatisme dû au passage à tabac, elle a cru qu'il allait mourir. Elle a rassemblé toutes ses affaires et ensuite elle ne l'a vu qu'une fois, quand il est sorti de l'hôpital. Il ne l'a même pas reconnue. Tout ce qu'il se rappelait, c'était quelque chose que son papa avait fabriqué, a-t-elle dit.

Il effaça l'écran et fit apparaître une autre pièce, une lettre du directeur médical de l'hôpital où Anthony avait été soigné, disant qu'il n'avait aucun souvenir de sa vie antérieure, que ses facultés mentales étaient gravement détériorées dans certains domaines et qu'il était capable de mener une existence minimale, mais assez satisfaisante.

– Qu'est-ce que tu me gardes pour la fin? lui demandai-je.

– Quelqu'un d'autre surveillait ces deux maisons. Regarde ça...

Deux brefs articles du *Brooklyn Eagle* apparurent. La maison de Mme Maria DiCica avait été cambriolée, mais apparemment rien n'avait été volé. La vieille dame et sa bonne avaient été enfermées dans l'office pendant que la maison était mise à sac. L'article avait paru deux jours après l'entrée d'Anthony à l'hôpital.

Le lendemain, un entrefilet rapportait une tentative de cambriolage de l'autre maison. Les locataires du rez-de-chaussée avaient été ligotés et bâillonnés pendant que les voleurs fouillaient partout avant d'aller faire la même chose dans l'appartement du premier, dont les locataires étaient absents.

– Ces deux maisons appartenaient à DiCica, dit Petey, mais comme rien n'a été volé, les cambrioleurs cherchaient autre chose. Et maintenant... jette un coup d'œil à ce truc-là!

Là, le titre était plus gros, sous la photo en partie floue de deux vieilles dames effrayées. Pour la seconde fois en un mois, on avait pénétré chez elles par effraction et, ce coup-ci, les deux femmes avaient été ligotées, bâillonnées avec du sparadrap et laissées sans cérémonie sur le carrelage de la cuisine pendant que les intrus démolissaient tout, systématiquement. Apparemment, ils n'avaient rien trouvé. D'après les témoignages de voisins, tout le quartier était persuadé que la vieille DiCica avait un trésor chez elle, un monceau d'économies, puisque les deux femmes vivaient si frugalement.

Avant que je puisse dire quoi que ce soit, Petey

se remit à taper sur son clavier, avec un large sourire.

– Ne me demande pas comment j'ai eu ça !

C'était un relevé bancaire. La somme était de plus de trois cent mille dollars, le tout au nom de Maria DiCica. Les dépôts étaient réguliers et automatiques, provenant de diverses sources.

– Le camarade Anthony faisait très bien vivre sa mère et avait tout organisé pour elle au mieux. Alors, pour *quoi* les maisons ont-elles été cambriolées et par qui ?... Faut-il vraiment le demander ?

– Je peux te donner une opinion strictement entre nous, Petey, mais faudra que ça te suffise pour le moment.

– Ça me suffira.

– DiCica détenait des renseignements dévastateurs sur le milieu. Il les a cachés quelque part avant d'avoir le crâne défoncé.

D'un air décidé, Petey éteignit son terminal.

– Fin de l'affaire. Ils sont morts avec lui.

– Fin de rien du tout ! Quelqu'un, dans l'Organisation, se figure que DiCica a soudain retrouvé la mémoire et qu'il est venu me confier son secret.

– Oh merde !

– Alors si ça meurt, ça mourra avec moi.

– Seulement tu n'es pas encore mort.

– Non, loin de là.

– Mais ils font pression sur toi, si je comprends bien ?

– Ouais. Les salauds m'ont pratiquement dit que ce serait ma peau si je ne crache pas le morceau.

– Ça t'a secoué ?

– Voilà trop longtemps que je suis dans le métier, bonhomme. Je deviens simplement plus prudent et je garde mon 45 armé.

Il m'observa, les sourcils froncés, tout en réfléchissant.

– Alors, la mutilation de DiCica pourrait être un message pour toi ?

– Ça commence à en avoir l'air.

– Qu'est-ce que tu vas faire, maintenant ?

– Voir jusqu'où je peux aller sans marcher sur une mine.

– Tu t'en fous complètement, hein ?

– De quoi ?

– De tout. Tu ne veux pas de renfort, pas de protection, tu veux rester là, dehors, tout seul, comme une cible de première classe à la con.

Je haussai les épaules avec indifférence.

– Ils sont bien plus nombreux que toi, patate.

Je le regardai, en attendant la suite. Finalement, il bougonna :

– Ils savent comment tu es, Mike. Tu t'exposes complètement.

Je sentis encore une fois ce sourire qui étirait mes lèvres sur mes dents et je ripostai :

– Ça, coco, c'est la mine que je pose, *moi*.

Quand elle répondit au téléphone, je demandai :

– Vous aimeriez vraiment être président ?

Il y eut trois secondes de silence au bout du fil et je compris qu'elle analysait la façon dont j'avais prononcé ces mots.

– Il y a beaucoup d'obstacles sur cette route.

– Je crois pouvoir en surmonter quelques-uns, assura-t-elle.

– Comment ? dis-je. Je regardai ma montre : Je serai chez vous dans un quart d'heure.

Comme je n'avais qu'à marcher jusqu'au coin de la rue, je ne mis pas plus de cinq minutes. Le portier me salua, appela l'appartement de Candace et me dit de monter. Comme je m'y attendais, je la surpris en train de se préparer, manifestement très troublée d'être à moitié habillée.

– Vous êtes un authentique salaud, me dit-elle. Entrez.

Je jetai mon chapeau sur un fauteuil et la suivis dans le living-room. Elle passa devant moi à contre-jour, et pendant un instant fugace son corps nu se détacha en silhouette sous le tissu de sa robe de chambre; elle se tourna à demi, me regarda d'un air espiègle, et je compris qu'elle savait très bien ce qu'elle faisait.

– Ça vous plaît? susurra-t-elle.

– Charmant.

– Seulement charmant?

– Ma cocotte, vous êtes une pépée terrible, comme on disait dans le temps.

– Ah?

– Surtout à poil.

– Mais vous ne m'avez vue qu'une fois, à poil.

– Ça m'avait déjà impressionné, dis-je, et je ris. Allez vous habiller, maintenant.

– C'est bien mon intention, croyez-moi! Vous, Mike, dit-elle en me prenant la main, vous allez vous asseoir et regarder tout en me parlant de la présidence.

Sans aucune hésitation, elle me conduisit dans la chambre, me fit entrer et me désigna un fauteuil recouvert de satin à côté de la coiffeuse.

– Et, naturellement, vous allez vous conduire en gentleman. Vous le comprenez, n'est-ce pas?

– Certainement.

Elle me renvoyait mon propre jeu et ma voix était mal assurée. Je m'assis. Mais je n'étais pas du tout à mon aise.

Les femmes naissent pleines d'esprit. Elles font leurs débuts dans la vie comme des petites filles qui savent instinctivement ce qui rendra fous les petits garçons. Et elles ne perdent jamais ce talent, au contraire elles le perfectionnent chaque jour. Elles savent se coiffer ou se remettre du rouge d'une façon qui provoque chez un type une chaleur douloureuse dans le bas-ventre et, maintenant, je devais rester sagement assis et la regarder s'installer à la coiffeuse, ouvrir délibérément son peignoir puis le laisser glisser de ses épaules sur ses coudes, de façon qu'il se plaque en travers de ses seins et paraisse accroché aux mamelons. Elle s'examina dans la glace, en passant le bout de sa langue sur ses belles lèvres pulpeuses pour les humecter, avant de les effleurer avec un petit pinceau.

Le reflet de son regard croisa le mien.

– Vous disiez?

– La police a été dessaisie de l'affaire Penta.

– Notre bureau a été averti.

Elle répéta le petit coup de langue.

– Si vous... et je veux dire vous personnellement... découvriez soudain quelque chose de très explosif qui vous mettrait dans les grosses manchettes de la une, en plus gros caractères encore que vous ne l'espériez en vous lançant dans cette affaire...

Ses yeux se fixaient toujours sur les miens, dans la glace.

– C'est encore un échelon. Le suivant, c'est le poste de D.A.

Elle prit sa brosse à cheveux, la passa dans la masse soyeuse. Cela produisait un léger bruit sifflant et le mouvement de son bras faisait très doucement rouler les muscles sous sa peau. Le dos de la robe de chambre glissa presque jusqu'à sa taille.

– Votre bureau n'est pas la police. C'est tout de même une agence d'investigation, dans un sens.

Ses sourcils se haussèrent, une mimique affirmative, et elle posa la brosse. Elle s'examina encore. Puis elle s'étira, en écartant les bras et en remuant les doigts dans un grand geste théâtral. Elle croisa négligemment les jambes en permettant au peignoir de glisser et de laisser un côté de son corps nu jusqu'à la hanche.

– Vous possédez l'intelligence et le matériel permettant de faire une chose dont j'ai besoin et de la faire vite. Les flics ont des indics que vous pouvez toucher si vous savez y faire. Plus vraisemblablement, vous avez déjà des programmes en place où vous pouvez puiser l'information qu'il me faut.

Elle glissa sur sa banquette et se retourna vers moi. Le mouvement était un jeu féminin instinctif, prévu pour choquer les extrémités nerveuses d'un homme et lui donner l'impression d'une lente noyade. L'instinct de conservation me repêcha alors et je l'observai quand elle croisa les mains sur ses genoux, le geste achevant de faire glisser la robe de chambre. Et elle resta paisiblement assise ainsi, apparemment oublieuse des succulentes rondeurs de ses seins offertes à ma vue.

Elle sourit et je lui dis :

– Vous êtes une jolie bestiole, madame.

– Vous êtes troublé ?

– Pas tant que ça.

– Vous mentez, Mike.

– Mais gentiment, j'espère.

– Oui. Très gentiment. Et maintenant, que voulez-vous de moi ?

– Quelque chose qui met notre pègre locale dans tous ses états. C'est assez énorme pour les liquider si ça se sait et assez important pour qu'ils tuent afin que ça ne se sache pas.

– Vous feriez bien de m'expliquer ça.

– Tout a commencé avec Anthony DiCica, lui dis-je, puis je fis un exposé des détails.

Elle me laissa finir sans dire un mot et, quand je me tus, elle ramena machinalement autour d'elle sa robe de chambre. La réflexion plissa son front.

Elle pencha la tête de côté, en me regardant avec des yeux soigneusement voilés.

– Pas d'embrouilles ?

– Franc comme l'or, ma jolie.

– Je ne suis qu'un district attorney adjoint.

– Vous avez tout de même le poids nécessaire. Votre chef en a assez sur son bureau pour l'occuper. D'ailleurs, tout ce qui l'intéresse, c'est pérorer devant la cour. Les recherches, ce n'est pas son fort.

Elle acquiesça et demanda :

– Est-ce que le capitaine Chambers collaborera ?

– Pourquoi pas ? La collaboration interdépartementale n'est pas une participation active. Et il ne demanderait pas mieux que de baiser ce guignol du Département d'État.

– Oh, Bennett Bradley n'est pas si mal, vous savez. Il est assez déçu de ne pas avoir découvert Penta après tant d'années. Quand, tout à coup, le nom resurgit ici... Eh bien, vous imaginez ce qu'il éprouve, surtout à la veille d'être remplacé.

– Oui, enfin... D'abord, il se fout pas mal de ce que nous faisons à propos de DiCica. Tout ce qu'il veut, c'est tenter un dernier coup contre ce fameux Penta. Quand pouvez-vous faire démarrer les choses?

Elle se leva, en me précédant, et me sourit de haut.

– Demain matin à la première heure, Mike.

Le bout de sa langue humecta ses lèvres, elle me tendit les mains et, quand je les pris, elle me tira doucement et me fit lever.

– D'où viennent les gens comme vous, Mike?

– Pourquoi?

Les filles savent jouer de drôles de tours, avec leurs vêtements. D'un mouvement à peine perceptible, elles peuvent soudain faire tout tomber et apparaître tout à la fois nues et à poil, la douceur de leur chair pressée contre vos habits comme un fer chaud, et elles ont la faculté de s'insinuer dans les régions interdites de votre corps à la manière de l'eau qui suit les contours de la terre.

Sa bouche était pulpeuse, ses lèvres charnues brûlantes, vibrantes, et c'était comme un baiser dans un baiser. Je savourai son goût, son parfum, la sensation d'être enveloppé dans de la nudité, et lorsque c'en fut trop, je la repoussai doucement.

Je savais ce que signifiait son regard. Je comprenais son sourire. Je souris à mon tour et j'encaissai sans rien dire, parce qu'elle me faisait marcher pour la dernière fois.

– Vous êtes une vraie garce, lui dis-je.

Les coins de sa bouche frémirent.

– Mmmm-mmh.

Je la contemplai longuement, debout devant moi, séduisante, sensuelle, avec cette musculature qui n'était jamais complètement au repos et dont les ondulations, sous la peau, accrochaient la lumière.

– Vous croyez que nous pourrons repartir de zéro? lui demandai-je.

Elle sourit encore. Il y avait une lueur dans ses yeux.

– Pourquoi pas?

J'allai ramasser mon chapeau sur le fauteuil et me tirai de là. Dehors, le temps avait fraîchi et New York retrouvait sa drôle d'odeur.

8

Je me fis déposer par le taxi au coin de la rue et achetai au kiosque la dernière édition du soir. Il y avait de la brume dans l'air, un halo nimbait les lampadaires et les fenêtres éclairées des immeubles diffusaient une lumière floue. C'était une de ces soirées qui étouffent les bruits de la circulation et rendent les trottoirs glissants.

Mon portier faisait généralement les cent pas sous la marquise de l'immeuble, mais ce soir je ne pouvais lui reprocher de rester à l'abri. Je rasai les murs pour m'abriter du vent, contournai les poubelles à l'entrée de la ruelle et vis les pieds derrière la porte vitrée au moment où un type me sautait sur le dos.

Merde! La seconde fois!

Un bras m'entourait la gorge et un poing était prêt à s'écraser sur mes reins mais je me tortillai tout en me laissant tomber, si vite que le salaud perdit son rythme et s'écroula avec moi. Son bras se relâcha et je me dégageai d'une roulade. J'oubliai alors complètement ce type-là parce que l'autre arrivait du vestibule une matraque à la main et s'apprêtait à me fracasser le crâne. Je laissai le coup passer en sifflant devant ma figure et lui décochai une sacrée droite en plein sur le pif. Je vis sa tête basculer en arrière et lui expédiai un second poing dans le ventre.

Cette fois, tout marchait bien. Le type derrière moi se décolla du trottoir en pensant m'avoir épinglé. Je n'avais pas envie de me casser les doigts, alors j'enfonçai simplement mon poing dans sa gorge, sous le menton, et je n'attendis pas de voir le résultat. Le mec à la matraque était toujours debout, ahuri, la figure en sang mais pas du tout hors de combat.

Il est inutile de s'abîmer la peau avec des types comme ça. Je lui ruai dans les testicules et sa réaction de douleur fut si vive qu'il faillit emprisonner mon pied en se cassant dessus. Sa bouche articula un cri silencieux et il tomba à genoux en dégueulant son dîner.

Le portier reprenait connaissance et une bosse se formait déjà sur le côté de sa tête.

– Vous pouvez m'entendre, Jeff?

Il fit une grimace, ouvrit les yeux et dodelina du chef.

– Ce fumier...

– Je les ai eus tous les deux, dehors. Vous avez appelé les flics?

– Ouais. Je vous crois.

Le costaud que j'avais frappé à la gorge essayait de se défiler. Il se traînait à quatre pattes vers la voiture au bord du trottoir. Je dégainai le 45, lui fis entendre le déclic de la balle glissant dans le canon et il s'arrêta net. Ce vieil automatique de l'armée a vraiment un son redoutable. Je m'approchai de lui, m'accroupis et lui collai le canon contre le crâne.

– Qui t'a envoyé?

Il secoua la tête. Je rabattis le chien. Ce bruit-là, le double déclic, était encore plus sinistre.

– Nous... nous devions juste... vous tabasser,

marmonna-t-il d'une voix presque incompréhensible.

– Qui t'a envoyé ?

Il baissa la tête, de la bave aux lèvres, et la secoua encore une fois.

Je me dis qu'ils ne devaient rien savoir. Quelqu'un avait embauché une paire de malfrats pour me casser la gueule, mais ils devaient quand même avoir deux mots à me dire de cette affaire-là.

– Pourquoi ? demandai-je sur un ton menaçant.

Je frottai plus fort le canon contre sa tempe. Tout ce que le gros abruti avait dans les yeux, c'était de la terreur.

– Vous avez envoyé... aux mecs... une balle.

J'entendis la sirène de la voiture de police remontant la Troisième Avenue.

– Ils vous ont payés combien ?

– Cinq cents... chacun...

– Connard, dis-je.

Je laissai retomber le chien et me relevai. Mille dollars pour un passage à tabac, cela signifiait que la victime serait méfiante et dangereuse, et ces deux imbéciles n'avaient même pas tiqué. Je lui flanquai un coup de pied dans les côtes et lui dis d'aller attendre à côté de son copain. Je n'eus pas besoin de le lui répéter.

Dans un hurlement de pneus, une voiture tourna le coin et un projecteur se braqua sur moi. Le cadreur sauta sur le trottoir avec sa caméra ; sur ses talons, une fille en trench déboutonné faisait au micro une description rapide et détaillée des événements. Histoire de rigoler, je permis à l'équipe de télé favorite de New York de filmer un autre coup de pied au cul du type.

Quand les flics arrivèrent, je déclinai mon identité, fis ma déposition et laissai le portier expliquer le reste : les deux types avaient poireauté près d'une heure au bord du trottoir, m'avaient aperçu au coin et l'un d'eux était entré dans l'immeuble. Il s'était emparé du portier et avait attendu que l'autre me saute dessus pour assommer Jeff et venir participer à l'amusement. Heureusement, le cuir intérieur de la casquette d'uniforme avait amorti le coup. Les deux zigotos avaient chacun un couteau dans la poche, en plus du traditionnel coup-de-poing américain et d'une petite matraque. Il ne fallut qu'un appel radio pour avoir leur identité, après quoi ils furent poussés, menottes aux mains, dans la voiture de patrouille.

Assez de badauds s'étaient amassés pour en faire un flash intéressant dans le prochain journal télévisé et la fille me demanda :

– Avez-vous d'autres commentaires sur cet incident, monsieur Hammer?

Elle se rappelait mon nom, au moins.

– Ils se sont trompés de type pour tenter une agression, dis-je simplement, et je fis un clin d'œil à l'objectif avant de m'éloigner.

De chez moi, j'appelai Pat mais il avait déjà été prévenu. Je racontai encore une fois mon histoire et conclus :

– Nous en revenons toujours à DiCica, mon vieux. Ils tiennent à me faire savoir qu'ils m'observent.

– Tu ne leur fais pas peur, Mike.

– S'ils se figurent que j'ai mis la main sur ce que détenait Anthony, je peux certainement leur foutre les jetons. Est-ce que Candace Amory s'est mise en rapport avec toi?

– Petit sournois.

– C'est ce que Peppermint Patty dit à Charlie Brown.

– Quoi?

– Rien.
– Merde, tu deviens vraiment cinglé, tu sais.
– Alors, Candace?
– Elle va se mettre au travail. Je lui ai affecté deux très bons éléments pour la mettre au courant.
– Bravo.
– Écoute, mon lapin, tu as un problème.
– Jamais de la vie. Je vais riposter.
– Tu as vu l'heure? Ce reportage passera à la télé dans une heure. Voilà à quelle rapidité ils peuvent avoir ce film et...
– Et alors?
– Si Velda le voit, elle sera complètement bouleversée.
– Mais non, j'ai fait le clown, à la fin.
– Et le montage, imbécile? Ils coupent. Ils vont garder ça aussi dur et sanglant que possible. Tu les connais, ces deux-là.
Il avait raison. Je lui dis :
– Écoute, je saute dans un taxi et je file là-bas.
– Je suis plus près. Je vais voir si je peux te devancer.
– Calme-la bien.
– T'en fais pas.
Je raccrochai. Cette fois, je pris mon trench-coat pour ressortir dans la nuit. Le brouillard s'était épaissi. Il ne tarderait pas à pleuvoir.

C'était plus rapide de passer par le service des urgences pour monter à la chambre de Velda, aussi, je me fis déposer à cette entrée-là. Je me frayai un passage dans une poignée de gens qui attendaient des soins, poussai la porte battante, m'élançai quatre à quatre dans l'escalier et dévalai le couloir de son étage.

Le flic en faction était celui qui avait déjà vérifié mon identité. Il sourit largement et me fit signe de ne pas me presser, indiquant par son geste que tout allait bien. Je cessai de courir, marchai lentement pour reprendre haleine et m'arrêtai une seconde, l'oreille tendue. Je regardai l'heure. Le journal devait être en cours, mais la chambre était absolument silencieuse.

– Pourquoi couriez-vous comme ça? me demanda le flic.

– Je ne voulais surtout pas qu'elle regarde la télévision.

– Oh, le capitaine s'est occupé de ça il y a vingt minutes. Il est entré et il a arraché la prise de son poste... Les images sont si terribles que ça?

– Non, mais je ne voulais pas la troubler.

– Rien ne peut la troubler. Son médecin lui a administré un calmant il y a une heure. Et deux infirmiers viennent de passer la voir.

– Pourquoi?

– Allez savoir.

– Vous les connaissez?

– Il me semble les avoir vus, par là. N'importe comment, ils avaient leur badge.

– Merde, marmonnai-je, et j'ouvris la porte.

La veilleuse était allumée et Velda était toujours là, dans la lumière tamisée, respirant paisiblement. Je lui pris le poignet, tâtai le pouls et sentis la tension quitter mes épaules.

Les infirmières l'avaient coiffée et le maquillage cachait un peu la lividité de la peau. Le pansement était plus petit et la beauté de Velda commençait à reparaître. Le drap était remonté jusqu'à son menton mais ne dissimulait en rien ce qu'il recouvrait. Elle avait toujours ses délicieuses rondeurs, et là où il le fallait.

Elle commença par sourire, puis elle ouvrit les yeux.

– Je sais ce que tu penses...

Sa voix était douce mais hésitante, déjà alourdie par le sédatif.

– Normal, c'est ce que je pense toujours.

– Qu'est-ce que tu fais ici... si tard ?

– Rien, je passais te voir, tout simplement.

Elle referma les yeux, les paupières lourdes, puis elle les força à se rouvrir.

– Mike...

– Oui, ma poupée ?

– Il y avait... un médecin ici.

– Je sais. Burke Reedey. Il t'a administré un calmant.

Sa tête bougea légèrement sur l'oreiller.

– Non... un autre docteur...

– Un infirmier ?

– Il... il avait l'air... d'un docteur, il a dit...

Ses yeux se refermaient.

– Qu'est-ce qu'il a dit, mon chaton ?

Je lui pris la main et la serrai doucement. Ses paupières se soulevèrent à demi.

– Il allait... me faire une autre piqûre...

J'eus tout à coup les mains moites.

– Quoi !

De nouveau, elle remua la tête.

– Il ne... ne l'a pas faite..., murmura-t-elle alors que ses paupières s'appesantissaient et se rouvraient brusquement. Il m'a dit que... ça me ferait mieux dormir et... et il a pris mon bras mais... l'autre docteur est entré.

– L'autre infirmier ?

– Comme... un docteur... peut-être. Le premier... a dit quelque chose... et puis il est parti...

– Nom de Dieu, grommelai-je, et je voulus lui

lâcher la main mais ses doigts me retinrent avec force.

– Mike...

Je cessai d'essayer de dégager ma main et la contemplai. Elle luttait contre l'effet du sédatif, elle faisait des efforts pour parler, et elle allait s'épuiser.

– Quand il a parlé... (ses paupières battirent)... il avait une voix... comme celle du téléphone... samedi... qui voulait un rendez-vous... au bureau...

Il était ici! L'abominable ordure était là dans l'hôpital et s'en prenait encore à Velda!

Je lui lâchai la main, lui tapotai doucement la joue et quand ses yeux se refermèrent je sortis précipitamment. Le grand flic me regarda d'un air inquiet mais je le rassurai d'un signe de tête et lui demandai de me décrire le premier infirmier qui était entré dans la chambre.

– Un costaud, grand et vraiment fort. Un mètre quatre-vingts environ, dans les cent vingt kilos, des cheveux bruns grisonnants, une moustache et une barbichette. Une vraie gueule de toubib. Presque comme une caricature d'un film en noir et blanc.

– Vous dites que vous l'aviez déjà vu.

– Oui. J'ai réfléchi à ça. Il est passé par ici deux fois, ces deux derniers jours.

– Il a dit quelque chose?

– Non, il n'a fait que passer. La première fois, il poussait un chariot d'instruments de chirurgie.

– Et l'autre?

Le flic comprenait qu'il se passait quelque chose et avait maintenant l'air anxieux.

– Eh bien, celui-là, voyez, il est là-bas en train de parler à l'infirmière...

Il m'indiqua le poste au milieu du corridor et je n'attendis pas la suite.

Il s'appelait David Clinton, domicilié dans le West Side. Il était employé de l'hôpital depuis trois ans, ce que l'infirmière-chef confirma. Je lui rendis sa carte d'identité et l'entraînai loin du bureau.

– L'agent en faction m'a dit que vous êtes allé vérifier si tout était en ordre dans la chambre de la dame, ce soir ?

– Oui. Je fais le ménage, je m'assure que rien ne traîne sur la table, qu'il y a tout ce qu'il faut dans le cabinet de toilette...

– Il y avait un autre infirmier, là, ce soir.

– Ah oui ? Ce con s'était trompé d'étage. Vous vous rendez compte ? Ces nouveaux, ça ne sait même pas sur quel bouton appuyer dans l'ascenseur !

– Vous l'avez signalé ?

– Pour s'être trompé d'étage ?

– Ça ne fait rien. Est-ce que vous aviez déjà vu cet homme ?

Il souleva ses épaules en écartant les bras.

– Ma foi... s'il fallait se souvenir de tout le monde... les gens vont et viennent, ici... Mais je ne crois pas.

– Avec une moustache et une barbichette, une vraie tête de docteur ?

– Je dois avouer, il avait tout de même un drôle d'air mais... Non, je ne l'avais jamais vu.

Il y a des moments où on a envie de cracher mais on a la bouche sèche, c'était un de ces moments-là. Je retournai au poste des infirmières, décrochai le téléphone et obtins la sécurité. Je donnai le signalement du type à l'agent chargé du rez-de-chaussée et le priai de couvrir toutes les issues. Si la barbe était postiche, il était assez grand et fort pour ne pas passer inaperçu.

Un coup de fil de plus, une petite discussion avec une standardiste, et elle voulut bien lancer par haut-parleur un appel pour Pat. Une minute plus tard, j'entendis un déclic et il dit :

– Chambers à l'appareil.

– Mike, mon vieux. Où es-tu?

– Au bureau des admissions, en bas, et je t'attends. Où diable as-tu été?

– Bouge pas, je te le dirai dans une minute.

Je pris l'ascenseur pour descendre au foyer et quand j'en sortis je vis Pat en conversation avec Burke Reedey et Bennett Bradley.

Je saluai le groupe de la main puis désignai Pat du doigt et lui fis signe de venir vers moi. Rapidement, je le mis au courant de ce qui s'était passé et lui dis de ne pas s'énerver, que j'avais déjà alerté le service de sécurité de l'hôpital et que Velda allait bien.

– Tu en es sûr?

– Absolument. Le calmant a pu un peu l'abrutir mais elle a reconnu la voix. Elle n'a pas identifié la figure mais, bon dieu, si Velda identifie la voix, c'est largement suffisant pour moi.

– Mais pourquoi s'attaquer à elle, Mike?

– Nous avons un tueur qui ne lambine pas du cigare, voilà pourquoi. Il a tenté de l'éliminer la première fois pour qu'il n'y ait personne capable de le reconnaître. Même s'il l'avait bien assommée, il y avait une probabilité qu'elle puisse faire un rapprochement et il ne peut pas prendre de risques avec une probabilité pareille.

– C'est ce que pense Bradley, me dit Pat. Il a pris rendez-vous pour voir Burke ici, ce soir, et peut-être parler à Velda, mais ton copain toubib lui avait déjà administré un sédatif et ne le conseillait pas.

– Personne ne m'a prévenu.

– Du calme. Bradley m'a parlé ce soir et je lui ai dit de s'adresser à Burke. Ta chérie ne risque rien, mon bonhomme. Elle n'a pas vu l'émission, elle ne va pas penser que les salauds t'ont épinglé...

– Alors fais venir quelques-uns de tes hommes pour couvrir cette boîte. La sécurité de l'hôpital...

– Du calme, répéta-t-il. La plupart des agents de la sécurité, ici, sont des anciens de chez nous, des flics à la retraite.

Il alla au téléphone, donna deux coups de fil et revint vers moi.

– Plus d'ordres ?

Je secouai la tête.

– Tu es vraiment un emmerdeur ! Tu te figures que le type n'a pas eu largement le temps de s'éclipser ? A quelle espèce de bleu crois-tu avoir affaire ?

Burke et Bennett Bradley nous observaient avec curiosité, alors nous coupâmes court et allâmes les retrouver devant le bureau.

– Qu'est-ce que vous fabriquez, tous les deux ? demanda Burke.

Je leur révélai ce qui s'était passé à l'étage et la figure de Bradley se crispa, ses yeux se fermèrent à demi et il souffla le nom de Penta comme s'il disait « merde » dans une langue étrangère.

Tout ce que je pensais, moi, c'était que j'en avais ras le bol de Penta. C'était un foutu mythe, une satanée fausse piste qui grippait tous les rouages et personne ne voulait m'écouter. C'était avec moi que tout avait commencé, rien que moi et Anthony DiCica, et maintenant tout s'enchevêtrait et se tissait en toile d'araignée et conte de fées.

– Écoutez, Bradley, dis-je, foutez-moi la paix avec cette connerie de Penta ! Vous n'avez pas d'empreintes, pas de témoins, pas de mobile... vous n'avez absolument rien pour amener votre

Penta là-dedans, à part un foutu billet stupide laissé sur mon bureau à côté d'un cadavre mutilé...

Ses traits se détendirent un peu, il fit une petite grimace et répondit :

– Présenté comme ça... Nous cherchons tous un tueur.

– Et il a failli remettre ça! dis-je. Velda pourrait peut-être reconnaître sa voix mais ce n'est pas une preuve concluante. Si nous pouvions le coincer avec un enregistrement, ce serait une autre histoire.

– Vous en avez un à comparer? demanda Burke.

– Nous n'en sommes pas sûrs, répondit Pat.

– J'aimerais bien que quelqu'un soit sûr de quelque chose! s'exclama Bradley. J'aimerais que les années que j'ai passées à traquer cet individu ne soient pas des années perdues. Une carrière ratée, ce n'est pas une façon de quitter la fonction.

Il regarda la date à sa montre, en la tenant tout près de ses yeux pour lire les minuscules caractères.

– J'ai encore une semaine avant que mon remplaçant prenne la relève, annonça-t-il en laissant retomber son bras. Mais cette vie a été passionnante, messieurs.

– Je serai ici à huit heures du matin, monsieur Bradley, lui dit Burke. Elle devrait être assez lucide pour vous parler et, à nous deux, nous pourrons peut-être l'amener à se rappeler quelque chose. Vous êtes d'accord, capitaine?

Pat me consulta du regard et je hochai la tête.

– Faites ce que vous voulez. Je crois que vous n'arriverez à rien, mais ça ne peut pas faire de mal d'essayer.

– Nous ne la fatiguerons pas, me promit Burke.

Un grand type mince, en uniforme du service de sécurité de l'hôpital, apparut au coin du couloir et s'approcha de Pat. De loin, on ne lui aurait pas donné plus de quarante ans, mais de près on voyait qu'il avait tout du vieux flic de la rue, et il connaissait bien Pat, c'était certain. Il me connaissait aussi mais je n'arrivais pas à le situer. Ses hommes avaient couvert les issues, fouillé partout, interrogé du monde à tous les étages mais sans trouver la moindre trace d'une personne répondant au signalement de l'individu qui s'était introduit dans la chambre de Velda. Pat le remercia, me regarda d'un air résigné et je remis mon chapeau.

– Tu veux profiter de la voiture ? me proposa-t-il.

– Non... Je vais passer à mon bureau chercher l'adresse de notre vieux copain. Je te verrai à mon retour.

– Tu y vas quand ?

– Demain à la première heure.

Je dis au revoir à tout le monde et trouvai un taxi devant la porte. La pluie avait cessé, le ciel grondait encore au loin et, à intervalles réguliers, le plafond bas était illuminé par des éclairs cachés à l'intérieur des nuages.

Le taxi hocha la tête quand je lui donnai l'adresse de mon bureau et nous partîmes entre les rangées de voitures de nouveau garées pare-chocs contre pare-chocs. Je regardai l'endroit où la Mercedes noire au feu arrière cassé avait attendu. Ce soir, il y avait une Thunderbird blanche et elle était bien trop coincée pour aller où que ce soit.

9

PENDANT un quart d'heure, je fouillai dans mon bureau et dans les divers cartons sur les étagères, à la recherche de l'adresse du général Rudy Skubal. Je trouvai mille choses dont je n'avais pas besoin, mais aucunement la feuille de bloc-notes sur laquelle je me souvenais de l'avoir notée. Mes méthodes de classement sont du genre capharnaüm, et si j'avais commencé par la confier à Velda je l'aurais eue tout de suite sous la main. Je fermai le dernier tiroir de mon bureau d'un coup de pied et m'assis sur le bord de mon fauteuil. Je me sentais complètement idiot.

Parfois... Parfois sans même qu'on le lui demande, Velda rangeait les choses dont elle pensait qu'elles me seraient utiles. Un vieux bout de papier plié, ce serait trop exiger d'elle, mais je tentai quand même ma chance. Je sortis de mon bureau, allai ouvrir son classeur, tirai le tiroir marqué « S » et feuilletai les rangées de dossiers.

Et voilà. Une mince chemise : SKUBAL, RUDOLPH, GÉNÉRAL. A l'intérieur, un seul bout de papier, une feuille de bloc-notes avec les indications pour se rendre à la vieille demeure de Long Island où la dynamo du bon vieux temps turbulent était gardée tel un lion vétéran, royal mais épuisé par les conflits, balafré, usé, après trop d'années passées sur le terrain. C'était là qu'il rassemblait et compilait une vie entière de notes et de renseignements mystérieux, maintenant déclassés du secret et qui allaient se transformer en un manuel, le manuel des manuels pour le contre-espionnage et les ouvrages de fiction les plus terrifiants.

Il y avait longtemps que je ne l'avais pas vu. J'espérais qu'il était encore en vie.

Quand je retournai dans l'entrée, je m'attardai un moment. Tout avait été nettoyé à fond, on avait changé la moquette mais il restait encore un léger et presque imperceptible soupçon du parfum de Velda. Pendant une seconde, je revis par la pensée le petit tas écroulé, ensanglanté, inerte, que le tueur avait laissé, et je compris que l'explosion allait venir si je ne l'oubliais pas.

Je forçai mes doigts à se détendre, mes poings à s'ouvrir. La tension quitta mes épaules, ma respiration se ralentit. Quand je fus calmé, je verrouillai la porte et pris l'ascenseur. Il s'arrêta deux étages plus bas et Ed Hawkins, qui aime travailler la nuit, entra avec ses deux serviettes de cuir habituelles, me dit bonsoir et commença à se plaindre des affaires. Cette semaine, tout allait mal. Il avait à peine doublé son quota et ce gros million n'arrivait pas assez vite.

Ensemble, nous traversâmes le vestibule du rez-de-chaussée, signâmes le registre du gardien et sortîmes. Nous allions dans des directions opposées et étions en train de nous dire au revoir quand je vis une voiture s'écarter du trottoir d'un coup de volant brutal, se redresser et accélérer. La vitre était baissée du côté du conducteur et un pro était assis là qui haussait un automatique Uzi de la main gauche pour lâcher un tir en rafale incroyablement rapide.

Tout parut se passer au ralenti. Je hurlai, tombai et tirai la veste d'Ed tout à la fois. Je le vis tournoyer en l'air au moment où le canon de l'Uzi crachait du feu et des balles juste au-dessus de nos têtes. Mon intervention avait fait perdre son rythme au tireur et la vitesse du véhicule le fit passer devant nous. Tout se termina avant que les débris de verre de la porte de l'immeuble aient fini de tomber derrière nous. La voiture avait déjà tourné le coin dans un hurlement de pneus et disparu.

Ed était à plat ventre, les yeux arrondis de terreur, les papiers d'une de ses serviettes épars autour de lui.

– Ça va? lui demandai-je.

Il tourna la tête, toujours avec ses yeux ronds, et bafouilla :

– Je ne sens rien.

– Vous êtes blessé?

– Non, dit-il, et il remua ses bras, ses jambes. Je crois que tout va bien.

Il s'assit par terre, rit bêtement, se retourna, vit la porte en miettes et reprit son sérieux pour demander :

– Pourquoi est-ce qu'on veut me tuer?

Avant que je réponde, le gardien sortit, son revolver de service au poing. Il s'assura que nous étions indemnes tous les deux, puis il retourna à son bureau et téléphona à la police. Je fis rentrer Ed, l'assis au bureau, lui donnai un verre d'eau et m'emparai du téléphone dès que le gardien eut raccroché.

Pat devait être en route pour rentrer chez lui et ce n'était pas la peine de le déranger pour ça. Je formai le numéro du domicile de Candace, laissai sonner plus de dix fois et, enfin, une voix ostensiblement ensommeillée marmonna :

– Oui ?

Je ne voulais pas risquer un raccrochage irrité et brutal, alors je lui jetai tout de suite le paquet :

– Mike, ma jolie. Quelqu'un vient d'essayer de me descendre, là devant mon bureau. C'était joliment organisé, un Uzi par la portière d'une voiture, et il a bien failli en avoir deux d'un coup.

La voix cessa immédiatement d'être lasse.

– Vous n'êtes pas... Vous n'êtes pas blessé ?

– Dans mon amour-propre seulement. Merde, tout le monde veut ma mort !

– Où êtes-vous ?

Je lui donnai l'adresse.

– Vous avez appelé la police ?

– Des voitures de patrouille sont en route.

– Restez où vous êtes. Il faut que je vous voie.

– Merde, je ferai ma déposition aux flics quand ils arriveront. Je voulais simplement que vous sachiez que ce foutu bordel est sur le point d'exploser.

– Assez de grossièretés. Ne bougez pas.

C'était une nuit où il y avait des patrouilles dans le secteur. Les flics de deux voitures arrivèrent, jetèrent un coup d'œil devant l'immeuble et vinrent directement au bureau. Je déclinai une fois de plus mon identité, puis je donnai tous les détails, qui furent confirmés par le gardien et par ce pauvre Hawkins. D'une seconde à l'autre, les inspecteurs allaient surgir et j'espérais que Candace Amory les précéderait, histoire de ne pas relâcher la pression.

Elle fut la première. Elle entra vêtue d'un trench-coat blanc sur une tenue de jogging bleu pâle, et personne n'eut besoin de dire aux flics qui elle était. Les inspecteurs étaient juste derrière elle et se demandaient ce qu'il pouvait bien se passer, mais la Princesse Glaçon les mit immédiatement au pas. Je connaissais les policiers et ils me jetaient de ces regards curieux que reçoivent généralement les types qui ont du succès auprès des filles. Elle surprit ces regards, mais les laissa passer.

Assez bizarrement, toute cette activité avait contourné Ed et, quand ses nerfs se furent un peu remis en place, il finit par se lever, me considéra à la façon de Jackie Gleason dans son personnage de *pauvre bougre* et dit :

– Ils ne voulaient pas me tuer, après tout.

Personne ne dit mot.

– Ils essayaient de vous tuer... *vous*, Mike !

– Ouais. Je sais.

– Il ne m'arrive jamais rien, dit-il tristement.

– Appréciez votre échappée belle, lui conseillai-je.

Il rangea ses papiers dans sa serviette, salua tout le monde de la tête et partit en enjambant les débris de verre que le concierge balayait.

Candace avait une façon magique de nous dégager la voie. Il n'y eut plus de questions, et je connaissais la porte de service pour échapper aux journalistes et au redoutable petit couple du journal télévisé. Je me demandais s'il arrivait à ces deux-là de dormir. Candace vint me chercher en voiture dans l'autre rue, où se trouvait la sortie du garage, et je montai à côté d'elle et demandai :

– Où allons-nous, maintenant ?

– Je sais que la formule est idiote mais... chez vous ou chez moi ?

– Faut que ce soit chez vous.

– Pourquoi ?

– Parce que je peux m'en aller de chez vous.

Elle me coula un regard inquisiteur.

– C'est dur pour un gentil garçon de mettre une souris à la porte, expliquai-je.

– Vous parlez d'un macho !

– Parlons plutôt de maintenant. Ils s'abattent sur moi comme la misère sur le monde. Être une cible, c'est la plaie. C'est vraiment chiant.

– Arrêtez de parler grossièrement !

– Je vous ai entendue quand vous vous laissez aller. Faites-vous tirer dessus, on verra ce que vous direz.

– D'accord. Alors parlons de ce soir. Qui savait que vous alliez être à votre bureau ?

– Je l'ai dit assez fort, à l'hôpital. Je m'adressais à Pat, mais dix autres personnes ont pu m'entendre. Ça n'a pas d'importance, d'ailleurs, mon immeuble est surveillé. Cette voiture attendait là. Merde, si le milieu veut ma peau, ils peuvent mobiliser une douzaine de mecs sur le coup.

– On m'a parlé de la tentative d'agression.

– Bien sûr, ça c'était pour avoir joué au mariolle avec un des caïds. Ils n'aiment pas cette attitude. Ils n'ont pas dû aimer non plus ce que j'ai fait à leurs larbins. Alors maintenant, ils doivent penser que le moment est venu d'aller jusqu'au bout.

Je me carrai confortablement dans le siège et repassai tout cela dans ma tête. Elle arriva devant son immeuble, laissa le portier garer la voiture et nous montâmes chez elle. Elle referma la porte, les quatre verrous et la chaîne, jeta son trench sur un fauteuil, alla au bar et nous servit deux verres. Toute cette activité semblait avoir provoqué en elle une décharge d'électricité statique et la tenue de jogging bleu ciel collait à sa peau. A présent, elle avait l'air d'un nu bleu.

En m'apportant mon verre, elle me fit signe de venir à son bureau. Il y avait là une feuille de papier à en-tête de l'hôtel de ville, couverte de calculs se terminant par un nombre à neuf chiffres. Elle posa son index sur le total de neuf cent cinq millions de dollars et me déclara :

– C'est pour ça qu'ils veulent vous tuer, Mike.

Je posai le verre sans y avoir goûté.

– Vous aviez raison. Tout se rapporte à DiCica. Ça remonte tout droit à l'époque où il a abattu ces deux caïds et raflé cette enveloppe.

– Et vous savez ce qu'il y avait dedans?

– Oui. Un plan.

– Un plan de quoi? demandai-je.

Je repris mon verre et le vidai à moitié. Je commençais à penser que j'avais besoin d'un remontant.

Machinalement, elle mit en marche le tourne-disque. L'ouverture de la *Dante Symphonie* de Franz Liszt s'éleva des haut-parleurs. Si c'était une bonne musique de fond qu'elle cherchait, elle allait en avoir.

– A quel moment une rumeur devient-elle une réalité, Mike? me demanda-t-elle d'une voix pensive.

J'aurais pu répondre, mais c'était sa grande scène et je la laissai la jouer.

– Les agents que votre ami a détachés pour m'aider savaient ce qu'ils faisaient. Ils n'ont même pas pris la peine de réunir des dossiers ou de rassembler des preuves. Ils ont simplement parlé à une demi-douzaine de personnes. De drôles de gens. Des ouvriers des bas-fonds. Tout le monde avait plus ou moins la même chose à dire. Savez-vous quelle est la consommation de cocaïne aux États-Unis?

– Je peux vous donner les dernières estimations et elles sont probablement de cinq mille pour cent trop modestes.

– Pourquoi?

– Parce que les interceptions ne représentent que cinq pour cent du trafic de cocaïne. Les dealers ont une insatiable demande à satisfaire.

Alors ils sacrifient environ vingt pour cent du volume pour écarter les Stups de leurs livraisons principales. Dans le temps, vos gars faisaient la nouba quand ils dégotaient quelques kilos de H, et ça c'est du petit volume. La coke arrive maintenant par tonnes. Vous vous rendez compte? Des tonnes de merde pure... et converti au prix de détail, ça réglerait la dette nationale!

Liszt commençait à se déchaîner, à tonner gentiment.

Elle se retourna, me fit face, m'observa.

– Il y a vingt ans, nous n'aurions jamais imaginé des livraisons par tonnes. Cela paraissait impossible. On n'avait pas le personnel pour lutter contre quelque chose d'aussi énorme. A l'époque, les petits revendeurs de rue n'étaient même pas organisés pour distribuer de telles quantités. Il n'y avait pas assez d'argent. Les paysans, les producteurs eux-mêmes n'étaient pas organisés non plus pour cultiver de telles récoltes. N'est-ce pas?

Je le reconnus.

– Faux, dit-elle. Ce cartel était en avance sur nous, très loin en avant. Les paysans produisaient bien. Les laboratoires étaient installés, et alors que personne ne pensait que c'était possible, ces exportateurs de cocaïne étaient prêts à inonder notre marché et ils avaient pris contact avec les « familles » de la côte Est pour traiter des marchés à des prix défiant toute concurrence.

Maintenant, je me souvenais d'en avoir entendu parler, il y avait des années. C'était une rumeur à l'époque et c'était encore une rumeur de nos jours.

– Dites-vous bien, reprit-elle, que c'est là ce qu'on raconte dans la rue. Le bruit court depuis longtemps et a pu s'exagérer en passant de bouche en bouche.

– Je sais...

Le cartel avait fait sa proposition par l'intermédiaire de Torres. Les familles s'étaient associées, avaient vérifié, réuni leur argent et acheté un camion-remorque chargé à bloc de la cocaïne la plus pure qui puisse exister.

La seule idée d'une telle quantité tombant dans la rue me donnait envie de vomir.

– Vous vous rendez compte de l'argent que ça représente ?

– Certainement, et imaginez ce que ce serait au détail une fois coupé et recoupé.

– Quelque part, un sacré paquet de billets de cent dollars a changé de mains, dis-je.

– Aujourd'hui, on l'entrepose dans des conteneurs à une température et un degré d'humidité contrôlés. Leur système bancaire n'a rien à envier à celui de Genève. Le cartel a reçu les fonds, puis il a donné aux représentants de l'Organisation les indications et le plan pour trouver la cargaison de coke. Quand DiCica les a tués et a ramassé cette enveloppe, il a foutu en l'air tout le marché. Il détenait entre ses mains une livraison de près de un milliard de dollars. Il était hors de question que le cartel envoie un double des instructions. Il avait respecté sa part du marché, pour lui c'était fini. A partir de là, c'était à l'Organisation de se débrouiller.

– C'est une sacrée rumeur, dis-je. Pourquoi ont-ils laissé Torres continuer d'opérer ?

– En aucune façon Torres ne pouvait s'opposer à l'Organisation. Il aurait pu avoir la livraison, mais pas pour longtemps. L'arsenal était dans l'autre camp.

Je fis tinter les glaçons dans mon verre et le vidai.

– Ainsi, c'était bien DiCica, dès le début, hein ?

– Dès le début. Un homme stupide qui a agi stupidement. Il savait où était le camion-remorque. Quand le milieu a fini par le retrouver, la décision a été prise de l'emmener dans un coin discret où on pourrait lui faire dire ce qu'il savait. Ils ont des méthodes intéressantes pour soutirer des renseignements. Malheureusement, il s'est débattu comme un beau diable et un des assaillants y est allé un peu trop fort avec son tuyau de plomb. La bagarre a été interrompue par le passage d'une voiture de police, alors ils n'ont pas pu l'emporter, mais le traumatisme crânien le mettait très efficacement hors de combat... Je me demande ce qu'il aurait fait de toute cette cocaïne.

– Il s'en serait servi comme d'une monnaie d'échange, voilà ce qu'il aurait fait. Même le milieu aurait été obligé d'être régulier avec lui et de passer l'éponge. Notre gouvernement lui aurait même fait une belle rente à vie et lui aurait fabriqué une toute nouvelle identité, pour mettre la main sur ce chargement.

Elle se redressa, le dos raide pendant une seconde, en me jetant un coup d'œil furieux. Je levai une main.

– Ne soyez pas naïve, ma jolie. En politique, nous avons des gens aussi sales que ceux de l'autre côté.

– En tout cas, me dit-elle, les traits encore crispés, on peut dire qu'il a vraiment payé cher sa faute, dans votre bureau.

– Voilà que vous en revenez à moi! Voyez? Ça revient toujours à moi. Avec tout l'argent que représente ce projet, quelqu'un avait bien les moyens de recruter un type de l'extérieur comme Penta pour me régler mon compte... mais il reste quand même un bon Dieu de putain – excusez-moi – de trou dans le tableau.

– Quel trou ?

– Qui avait besoin de Penta ? Nous avons des tueurs professionnels chez nous.

Elle me considéra pendant une éternité, me sembla-t-il.

– Il a dit que vous l'avez tué, Mike. De quoi parlait-il ? Est-ce que ce billet pouvait réellement être pour DiCica ?

– Tout ce que je sais, ma belle, c'est qu'il ne pouvait pas s'adresser à moi.

– Ce n'est pas fini, vous savez...

Elle vida son verre à son tour, et le posa à côté du mien. La première face de *L'Enfer* s'acheva et le disque se retourna automatiquement. Maintenant, toute la substance de la symphonie de Liszt allait se faire entendre.

– Qu'est-ce que vous allez faire ?

– Continuer ce que j'ai commencé, répliquai-je. Ce salaud-là va tomber. Je me fous de ce qui arrive à tout l'argent et à toute la cocaïne, du moment que je tiens ce fumier devant mon pistolet. Nous jouons avec quelqu'un qui aime tuer. Qui aime se faire payer pour tuer et qui aime laisser sa signature sous forme de doigts coupés.

– L'un de vous deux va trouver l'autre, Mike, me dit-elle froidement.

Cette fois je souris franchement.

– C'est fatal. Mais avant que ça arrive, trésor, je vais bien faire en sorte de vous livrer votre camion de came. Quand vous l'aurez, vous donnerez l'exclusivité de l'histoire à Petey Benson. Ne manquez pas non plus de créditer Ray Wilson et son système de contre-espionnage, et alors vous pourrez sauter dans le fauteuil de votre patron et vous mettre en route pour la Maison-Blanche.

L'admirable glaçon bleu s'approcha de moi et l'électricité statique, dans la combinaison de jogging, crépita doucement. Quand son corps toucha le mien, je sentis le picotement de la décharge dans mon torse, l'électricité me parut fuser de ses seins et, quoi qu'elle ressentît, elle fondit complètement. Sa bouche s'empara de la mienne, la dévora, la goûta, chercha à nous unir, à nous vulcaniser.

Pendant un instant, je tentai de la repousser mais elle avait les bras autour de moi et elle se moulait contre mon corps, encore une fois. Mes doigts coururent le long de son dos, en suivant le jeu des muscles sur la colonne vertébrale, et puis mes mains s'arrêtèrent sur sa taille et je compris ce qu'elle voulait. Je n'en fis rien, mais elle le fit elle-même. Le haut de la tenue de jogging voltigea et elle me laissa contempler à loisir ses magnifiques rondeurs avant de faire tomber ma veste de mes épaules et coller ses seins contre ma chemise. Je sentis sa tiédeur, l'incroyable chaleur de sa nudité.

Elle se mit à sourire, donnant à sa bouche un pli d'espièglerie.

– Est-ce que vous pouvez enlever votre pistolet ?

Je décrochai l'agrafe de la ceinture, fis glisser la bandoulière et jetai le harnais sur un fauteuil.

– Un homme doit faire ce qu'il doit faire.

– C'est John Wayne qui a dit ça, me rappela-t-elle.

– Souvent, dans de nombreux films.

– Alors, ordonna-t-elle, faites maintenant ce que vous avez à faire.

L'Enfer touchait à sa fin. Les notes étaient martelées dans un crescendo surnaturel si bien qu'on croyait voir les flammes, sentir la passion, entendre des hurlements tels qu'on n'en entendait nulle part sur terre. C'était exaltant à en être totalement épuisant et on en restait pantelant, encore tout secoué de frissons que l'on ne ressentirait jamais autrement.

La circulation était dégagée pour sortir de New York. Je pris l'autoroute de Long Island, respectai la limite de vitesse et laissai vagabonder mon esprit dans le passé, au temps où Rudy Skubal était le personnage principal des activités secrètes. Pendant la Seconde Guerre mondiale, il avait eu sa propre unité, travaillant à l'Office of Strategic Services. Après la capitulation allemande, on l'avait réaffecté à la chasse aux criminels de guerre qui cherchaient à échapper aux contrôles alliés.

Il avait été démobilisé en 1949, mais la C.I.A. l'attendait. La guerre froide commençait et elle s'échauffa sérieusement quand la Corée et le Vietnam voulurent laisser leur marque sur l'histoire contemporaine. C'était l'époque où le Moyen-Orient adoptait son attitude dramatique et haussait le terrorisme au rang des beaux-arts. L'expérience du général devint alors indispensable.

Et puis, subitement, Rudy Skubal n'était plus là. Quelqu'un d'autre occupait son bureau et un communiqué rédigé avec des mots choisis annonçait qu'il avait « décidé de prendre sa retraite ». *Décidé*, mon cul ! Il avait frotté à rebrousse-poil un obscur politicien et toute la puissance du parti s'était mise à l'œuvre pour jeter un as authentique aux oubliettes et le remplacer par un foutu godillot insipide du parti.

Mais le vieux Skubal ne fit pas de vagues. Ce n'était pas la peine. Désormais, il allait simplement faire payer ses services et se tenir bien à l'abri des magouilles. Il n'avait pas besoin de nouvelles médailles ou décorations.

Je me demandai quelle espèce de projecteur il

allait braquer sur Bern et Fells. Jusqu'à présent, à ma connaissance, aucun de ses tigres n'avait mal tourné, mais il y a toujours une première fois.

A la sortie 67, je pris la Route 21 vers le nord, dépassai la petite ville de Yaphank et guettai les piliers marquant l'entrée du vieux domaine Kimball. Je passai une demi-heure à chercher, à rebrousser chemin, avant de les découvrir sous un camouflage de glycine et entourés par des sumacs. A moins que la route ne soit utilisée quotidiennement, le revêtement du sol brouillait les traces de pneus. Je donnai un coup de volant sec, franchis le ruisseau en cahotant et fus soulagé quand je sentis que la terre, sous mes roues, était dure et ferme.

Après le premier tournant, je me trouvai dans un autre monde. La végétation sauvage, apparemment à l'abandon, faisait place à un superbe parc touffu mais bien entretenu qui se terminait par une vaste pelouse entourant un manoir de brique tout droit sorti des années folles.

Même à présent, le général ne prenait pas de risques. Toute invasion serait détectée de n'importe quel coin de la maison et les énormes projecteurs visibles tout autour étaient capables de transformer la nuit en plein midi.

Je restai dans l'allée en roulant lentement. Je décrivis les deux grands virages qui donnaient aux occupants tout le temps d'examiner leurs visiteurs, m'arrêtai enfin sous le portique et descendis de voiture.

Peut-être aurais-je dû téléphoner, prévenir. Personne ne sortit pour m'accueillir.

Mais aussi, tout bien réfléchi, nous n'étions pas dans les années folles et l'heure n'était plus à la nuée de domestiques.

Je montai sur le perron, sonnai à l'énorme porte

massive et entendis à l'intérieur une bonne vieille sonnette d'autrefois. Et quelqu'un apparut.

Certaines femmes vous frappent au premier coup d'œil et on ne les oublie jamais. Elles ne sont pas nombreuses mais c'est inutile qu'elles le soient pour laisser un sillage d'hommes dont l'esprit restera à jamais impressionné par un unique contact. Elles n'ont pas besoin d'être particulièrement belles, ni d'avoir un corps spécialement accordé à certains fantasmes : pour celui qui les voit, elles sont *tout* ce qui fait une vraie femme.

Celle-ci avait des yeux d'un bleu électrique dément qui savaient sourire, une bouche aux lèvres pleines et, quand elle me dit bonjour, j'eus l'impression d'être léché par un affectueux lama, velouteux et satiné.

Elle portait un tailleur. Les épaules étaient larges mais pas à cause de ce rembourrage qui est passé de mode en 1988. Elle était bien réelle, sous la veste de coupe militaire. Cette veste était stricte sur des seins au galbe spectaculaire mais assez courte pour montrer la généreuse ampleur des hanches. Elle avait des jambes de danseuse, musclées, parfaitement tournées. *On n'en fabrique plus des comme ça,* me dis-je. Ce qu'elle faisait là, ce devait être toute une histoire.

Je songeai : « Merde alors ! », et lui fis mon plus beau sourire.

– Je m'appelle Michael Hammer, madame. Je suis un vieil ami du général et j'ai quelque chose de très important à voir avec lui. J'espère qu'il aura le temps de m'écouter.

Ouvrant mon portefeuille je lui montrai la licence de privé et mon permis de port d'armes dans leur lucarne de plastique, et me demandai où diable était passé mon bon vieux culot citadin.

Elle laissa échapper un rire déconcertant.

– Eh bien, monsieur Hammer, je suis vraiment enchantée de vous connaître. Entrez donc, je vous prie.

– Merci.

J'entrai et passai devant elle. Elle était très grande et possédait une grâce d'elfe, tout en étant curieusement athlétique dans ses mouvements. Elle referma la porte d'un geste négligent puis ouvrit un panneau et appuya sur un voyant rouge qui s'éteignit et se ralluma en vert.

– Puis-je avoir votre arme? me demanda-t-elle.

Je dégainai le 45 et le lui tendis. Elle le prit, le glissa dans un petit placard encastré et neutralisa aussi celui-là.

– Vous ne m'avez pas demandé d'outil à lancer, lui fis-je observer, et elle sourit.

– Parce que vous n'en avez pas. Des clefs, de la monnaie, peut-être un canif, mais rien de plus. L'appareil est ultra-sensible.

– Supposez que quelqu'un fasse irruption ici...

– Pourquoi parler de choses désagréables! Ah! je ne me suis même pas présentée. Je suis Edwina West, la secrétaire du général Skubal.

– Minute!

Elle me regarda.

– Monsieur Hammer?

– Restons simples et réguliers, mademoiselle West. Épargnez-moi cette connerie de secrétaire.

– Ah?

– Vous êtes de la C.I.A., n'est-ce pas?

Elle répondit sans la moindre hésitation :

– Oui, en effet. Pourquoi cette question?

– Les femmes appellent rarement un pistolet une arme. Et vous saviez ce qu'était un outil à lancer.

Un rire authentique apparut dans son sourire.

– Il faudra que je me souvienne de ça. Est-ce que je vous plais moins, maintenant ?

Ce fut à mon tour de rire.

– Vous êtes une sacrée nana, mademoiselle West. Vous donnez à un type l'impression qu'il s'est jeté tête baissée dans une hélice.

– Je vous en prie, appelez-moi Edwina.

– D'accord. Edwina. Dites-moi... comment va le général ?

Elle me prit le bras et le replia autour du sien.

– Ma mère aussi attirait les hommes, semble-t-il. N'est-ce pas le talent de toutes les femmes ?

– Sûrement pas comme vous, mon petit lapin. Vous avez dû être une terreur, dans votre enfance.

– Savez-vous quel âge j'ai, monsieur Hammer ?

– Mike, lui dis-je, je vous donne dans les quarante, quarante-deux ans.

En général, quand on dit ça à une jolie femme, on sent aussitôt un froid qui émane d'elle comme la brume du large et qui vous condamne à mort.

Pas chez elle. Elle répondit avec simplicité :

– J'en ai quarante-huit, Mike. Vous êtes déçu ?

– Doucement, Edwina ! Vous touchez à des nerfs dont je ne connaissais même pas l'existence.

Elle me serra le bras.

– Ne soyez pas surpris par ce que je sais sur vous. J'ai lu le profil que le général a de vous, les articles de journaux où vous êtes cité et un tas de renseignements que vous devez juger extrêmement personnels.

Je m'arrêtai de marcher et nous fis nous retourner vers la porte d'entrée, à douze mètres de nous. Nous étions dans un immense vestibule, un hall avec sur les murs de luxueuses appliques que je n'avais pas encore remarquées.

– Ma beauté, dis-je, nous venons de faire connaissance, nous avons fait douze mètres ensemble et je pourrais écrire un livre sur ce qui s'est passé pendant ces trois minutes. Est-ce que ça arrive tout le temps ?

Les mouvements de sa bouche quand elle commençait à sourire étaient surprenants. Ses yeux de ce bleu incroyable avaient un pouvoir hypnotique.

– Seulement quand je le veux, répondit-elle. Et il y a autre chose.

– Quoi donc ?

Elle me fit faire un demi-tour devant une porte de chêne à deux battants sculptés, pesa très légèrement sur le bec-de-cane de bronze et la porte s'ouvrit sans bruit, sans effort.

– Ça, je vous le dirai plus tard.

La maison était un vrai manoir, de ceux où il est facile de se perdre et qui sont utilisés par le cinéma pour les superproductions en costumes ou les films d'horreur classiques. Edwina me fit un peu visiter sur le chemin pour aller voir le général, mais toutes ses explications se perdirent dans le velours de sa belle voix de gorge. Il y avait de la musique dans le ton, une musique à la fois douce et exigeante. Plus une légère nuance de luxure et des résonances que je ressentais sans pouvoir les définir, et quand nous arrivâmes à la dernière porte, je me demandais déjà ce qui pouvait bien m'arriver. J'étais dans une espèce de stupide fantasme de gosse, avec le cul à la place de ma tête et j'aimais ça ! Je finis par partir d'un grand éclat de rire. Elle comprit que je me moquais de moi-même, me fit cadeau d'un de ses ravissants sourires et frappa à la porte.

Un bourdonnement se fit entendre et le battant

s'entrouvrit dans un déclic. Quand nous entrâmes, la porte se referma automatiquement.

Une lumière était braquée sur nous qui cachait tout ce qu'il y avait derrière, comme un mur massif.

J'entendis un petit rire et une voix qui n'avait pas changé depuis bien des années :

– Bonjour, Michael.

La lumière s'éteignit avec un *ping* métallique et une autre s'alluma, qui illumina la pièce. Dans le fond, toujours au même vieux bureau mais entouré aujourd'hui de tout un matériel et d'écrans électroniques, était assis le général Rudy Skubal.

– Bonjour, mon général.

– Alors, qu'est-ce que tu en penses?

– Assez spectaculaire.

– Tu ne vois que la surface. Viens par ici.

Il se hissa hors de son fauteuil et me tendit la main. Je la pris, heureux de la sentir aussi ferme.

– Ça fait combien de temps, Michael?

J'étais bien certain qu'il le savait, au jour et à l'heure près, mais je répondis :

– Bien des lunes, mon général. Mais vous êtes toujours en pleine forme.

– Du bidon. Je m'affaiblis. Emmerdant mais inévitable, grommela-t-il en se tapotant le crâne. Là en haut, je peux continuer indéfiniment, et avec les appareils, c'est fou ce qu'on peut accomplir. Mais la bonne vieille excitation physique de la chasse a disparu. Il y a si longtemps que je n'ai pas envoyé mon poing dans les gencives de quelqu'un que je ne me rappelle plus le bruit que ça fait.

– Ça n'en fait pas, lui rappelai-je. Les dents se cassent sans fracas. Si vous vous coupez la main dessus, vous risquez une sacrée putain d'infection.

Toute sa figure se convulsa et il secoua rageusement la tête.

– Ah merde, mon vieux, tu vois bien? Tu te souviens? Ah bon dieu, tu peux encore faire tout ça et bien te marrer. Toi, tu flanques des coups de pied au cul, tu baises, et moi j'appuie sur des boutons.

– Ne vous faites pas d'illusions, mon général. C'est amusant à la seule condition de vivre assez longtemps pour s'en souvenir. Et avec la sécurité que vous avez ici, vous allez vivre assez longtemps.

Il passa ses doigts dans sa crinière blanche éblouissante et me laissa voir un petit sourire.

– Ne surestime pas Edwina. Elle cause plus d'anxiété que l'ennemi. Tu sais qu'elle est de la C.I.A., n'est-ce pas?

– Naturellement.

– Vous le lui avez dit? lui demanda-t-il.

– Non, il le savait.

– Voyez, c'est pour ça que je voulais le recruter, ce gamin. Quel agent il aurait fait!

Il prit un temps, nous considéra tous les deux, le front plissé et l'air réfléchi.

– Il vous aurait redressée en un rien de temps, ma fille.

Elle me regarda dans les yeux, ses prunelles bleues me mettant au défi de dire ce que je pensais. Alors je le dis :

– Voyons, mon général, on ne redresse jamais d'aussi superbes rondeurs.

Le vieux Skubie fronça de nouveau ses sourcils gros comme des moustaches et me jeta un regard en dessous. Finalement, il bougonna :

– Edwina, allez donc nous faire du café et ramenez des brioches ou autre chose.

Elle nous fit un clin d'œil, attendit qu'il appuie sur le bouton de la porte et nous quitta.

– Dingue, fis-je.

– Je n'avais jamais droit à ça, quand j'étais jeune, marmonna le général. Bon, à nous, Michael. Je suppose que ce n'est pas une simple visite du genre « j'étais dans le quartier »?

– Strictement affaires, mon général.

– Notre genre d'affaires?

– Précisément.

Il manipula deux ou trois manettes sur un tableau de commandes, devant lui, puis il se renversa dans son fauteuil, les mains jointes derrière la tête.

– Une dernière supposition... c'est en rapport avec le mort dans ton bureau?

Le vieux n'en ratait vraiment pas une.

– C'est là que tout a commencé.

– D'accord, je t'écoute. Raconte-moi ça à ta façon.

Dans mon rapport, je détaillai particulièrement le premier acte, plantant le décor avec ma découverte de Velda écroulée et du corps mutilé de DiCica dans mon bureau. Il était au courant du billet, mais quand je prononçai le nom de Penta il pinça les lèvres, baissa les bras et l'écrivit sur un bloc-notes. Puis il reprit sa position pour m'écouter. Je lui racontai tout, sans trop m'égarer sur le rôle initial de DiCica. Je voulais que tout ce qu'il pourrait me donner soit focalisé sur le tueur lui-même.

Vers le milieu du récit, le bourdonnement se fit entendre et Edwina entra avec un plateau de café et de pâtisseries; elle le posa sur le bureau et repartit. Pendant que nous tournions notre sucre, le général me fit signe de continuer.

Je le fis naviguer parmi les détails que Russell Graves avait dénichés, parmi les renseignements extraits par Ray Wilson de ses ordinateurs et les événements qui aboutissaient à Harry Bern et Gart Fells, cités comme cadets que le général avait eus dans son ancienne unité.

Quand j'eus terminé, il s'accouda sur le bureau et joignit le bout des doigts.

– Tu remues de vieux souvenirs, Michael. Les noms que tu mentionnes, j'ai bien connu ces hommes-là. Carmody a toujours été un bon élément de carrière. Tu dois te rappeler, c'est lui qui a épinglé cette bande qui attaquait les routiers, l'année dernière. Ferguson a passé ses premières années dans le secteur européen. Il parle couramment quatre langues, à ce qu'il paraît. Le précédent gouvernement l'a ramené par ici. Bennett Bradley a toujours été bon aussi au Département d'État. Il avait tout pour faire un agent de terrain, tu sais, mais il était trop conservateur. Son point fort, si j'ai bonne mémoire, était les sciences politiques. Dommage qu'on le colle à la retraite d'office, dit-il en repoussant le fauteuil pour se lever. Cependant, avant d'en venir à Bern et Fells, laisse-moi faire une brève recherche.

Il désigna de la tête une console d'ordinateur et me demanda :

– Tu veux regarder ?

– Bien sûr !

C'était le nouveau champ de bataille, à présent. Rien de sale, pas d'horribles cris de terreur ou de crépitement d'armes automatiques. Pas de glissades dans la boue ou de grands plongeons sur des surfaces dures pour échapper à un feu croisé. Aucun homme n'était décapité par un couteau ou un garrot de fil de fer, personne ne mourait de poisons insidieux. Maintenant, il n'y avait plus que le léger bruit des touches, des lettres et des chiffres lumineux apparaissaient sur un écran, se redisposaient, se canalisaient pour faire place à de nouvelles informations, se reproduisaient dans des circuits lointains et revenaient en quelques secondes.

Le général programma sa demande de renseignements sur le dénommé Penta. Elle fut happée par la sorcellerie électronique et il n'eut plus qu'à se rasseoir : l'appareil prit la relève. Pendant que les circuits travaillaient, il me dit :

– Au cas où ça t'intéresserait...

– Mon général, je suis *très* intéressé.

– Ma prétendue retraite n'a pas duré longtemps. Les imbéciles qui m'ont évincé ont été virés aux élections suivantes et j'ai été réintégré exactement où je voulais être. Ici. Et aux frais du gouvernement. Ces appareils lui appartiennent, ils sont entretenus par des crédits fédéraux et représentent le tout dernier cri de l'électronique. Crois-moi, le gouvernement en a pour son argent... et je vis bien en faisant ce que je fais le mieux.

– Dites-moi, mon général, dans quelle mesure êtes-vous en sécurité, ici?

Je regardais autour de moi l'énormité de l'installation, en sachant que c'était le nec plus ultra de la miniaturisation.

– Quatre-vingts personnes sont cantonnées ici, me répondit-il. Ce paisible paysage que tu as vu en arrivant n'est qu'un champ de mines, un gigantesque piège mortel, chaque charge peut être actionnée de l'intérieur de la maison ou détoner indépendamment. Avec les senseurs électroniques que nous avons, les chiens ne sont pas nécessaires, les patrouilles non plus, alors ça a l'air d'une paisible retraite à la campagne.

– Et pour l'électricité ?

– Nous avons des batteries solaires sur le toit. Les accumulateurs peuvent fournir du courant pendant quinze jours à pleine puissance. Cela, naturellement, c'est en plus du courant normal qui nous est fourni par des canalisations souterraines. Sous la maison, il y a un grand puits profond avec des réserves pour la lutte contre l'incendie. Notre garde-manger contient un mois de vivres et, si on est buveur, il y a de quoi s'humecter le gosier, aussi.

– Ce sont des conditions de siège, mon général.

– Oui. Mais de nos jours, on ne sait jamais. Voilà ce que nous protégeons, au moins, dit-il en m'indiquant d'un geste large son artillerie électronique.

L'écran s'alluma alors. Le nom de PENTA s'y inscrivit, suivi d'un résumé sur la vie de celui qui apparaissait comme un feu follet sur la scène internationale.

Penta ne signifiait rien. C'était un nom de code donné par la C.I.A. Il n'y avait aucun signalement. Les activités de Penta avaient été liées à celles de la bande Stern et des Brigades rouges. Ses actions terroristes avaient été remarquées par diverses dictatures et on le soupçonnait d'avoir souvent travaillé pour elles. On lui attribuait seize assassinats politiques présentant tous une mutilation digitale sous diverses formes de boucherie.

– Mutilation digitale ? murmurai-je.

– Jargon de journaliste signifiant « doigts coupés ».

– Ah, très bien.

– Une note intéressante, là... Penta est soupçonné d'être une taupe dans l'O.T.A.N. Il devait être renseigné de l'intérieur pour exécuter certains de ses meurtres. Aucune preuve n'est fournie mais tout porte à le croire. Maintenant, regarde-moi ça.

Trois rapports de la C.I.A. s'inscrivirent sur l'écran, contenant des informations compilées par Bennett Bradley. Par deux fois, il avait failli coincer Penta, et puis l'action de la police nationale du pays en question avait entravé ses mouvements. La troisième fois, Penta lui avait logé une balle dans la cuisse et s'était esquivé. Il y avait un quatrième article suggérant que Bradley soit dessaisi de cette mission. Je comprenais maintenant son attitude de dernier recours, son désir de mettre la main sur Penta avant que son remplaçant entre en scène.

Les mots cessèrent de s'aligner. Deux rangées de points traversèrent l'écran, puis cinq groupes de lettres, cinq lettres par groupe. Le dernier clignotait. Le général grogna, tira une clef de sa poche et alla vers un coffre mural. Il fit tourner trois fois le cadran, ouvrit la lourde porte et se servit de la clef pour ouvrir une boîte qui se trouvait à l'intérieur.

– Quelles sont les lettres du dernier groupe ? me demanda-t-il de loin.

– R T V W Y.

Il referma la boîte, la remit en place, claqua la porte du coffre et vint se rasseoir. Il appuya sur une touche et l'écran s'effaça.

– Ce Penta est ici pour une mission d'un sacré haut niveau.

Merde, voilà que ça recommençait !

– Pour me tuer, mon général ?

– Tu vaux la peine d'être tué ?

– Pas que je sache et pour personne que je connaisse.

– Et pour quelqu'un que tu ne connais pas?

Je grinçai des dents. Je respirai profondément deux ou trois fois, me détendis et contemplai le vieux. Il y avait là de la connaissance, de la patience et de la sagesse, et il savait ce que je pensais; alors, il essayait d'orienter mes idées dans une direction logique.

C'était là une direction qui ne permettait aucune logique. Je secouai la tête.

– Impossible. On ne peut pas passer par moi pour découvrir Penta. Le chemin de ce type passe par Bern et Fells. Le rapport est là. Ces deux-là cherchent Penta et, si nous arrivons à les coincer, nous pénétrerons le raisonnement qui est à l'origine de tout ça. Il y a un mobile, mon général, assez puissant pour que l'on détruise et tue, et quand nous l'aurons, nous tiendrons Penta.

– Je peux te donner Fells et Bern, me dit-il simplement. Tu connais un peu leur histoire?

– Un peu.

– Des canards sauvages, ces deux-là. Instables, aventureux... Après avoir quitté le service ils ont laissé une piste assez poisseuse. Trois pays différents les ont embauchés pour un travail secret, et ils ont fait un excellent boulot. Leur dernier employeur était la Libye.

Il marqua un temps mais il n'avait pas fini, et je ne le pressai pas.

– Les trois dernières missions attribuées à Penta... des assassinats politiques de personnel de haut niveau... étaient au profit d'une organisation arabe en Libye.

– Donc, tous trois ont été contemporains, dans des actions peut-être associées.

– Peut-être.

– Et maintenant, Penta, Fells et Bern sont ici ensemble, dis-je, seulement ils ont perdu le contact. Bern et Fells tiennent beaucoup à retrouver Penta. Ils ont pensé que j'avais une piste et ils ont essayé de me la soutirer. Question : comment ont-ils perdu la trace de Penta?

– J'ai une meilleure question, me dit le général. Pourquoi le cherchaient-ils, d'abord? Penta n'est pas du tout un homme d'organisation. Penta est un solitaire. Un loup solitaire entièrement consacré à son travail.

– Faisons un pas de plus, mon général, suggérai-je. Il est ici. Son travail est ici. Ses objectifs n'ont jamais été mineurs, alors son objectif actuel n'est pas mineur et, jusqu'à présent, il ne l'a pas encore atteint...

Je vis l'expression de Skubal et me hâtai d'ajouter :

– Non, ne pensez pas à ces conneries, ne croyez pas qu'il me cherche!

– Qui t'a tiré dessus, Michael?

Je ne dis rien.

– O.K., tu as un autre angle, alors. Je m'en doutais.

– Je veux simplement Penta. Après ce qu'il a fait à Velda, il est à moi, rien qu'à moi. Toute autre raison qu'il a d'être ici, je m'en fous. Quand je l'aurai devant moi, tout le reste sera effacé en même temps que lui et ce sera fini. Maintenant parlez-moi de Fells et de Bern.

Le général se resservit du café et y jeta plusieurs morceaux de sucre.

– Ces deux-là sont sur les listes de personnes recherchées par le F.B.I. et la C.I.A., et ce n'est qu'un commencement. Malheureusement, ils ont été trop bien entraînés pour que nos gens les épinglent. Jusqu'à présent, personne n'est rien venu me demander, sinon j'aurais pu indiquer quelques endroits où une planque pouvait porter des fruits.

– Ils savent qu'ils sont recherchés ?

– Sans aucun doute. Mais maintenant qu'ils sont ici, il y a une chose qu'ils ont probablement oubliée. Comme tout le monde, dans notre métier, ils ont des maisons sûres où se terrer, en plein sur le paillasson de leur ennemi. Nous établissons ces refuges pour eux, quand c'est nécessaire. Ou ils peuvent prendre leurs dispositions eux-mêmes. Fells et Bern aiment faire leur propre travail. Ils voulaient que *personne* ne sache où ils avaient une maison sûre, même pas moi. Mais je le comprenais assez, et sachant comment se développait leur personnalité, j'ai bien pris soin de découvrir les trois refuges qu'ils avaient sur la côte Est. Ils ne l'ont jamais su et je n'ai jamais rendu l'information publique parce que, la plupart du temps, ils opéraient en Europe.

– Ils revenaient assez souvent.

– Parfois, il vaut mieux observer ses rats, pour savoir ce qui se passe, plutôt que de les tuer. Il n'y a pas longtemps qu'ils sont en priorité sur les listes de recherches.

– Où sont les maisons, mon général ?

– Ça, je ne le confie pas aux ordinateurs. Attends-moi ici. Je vais donner quelques coups de fil.

Je restai assis, me resservis du café, et j'eus même le temps de finir une pâtisserie avant qu'il revienne. Il reprit sa place, les yeux sur une feuille de papier qu'il avait à la main.

– L'une d'elles était à Freeport, Long Island.

– Était ?

– Elle a brûlé il y a un an. Une autre se trouvait dans la région de Boston. La ville a fait passer une voie express sur le site. N'y pensons plus...

– Merde, est-ce que ça aussi, ça va tourner en eau de boudin ?

– La dernière est à Brooklyn. Dans un quartier destiné à la démolition, hélas. Nous cherchons d'abord où en sont les choses, et ensuite tu pourras faire tes projets. Mon homme va me rappeler. Il laissera un mot sur la situation. S'il dit oui, tu auras le feu vert. Ce sera tout à toi, mon garçon. Tu n'auras pas d'aide à moins que tu n'en demandes, et je doute que tu le fasses.

– Vous doutez juste, mon général. Dites-moi seulement une chose.

– Quoi donc ?

– Comment se fait-il que vous m'invitiez dans votre petit monde magique et que vous me laissiez jeter un coup d'œil à toutes vos merveilles, que vous m'accordiez toute votre attention, alors que je ne suis qu'un simple détective privé passé de mode ?

– Ton profil personnel, mon garçon, me répliqua-t-il gaiement. Je me le rappelle mot pour mot. Et d'ailleurs, un de plus aux trousses de Penta, ça ne fera pas de mal.

– Vous vous foutez de moi.

Le sourire jovial disparut et sa figure se ferma. Tout à coup, nous étions deux méchants prêts à partir à l'assaut d'autres méchants.

– Tu es un foutu tueur, mon petit père, me dit-il. Nous avons besoin de gens comme toi.

– Quelles sont mes chances, mon général ?

– Contre Fells et Bern ? Là, je te donne l'avantage. Ils ont l'entraînement. Tu as l'instinct pardessus le marché.

– Et avec Penta ?

Il pressa un bouton de son bureau, attendit qu'Edwina réponde et annonça :

– Je vais faire ma sieste. Je ne veux pas de coups

de téléphone et pas de visites. M. Hammer va rester jusqu'à ce qu'il reçoive son message. Veillez à ce qu'il ne manque de rien.

Il s'essuya les yeux, remua les épaules, les souleva un peu et me coula un regard.

– *Tu meurs pour m'avoir tué,* murmura-t-il. Une énigme. Une véritable énigme.

– Toutes les énigmes ont leur solution, déclarai-je.

Quand Edwina arriva, il lui remit un bout de papier.

– Si la personne qui téléphone dit oui, vous donnerez ceci à Michael ici présent. C'est une adresse dont il a besoin. Mais ne l'envoyons pas là-bas inutilement.

Elle regarda le papier, s'approcha d'un petit appareil, l'y glissa par une fente et pressa un bouton. Une petite bouffée de fumée en sortit. Elle sourit en me disant :

– La sécurité.

Puis elle me tendit la main pour m'entraîner vers la porte.

– Vous voulez visiter la maison?

– J'aimerais mieux voir les systèmes de sécurité.

– Négatif. Et sans appel, bien évidemment.

– Je m'en vais vous dire une bonne chose, ma jolie. J'ai suffisamment d'imagination pour me figurer tout ce qu'on a pu créer. Franchement, j'espère que vous avez ce qui se fait de mieux. Ce que je n'aime pas en revanche, c'est le manque de personnel dans le périmètre. Un petit malin peut toujours trouver le moyen d'interrompre n'importe quel système électrique.

Elle fit courir ses doigts le long de mon bras et me prit la main.

– C'est pour ça que je suis placée ici. Je suis censée les distraire.

Nous nous mîmes en marche vers une véranda vitrée. Je considérai longuement Edwina.

– Il y a ça, aussi : qu'est-ce qu'une fille comme vous fait *au juste* dans cette baraque ? Vous n'êtes pas secrétairc !

Arrivée à la porte, elle ouvrit une boîte, au mur, abaissa un levier et la referma.

– Non. Pas seulement.

De la véranda, nous contemplâmes la vaste étendue découverte du domaine. Le parc était d'un drôle de vert, et je compris que nous regardions à travers une glace sans tain.

– Ne me faites pas le coup du garde du corps. Les femmes peuvent être bonnes, mais pour ce qui est de la force physique, le pompon va aux hommes.

– C'est vrai, reconnut-elle.

Je lâchai sa main, la pris par les épaules et la maintins le dos tourné contre moi. Elle se crispa un peu quand je la palpai du haut en bas, sous les bras, le long des flancs, et des cuisses jusqu'aux genoux.

Quand je me redressai, elle me dit :

– Vous avez oublié de chercher un derringer entre mes doudounes.

Je tâtai doucement.

– Satisfaite ?

– Comment saviez-vous ?

– Vous avez coupé le système d'alarme, trésor. Je ne porte rien, alors il n'y avait que vous avec du métal caché capable de déclencher le bidule.

– Vous êtes vraiment astucieux, Mike ! Pas étonnant que le général ait une si haute opinion de vous.

– Je suis curieux, madame.

Elle me sourit. Un petit sourire humide et mutin qui était une invitation toute crue.

Trois boutons de cuivre fermaient la veste et mon pouce les défit un par un, le dernier sautant presque sous la pression des seins. Elle remua les épaules et la veste tomba par terre. Elle noua alors ses bras autour de mon cou, ses grands yeux bleus pleins de plaisir et d'aventure. Sous le léger chemisier de soie, aucun soutien-gorge n'était nécessaire pour maintenir ces seins hauts et fermes.

Je la caressai et elle comprit que j'étais encore en train de la palper. Elle fit un petit mouvement de la tête, sans chercher à m'en empêcher. Mais il n'y avait aucune cicatrice d'implant ni de travaux de reconstruction.

Sa taille était serrée par une large ceinture de cuir mexicaine incrustée d'argent.

– Voilà ce qui aurait déclenché le système d'alarme, me dit-elle.

Je manipulai quand même la grosse boucle d'argent ciselée à la main et ôtai la ceinture. C'était du magnifique travail artisanal, le cuir repoussé avec art, l'argent de la boucle délicatement gravé de motifs élégants.

A deux parties près. Elles n'étaient pas en argent mais en alliage mat. J'ouvris les caches et fis sauter les balles de 22 des chambres miniatures, deux mignonnes petites bastos qui, de près, étaient parfaitement capables de vous déchiqueter les intestins et de faire sonner votre glas.

– Charmant, dis-je. Vous êtes bien garde du corps, après tout.

– Que voulez-vous? Je ne peux pas trimbaler un outil de la taille du vôtre, n'est-ce pas?

– Mais pourquoi la sournoiserie, Edwina?

– Le règlement. Nous devons être armés à tout

moment. Le choix des armes est à notre discrétion, dans une situation comme celle-ci.

– Ce qui nous ramène à ma question. Quelle est votre mission ici?

Ses bras quittèrent mon cou, elle saisit ma main et y entrelaça ses doigts. De l'autre, elle me reprit la ceinture et la laissa tomber sur sa veste.

– Est-ce que vous le croiriez, si je vous le disais?

Les yeux bleus étaient avides, ils cherchaient à dire quelque chose. Elle humecta doucement ses lèvres et je ne pus détacher mes yeux de cette bouche humide et brillante. Elle les entrouvrit et j'aperçus le rose de sa langue.

– R et R, répondit-elle.

Repos et Récréation...

– C'est un sacré endroit pour ça!

– J'avais besoin de repos. On m'en a fait prendre pour trois mois.

– Mais pourquoi?

Elle me lâcha la main, fit glisser la fermeture sur le côté de sa jupe et la laissa glisser au sol. Le slip brésilien soyeux ne faisait que souligner ce qu'il était censé cacher et quand elle déboutonna son chemisier, je vis ce qui était arrivé. Son ventre avait été déchiqueté par trois balles pénétrant de front et en diagonale, et les cicatrices étaient encore rouges et plissées.

– Qui a fait ça, Edwina?

– Ça n'a pas d'importance.

Je plongeai mon regard au fond des yeux bleus. Je savais que mon mauvais sourire découvrait mes dents.

– C'était sur le terrain, dit-elle. Je n'ai pas été assez prudente.

– Quelqu'un a eu le type?

– Non. Il s'est échappé, dit-elle en m'observant avec attention. Est-ce que ça vous dégoûte ?

Je secouai la tête.

– J'en ai deux ou trois moi-même. Ce sont des médailles, ma jolie, dis-je en prenant entre mes mains sa taille nue, pour l'attirer tout contre moi. Vous êtes une femme assez extraordinaire, Edwina. L'air semble miroiter autour de vous. Je sens la chaleur de votre corps, je vois votre pouls battre au rythme de ce qui se passe en vous, je ne sais quoi. Vos cicatrices ne sont pas laides. Elles disent au monde ce que vous êtes. Elles sont même belles, sur vous !

Bleu étincelant. Les yeux étaient d'un bleu étincelant sous les paupières alourdies. Je vis sa bouche se rapprocher, douce et humide, et je me courbai à sa rencontre, je goûtai l'essence profonde de cette fille. Pendant un bref instant, je fus totalement plongé dans un singulier émerveillement, serrant dans mes bras une femme nue, dans une véranda entièrement vitrée. Loin de toutes les folles pensées des jours derniers.

Très lentement, je revins au jour réel et écartai de moi Edwina pour la tenir à bout de bras et simplement la contempler.

– Tout cela en quelques heures, lui dis-je.

– Vous m'avez dit quelque chose tout à l'heure, Mike. Maintenant, je vais vous faire un aveu. Ce que vous avez vu en moi, je l'ai vu en vous.

– C'est un monde fou, fou, fou, bébé, murmurai-je.

Un bourdonnement étouffé derrière moi. Edwina se retourna, décrocha le téléphone, écouta un court moment et raccrocha.

– C'était votre contact.

Ma respiration se bloqua.

– Il a dit oui.

Je la regardai en silence et je vis un peu de tristesse dans ses yeux.

– R et R, me rappela-t-elle. J'ai eu le repos, la récréation devra attendre.

Cette fois je la repris contre moi avec brutalité. Elle n'avait plus à être traitée avec des gants. Je la maniai comme elle avait besoin de l'être et sa bouche sous la mienne fut une boîte à fusibles qui m'envoya des décharges électriques dans tout le corps. Mes mains étaient sur elle et elle les sentait, elle savait ce qu'elles lui disaient, qu'il y aurait une autre fois et un autre lieu, parce que cela devait arriver, une seule fois peut-être mais c'était écrit.

Nos bouches étaient meurtries mais la guerre avait été heureuse. Elle me donna l'adresse que je voulais, se rhabilla et me conduisit à la porte d'entrée monumentale. Elle me rendit mon 45, referma les deux battants alors que je descendais le perron, et je remontai dans ma voiture pour regagner New York.

Je n'avais aucun moyen de contourner rapidement mon bloc d'immeubles pour voir si on me guettait. Si quelque malfrat était à mes trousses, il connaissait ma voiture, les abords de mon domicile et resterait hors de vue. Deux cents mètres plus loin, je me garai dans un parking public sous un immeuble de bureau et rebroussai chemin à pied. L'arrêt au kiosque à journaux du coin fut davantage un prétexte pour jeter un coup d'œil derrière moi que pour acheter le *News,* mais quand je le pris je vis la une d'un de ces tabloïds qui transforment un petit bisou en orgie romaine, avec ma figure et celle de Velda en couleurs s'étalant sous la manchette : *Le privé jure de venger l'agression de sa maîtresse.*

Jusqu'à présent, Velda n'avait été qu'une victime innocente, présente au moment où l'intrus avait pénétré dans mes bureaux. Maintenant, elle était de la copie fumante. Son nom était mentionné uniquement dans le récit initial de l'événement et soigneusement oublié ensuite.

Je me rappelai le regard d'un certain journaliste quand j'avais dit ce que j'aimerais faire à l'assassin de DiCica. Il avait soudain vu l'affaire sous un angle sexuel plus important que le meurtre, et avait fait du jour au lendemain les tirages nationaux. Un de ces jours, j'allais retrouver le petit con et avoir avec lui une longue conversation dans un endroit discret.

Quand le feu changea, au coin de la rue, je m'enfouis dans un groupe de piétons et restai avec eux jusqu'à l'entrée du garage de mon immeuble. J'y pénétrai en même temps qu'une voiture qui descendait s'y garer. Je connaissais assez bien les lieux et il ne fut pas difficile de m'assurer que je n'avais pas été suivi.

Je pris l'ascenseur tout seul, en sortis le 45 au poing et le rengainai lorsque je ne vis personne sur le palier ni dans le corridor.

10

La route m'avait mis en nage et j'avais besoin de me changer. J'étais furieux d'avoir perdu tant de temps à m'assurer qu'il n'y avait pas de planque dans le secteur. Je pris une douche rapide, m'habillai et téléphonai à Pat. Il était encore à son bureau et me répondit par un aboiement.

– C'est moi, mon petit père, lui dis-je. J'ai une adresse pour Fells et Bern. Ils continuent d'utiliser une planque sûre, à Brooklyn.

– Nom de dieu, Mike, on ne peut rien faire de ce côté-là !

– Alors appelle Bradley et laisse-le régler ça. Si les autres agences ne sont pas foutues de les retrouver, faudra bien qu'elles marchent avec nous.

– C'est du sûr, cette adresse ?

– Affirmatif.

– Où es-tu ?

– Chez moi.

– Bouge pas, je téléphone à Bradley et je te rappelle.

Je jetai un coup d'œil à la pendule. Il était neuf heures moins le quart. J'allai prendre ma bouteille de Canadian Club, me servis une dose normale et ajoutai le ginger ale sur la glace. J'allumai la télé, regardai les infos sur la C.N.N. pendant dix minutes, puis je passai à une chaîne sportive et finis mon verre.

Le téléphone se manifesta. Je sautai dessus et Pat me dit :

– Bradley a donné le feu vert. On se retrouve tous à mon bureau dans une heure.

– Je serai là.

– File-moi d'abord l'adresse. Va savoir ce qui risque de t'arriver en chemin !

– Merci bien ! dis-je, et je lui donnai le nom de la rue et le numéro.

Ma voiture était toujours dans l'autre parking. Ce fut facile d'envoyer le gardien du garage me chercher un taxi à la station et de sauter dedans, protégé par les voitures en stationnement. Vingt minutes plus tard, j'entrais dans le bureau de Pat. Il avait déjà contacté un commissariat de Brooklyn et organisait la rafle.

Je le harponnai entre deux coups de fil et demandai :

– Pas de problèmes avec Bradley ?

– Il a eu l'air content qu'il se passe quelque chose de positif. Il passe prendre Ferguson et Frank Carmody.

– Carmody ? Le F.B.I. s'intéresse toujours à ça ?

– Ils sont simples observateurs dans cette affaire. La police de New York procède à une arrestation et ils se chargent de l'interrogatoire. Ce qui me va très bien. Tu es dans ce coup par pure bonté d'âme de notre part et parce qu'il n'y a aucun moyen de t'en écarter. Garde ton nez propre, tu veux ?

– Ne me casse pas les bonbons, vieux. Tu as mis une équipe sur la planque ?

– Personne ne mettra les pieds dans ce bloc

d'immeubles et n'en sortira sans que nous le permettions. Tu es prêt à passer à l'action?

– Quand tu voudras.

Bennett Bradley entra derrière moi, avec Ferguson et Carmody. Ils avaient la mine grave. Bradley était le seul à ne pas être armé, ce qui me convenait tout à fait. Il me tapa sur l'épaule et me dit :

– Il paraît que c'est vous qui avez trouvé cette piste?

– Un coup de pot.

– Quelle est votre source?

– Confidentielle, monsieur Bradley.

– J'espère que ce n'est pas bidon, grommela-t-il. Comment nous rendons-nous là-bas?

Pat enfila sa veste et s'assura que le 38 à sa ceinture était chargé.

– Il y a deux voitures banalisées, en bas. Maintenant, je vais refaire un topo sur nos positions, juste une fois. N'oubliez pas que vous êtes simples observateurs. Le travail actif, c'est nous que ça regarde.

Il mit cinq minutes à expliquer ce qu'il voulait, sur un tableau vert foncé, et puis nous partîmes.

On dit que Brooklyn ne change jamais, mais ce n'est pas vrai. Il y a eu d'autres temps, mais aujourd'hui est aujourd'hui et le progrès dans sa stupidité a pris la relève. Le quartier s'est dissous en complexes et les buildings sont devenus les creusets de la discorde. Les anciens tentent de conserver ce qu'ils ont, les nouveaux se laissent prendre au piège de l'argent, d'un monde mercantile se résumant à un coup de queue rapide, une défonce à la coke et un trou dans la terre.

Je songeais : *Il y a bien longtemps, je suis né ici, Menaham Street. Elle est enterrée maintenant sous un morceau de décombres, à reconstruire plus tard en monceau immonde de sable et de plâtre...*

– Qu'est-ce qu'il y a, Mike? me demanda le flic.

– J'habitais ici, dans le temps.

– Quand?

– Avant que ça change.

– Ah ben dites donc, vous n'êtes plus de la première fraîcheur!

– Quoi? J'avais un an!

Le flic rigola et retourna à son poste. Pat acheva de chapitrer son équipe et vint vers moi.

– J'espère que ça ne va pas foirer, bougonna-t-il, et il appuya sur le bouton de sa torche électrique.

Ils déclenchèrent l'offensive avec toute la précision du monde, épaule contre épaule, et avec discrétion. Une équipe attaqua par l'arrière, une autre s'assembla rapidement sur le toit et la brigade de choc enfonça la porte de devant.

J'observai, et il ne se passa rien. Ils ressortirent tous, détachèrent leurs gilets pare-balles et lorsque j'allai rejoindre Pat qui dirigeait l'opération par radio, il posa ses écouteurs et annonça :

– Deux morts à l'intérieur.

– Qui?

– Comment veux-tu que je le sache? Allons voir.

Et ils étaient bien morts. C'étaient des morts discrets. Pas de grands trous causés par un gros calibre, rien qu'un pruneau rapide dans un organe vital, et la mort. Le coup avait été bien tiré, par quelqu'un qui s'y connaissait, c'était du direct et du certain. Pas de cris. Ce qui leur était arrivé s'était passé si vite qu'ils avaient eu tout juste le temps de retenir leur respiration, définitivement.

Tous deux étaient assis à une table, avec du café et des pains au lait devant eux. Ils n'avaient eu aucune réaction. Le tueur était entré par la porte, il avait abattu celui qui lui faisait face, en plein front, et l'autre d'une balle dans la nuque. Les blessures au point d'impact étaient à peu près de la taille d'un calibre 22, mais les projectiles n'étaient pas ressortis et les deux têtes avaient un aspect curieusement distendu.

Pat examina très attentivement les cadavres et fit la grimace.

– J'ai vu des pointes creuses faire ça. Elles se fragmentent à l'intérieur du crâne et créent une dilatation qui rend les traits grotesques.

– Pas le rêve, comme planque sûre, dis-je.

Mais maintenant, le tableau était un peu plus net. Les deux morts avaient traqué Penta, pas de doute. Il était leur objectif. Ce truc-là avait tout l'air d'un meurtre sur contrat qui avait mal tourné. Penta avait flairé quelque chose. Penta avait pigé, et il les avait eus avant. Quelque part, Penta avait relevé leurs traces, suivi la piste jusqu'à la planque et les avait éliminés. C'est-à-dire, s'ils étaient bien Bern et Fells.

Les morts ne mettent pas longtemps à sentir. Ceux-là commençaient à chlinguer et quand nous en eûmes assez, Pat dit :

– Regarde leurs doigts.

Les bouts avaient été très proprement coupés.

– Encore une signature...

– Celle de DiCica était encore mieux. Il piquait vraiment une sale colère, quand il a découpé ce mec-là.

– Ne le dis pas, Pat!

Je savais ce qu'il pensait.

Lewis Ferguson fit l'identification. Il arriva derrière nous et déclara :

– C'est bien Bern et Fells, ça.

– Ils sont plutôt enflés, fit observer Pat. Vous feriez bien d'être sûr de votre fait.

– Positif. Les empreintes le confirmeront.

Pat hocha la tête et appela l'un de ses inspecteurs.

– Procédez en vitesse à tous les préliminaires et puis balayez-moi cette piaule à fond. Je veux dire, mettez-la en pièces. Quand vous aurez fini, je veux qu'on pense que les démolisseurs de la ville sont passés par ici. Choisissez vos mecs, débarrassez-vous des clowns. Je veux une preuve, une pièce à conviction, n'importe quoi, de ce qui s'est passé ici. Compris ?

– Compris, capitaine.

Quand nous sortîmes, Carmody et Ferguson étaient en grande conversation avec Bradley. Il était question de compétences et d'attributions, et Pat y mit fin sans plus attendre.

– Mettons quelque chose au point tout de suite, messieurs. Nous avons deux cadavres dans *mon* secteur, et ça va en rester là. Vous pouvez vous amuser à tout l'espionnage et à toutes les intrigues internationales que vous voudrez, mais ces macchabées appartiennent à la police de New York, et tant que je ne recevrai pas d'ordre direct de mon supérieur, on n'y changera rien.

– Capitaine... voulut intervenir Bradley.

Pat leva une main.

– Ne me défiez pas, Bradley. La police municipale de New York est une organisation plus importante que la vôtre et si vous voulez voir comment fonctionne le bras long, vous n'avez qu'à essayer de mettre des bâtons dans les roues de cette enquête.

– Je n'en ai pas la moindre intention, capitaine, assura Bennett Bradley. Disons que toutes nos agences sont désireuses de coopérer par tous les moyens.

Ferguson approuva.

– Cette affaire empiète sur de très curieux domaines. Nous n'avons pas besoin d'obstacles.

Un des agents en tenue arriva avec un inspecteur et attira l'attention de Pat.

– L'agent Carsi, dit l'inspecteur, était posté derrière. Il y a un garage attenant au bâtiment.

– Pas tout à fait attenant. Un passage le relie à la cave, expliqua le flic. Il y a là une voiture. Plutôt luxueuse.

Et c'était la Mercedes. Avec son feu arrière cassé.

– Si vous trouvez mes empreintes là-dedans, leur dis-je, vous savez quand c'est arrivé.

La voiture avait des plaques d'immatriculation de l'État de New York, mais on trouva des plaques de Floride de l'année en cours sous le siège avant. Dans la boîte à gants, il y avait tout un tas d'articles appartenant à un certain Richard Welkes domicilié à Miami Beach.

Un sergent en uniforme passa en voiture et dit à Pat que la presse venait d'arriver au bloc d'immeubles voisin. Pat marmonna un « merde » irrité, puis il donna l'ordre à l'inspecteur d'aller mener la vie dure aux journalistes, en minimisant le plus possible l'affaire.

En moins d'une heure, seuls les enquêteurs restaient sur place. Deux agents en tenue se tenaient hors de vue dans l'entrée, sur le qui-vive et silencieux. Carmody arriva avec des cartons de café et les distribua à la ronde. On entendait des bruits de marteau à l'intérieur et, de temps en temps, quelque chose s'écroulait avec fracas.

Quarante-cinq minutes plus tard, un inspecteur

couvert de poussière apparut sur le seuil et fit signe à Pat.

– Feriez bien de venir par ici, capitaine.

– Attendez-moi, nous dit-il, et il suivit le policier dans la maison.

Il ressortit au bout de dix minutes, avec une petite boîte dans les mains, et indiqua de la tête les voitures.

– Filons.

Je montai à l'arrière à côté de lui et restai bouche cousue. Il attendait que je pose une question, parce que c'était mon action qui avait abouti à ces meurtres. Par deux fois, dans le reflet de la vitre, je vis qu'il m'observait. Finalement, je lui dis :

– Maintenant, ça retombe sur les bras de Bradley, n'est-ce pas?

– Comment est-ce que tu vois ça? demanda-t-il tout bas.

– Je ressens des picotements, expliquai-je, et je pressai le bouton pour baisser la vitre et avoir un peu d'air. Pourquoi est-ce que ces deux-là voulaient abattre Penta?

– Il n'exécutait pas sa mission. Il s'occupait d'autre chose.

Je regardai le coffret sur ses genoux.

– Ces connards n'ont pas détruit une lettre d'autorisation qu'ils ont reçue. Nous pouvons logiquement supposer que c'était Penta qu'ils cherchaient, mais la personne n'est mentionnée que sous le terme de « sujet ».

– Quelle était la mission de Penta, Pat?

– Tu parles de ça à qui que ce soit, et tu figures définitivement, de façon permanente, sur ma liste noire des merdeux.

– Tu m'insultes, mon vieux.

– Pardon. Fells a écrit à Harry Bern. Il avait

reçu un contact de leur employeur étranger qui demandait s'ils voulaient se charger de la mission de tuer le V.P.

– Le *quoi*?

– Le V.P. Je pense que ça veut dire le vice-président.

– De quoi?

– Commençons par les États-Unis.

– Pat! Pourquoi diable quelqu'un voudrait-il tuer le vice-président? Le président, bon, je comprendrais...

– Pas si vite, tu veux? Apparemment, Penta a déconné à un moment ou un autre, et son employeur ne doit tolérer qu'une seule faute. La mission initiale de Penta a été offerte à Fells et Bern, et ils ne devaient avoir ce contrat qu'*après* avoir éliminé Penta. S'ils étaient capables de se farcir Penta, ils auraient certainement pu abattre le V.P.

– Mais pourquoi?

– Quelqu'un doit avoir une bonne raison. Pense un peu à la consternation que causerait à Washington la mort du V.P. Bon dieu! Personne n'arriverait à comprendre ça! Le vice-président n'a pas droit au même genre de protection que le président, alors c'est une cible plus facile. Et ça frappe quand même le gouvernement au cœur.

– Quel plus gros objectif il aurait pu avoir, voyons?

Pat me considéra pendant deux ou trois secondes.

– Je n'arrive pas à le croire, dit-il.

Je fus automatiquement sur mes gardes.

– Croire quoi?

– Si le « sujet » en question est bien Penta, quel rôle est-ce que tu joues dans l'histoire? demanda-t-il, mais il ne me laissa pas placer un mot : Je sais, je sais, tu n'as rien à voir là-dedans. Il cherchait DiCica et toute cette connerie. Mais je ne peux pas avaler ça. Comment tu fais, je ne le saurai jamais. Je te l'ai déjà dit, d'ailleurs. Comment peux-tu passer de ton rôle normal de privé traîne-trottoirs à celui de suppléant du vice-président des États-Unis dans un complot criminel, ça défie l'imagination. D'où viens-tu, Mike? Je te connais depuis des années et, finalement, j'ai l'impression de ne pas te connaître du tout.

– Pat...

Il secoua la tête.

– C'est toi qui m'as dirigé, hein? Moi qui me figurais que tu étais mon pigeon et que je te dirigeais... et pendant tout ce temps-là tu avais autre chose en train.

Il prit un temps, passa ses mains sur sa figure et poussa un profond soupir.

– Qu'est-ce qui se passe, Mike?

Je fis un geste vague.

– Qu'est-ce qu'il y a d'autre, dans la boîte?

– Quarante-deux billets de mille dollars, dit-il.

– Difficile à écouler, ça.

– Qu'est-ce qui se passe, Mike? répéta-t-il sans tenir compte de ma réflexion.

– Demain, Pat. Je dois d'abord m'assurer de quelque chose.

– Tu sais, mon petit vieux, je suis un foutu flic. Je te mets au cœur de l'affaire comme si tu étais le chef de la police ou je ne sais quoi, je me mouille à fond, je te renseigne, je viole tous les règlements...

– Déconne pas. Tu n'as pas le choix. Comme dit Candace Amory, je suis un auxiliaire de la justice, licencié par l'État, contraint d'opérer dans des conditions auxquelles aucun simple particulier n'est soumis. Alors considère ça comme de la courtoisie professionnelle.

– Je dois être complètement cinglé, grommela-t-il.

– Tu vas à ton bureau?

– Faut bien.

– Tant mieux. Je veux me servir de ton téléphone.

Quand nous arrivâmes, je me glissai derrière le bureau de Pat, m'installai dans son fauteuil et composai le numéro sur son téléphone. J'avais le pied posé sur la boîte à outils ancienne d'Anthony DiCica, que Pat avait rangée là-dessous, mais je l'ôtai vivement quand je m'aperçus de ce que c'était.

Elle décrocha à la première sonnerie et, cette fois, sa voix n'était pas ensommeillée du tout.

– C'est Mike, Candace, lui dis-je.

– J'attendais de vos nouvelles.

– Le téléphone arabe a fonctionné?

– Pas avant la fin de la soirée de Brooklyn. On a trouvé des cadavres, si je comprends bien?

– Tués par balle, tous les deux.

– Je suppose que vous n'avez pas envie de donner d'autres explications?

– Exact. Toute information viendra de sources officielles. C'est une affaire qui regarde strictement la police.

Il fallut qu'elle insiste, avec son instinct de juriste.

– Mais vous étiez là?

– La police a agi sur mes renseignements. J'y suis allé pour vérifier.

– Très habile.

– Quoi de neuf à propos de cette livraison de cocaïne?

– Quelque chose d'extrêmement intéressant.

C'est uniquement du ouï-dire, mais il arrive assez souvent que ce qui ressemble à un conte de fées soit une réalité. Votre ami Ray Wilson a trouvé une autre piste, un vieux dealer qui s'est acheté une conduite et qui veut que son nom ne soit cité sous aucun prétexte.

– Et alors?

– Alors il a entendu parler de la livraison. La marchandise a été acheminée par cargo jusqu'à Miami, dissimulée dans des sacs de café. L'expéditeur était authentique et le destinataire un acheteur patenté de bonne réputation. Personne ne sait où ni comment l'échange s'est fait, mais la cargaison a été déchargée dans un camion-remorque.

– Est-ce que vous vous rendez compte de la quantité que ça représente?

– En dollars, la valeur finale dans la rue est incroyable. Enfin, bref, c'est arrivé par la Route 95 dans la région de New York. La remorque a été livrée à un entrepôt de Brooklyn, avec tous les papiers remplis et en règle. Le lendemain, un autre camion-tracteur a signé les bordereaux, filé avec, et on n'a plus rien revu depuis.

– On ne cache pas comme ça un camion-remorque, lui dis-je. Je vois très bien le trajet, mais il faudrait quand même un second routier, pour aider le convoyeur.

– Grâce à Ray Wilson, nous avons trouvé une piste possible pour celui-là aussi. Il a programmé son ordinateur pour rechercher les membres de la pègre connus pour conduire des poids lourds. Pas les vivants, les défunts. Il a découvert les noms de deux hommes trouvés morts dans une voiture qu'une queue de poisson avait forcée de quitter la Route 9W du côté de Bear Mountain. Deux jours plus tard, le frère d'un des deux types a été tué par un chauffard qui a pris la fuite, près de Newark.

– Ça règle la question du convoyeur et de son aide. Votre ouï-dire me paraît très logique.

– Mais *quelqu'un* devait savoir où était allée la cargaison. Celui qui a donné les instructions aux deux hommes que DiCica a tués devait bien savoir.

– Bien sûr, dis-je. Les routiers savaient. Ces mecs étaient probablement des hommes de main prêts à risquer leur vie pour leur patron. Ils ne voulaient pas s'exposer à un détournement ou un hold-up, alors ils ont organisé la livraison eux-mêmes, ce qui nécessitait probablement de repeindre le camion et changer les inscriptions, quelque part en route. Les vrais camionneurs, qui ont fait la première partie de la livraison, ont vraiment pris des risques pour les mecs du milieu. Leur arrivée sans histoires à Brooklyn signifiait que l'affaire baignait dans l'huile.

– Ils étaient les seuls à savoir?

– Pourquoi pas : Moins ils étaient, mieux ça valait. Ils ont choisi leur propre cachette pour la cargaison, ils ont tracé un plan et ils l'ont livré à leurs chefs. En partant, ils ont été suivis par le tueur qui les a liquidés en simulant un accident.

– Pourquoi les tuer...

– Les truands voulaient que personne, en dehors d'eux, ne sache où allait la marchandise, expliquai-je. Malheureusement, ils étaient l'objet d'un contrat le soir même. Et re-malheureusement, ils ont fermé le seul accès du gang à la dope.

– Et DiCica savait tout ça.

– Dingue, hein : Dites-moi. Quelle est la valeur de la came dans la rue, ces temps-ci?

La somme faillit me couper le sifflet. Pas étonnant que Penta ait préféré remettre à plus tard le V.P. pour s'intéresser à un vieux truand. Les sommes à neuf chiffres, en dollars, sont compréhensibles. Quand elles en atteignent dix, elles dépassent l'entendement.

TU MEURS POUR M'AVOIR TUÉ.

D'accord, DiCica, tu étais le tueur à gages. C'était ta spécialité. Qui as-tu tué et comment est-ce que tu t'y es pris? Ce billet était pour toi, finalement, n'est-ce pas?

– Mike...

Je m'arrachai à mes réflexions.

– Pardon, ma jolie.

– Rien ne finira jamais, à moins que nous ne retrouvions cette marchandise.

– Est-ce que Ray suit toutes les pistes?

– Pour cacher la remorque, il fallait un bâtiment de bonne taille. Ray part du principe qu'ils ont acheté, plutôt que loué, un entrepôt. Depuis le temps, il doit y avoir trace d'arriérés d'impôts, et si quelque chose concorde, nous serons dessus.

– Nous n'avons pas beaucoup de temps.

– Vous voyez d'autres choix?

– Le gros coup de pot. Et nous avons toujours un tueur lâché dans la nature, qui attend.

– Qui attend quoi?

– Il faudra que ce soit Pat qui vous le dise. Ou Coleman, ou Carmody. Ou Ferguson.

– Vous allez rester dans le coin?

Je le lui assurai. Elle promit de me rappeler le lendemain et je raccrochai. Je serais volontiers rentré chez moi pour me fourrer au lit, mais je vérifiai les messages sur mon répondeur et une belle voix de gorge me dit de rappeler à n'importe quelle heure.

Quand j'obtins la communication, ce fut le général Skubal lui-même qui répondit. Dès qu'il reconnut ma voix, il me dit :

– Je ne supporte plus de ne pas avoir d'autres pièces du puzzle, Mike. Je suis retourné au temps où l'on gavait d'informations les ordinateurs et je me suis braqué sur Fells et Bern. Nous effectuions des vérifications constantes sur nos hommes, à leur insu. Surtout ceux dont le travail commençait à laisser à désirer.

– Bern et Fells sont morts, dis-je tout de suite.

– Tués à la planque, je suppose?

– Bien deviné, général.

– Je n'ai pas eu à deviner. Cette adresse était censée n'être connue que de Fells et Bern. J'ai deux rapports indiquant qu'un tiers y a eu accès à plusieurs reprises. Pas de signalement.

– Penta, dis-je.

– Qu'est-ce qui te le fait penser?

– Vous avez dit qu'il était ici pour une mission de haut niveau.

– C'était une généralité.

– Maintenant, c'est spécifique. Il avait un objectif : le vice-président. Il n'en a pas fait une priorité et a probablement été jugé suspect. Bern et Fells ont été envoyés pour le tuer. Le seul véritable contact qu'ils avaient avec lui, c'était mon intermédiaire, alors ils ont tenté le coup de l'interrogatoire sous narcose dans le garage de Smiley. Ils avaient d'ailleurs dû se servir déjà des locaux de Smiley, quand ils faisaient partie de votre équipe.

– Tu veux que je vérifie?

– Pas la peine, mon général. L'un d'eux est revenu et a réglé son compte à Smiley pour que personne ne fasse le rapprochement. Leur erreur a été de se resservir de leur ancienne planque. S'ils avaient révélé à Penta, au temps où ils travaillaient ensemble, où était ce refuge, lui aussi pouvait s'en servir. Ce ne devait pas être bien sorcier de se procurer des clefs. Une bonne petite information à détenir, en cas de pépin.

– Il s'en est bien servi, me dit Skubal. J'imagine

qu'il l'a bien surveillée et qu'il les a tués tous les deux ensemble.

– Ça fait penser à une balle de petit calibre à pointe creuse, à très courte portée en plein dans la tête.

– Penta a déjà employé cette technique. Une balle chacun ?

– Elle suffisait.

– Qu'est-ce qui peut le retenir encore dans le coin, Mike ?

– Expliquez.

– Il a tué sa première victime dans ton bureau. Il a tué deux hommes chargés de le liquider. Si les rapports sont justes, rien ne doit empêcher ce Penta de remplir son contrat.

– Pourquoi voudrait-on tuer le vice-président ?

– Personne ne peut vraiment comprendre la mentalité des politiques. Ce n'est pas à moi de juger ce qui se passe à ces niveaux-là, en dehors des enquêtes. Je rassemble des renseignements, des faits. Il y a quand même une chose à laquelle tu pourrais réfléchir.

Voilà que ça recommençait et je le coiffai au poteau :

– Ce n'est pas après moi qu'il en a, mon général !

– Puisque tu le dis. Mais quelqu'un t'en veut. Pourquoi ?

– Ils s'imaginent que je sais où est passé leur milliard de dollars.

Le mot « milliard » l'impressionna un peu.

– Pour une somme pareille, me dit-il, je crois qu'ils auraient recours à des méthodes plus expéditives pour se débarrasser de toi. Où es-tu en ce moment ?

– Dans le bureau de Pat. Il n'y a pas plus sûr.

– Tu te rends compte que tu es vulnérable. As-tu

vu le petit journal à scandale qui est dans les kiosques ?

– Je l'ai acheté ce soir en rentrant.

– Alors quelqu'un qui connaît tes liens avec Velda a une deuxième cible. Comment va-t-elle ? Tu l'as vue dernièrement ?

– Non, j'allais y aller mais...

– Remue-toi, Michael. Cette fille doit être étroitement surveillée. Le vice-président a sa sécurité, l'argent peut attendre, mais ne la laisse pas se faire tuer. Si ce n'était pour elle, tu ne serais pas à ce point mêlé à tout ça, alors fais attention.

– O.K., mon général. Promis.

Il grogna et raccrocha avant que je lui dise au revoir.

Pat m'observait, tout en avalant deux aspirines avec un verre d'eau. Il écrasa dans sa main le gobelet de carton et le jeta dans la corbeille à papier. La pendule murale indiquait minuit cinq.

– C'est demain, bonhomme. Je crois que nous devrions avoir une conversation...

– Tu crois aussi ?

– Ouais. Ça se referme et je suis là comme un con à me tourner les pouces. Ça a commencé par le meurtre d'un rien du tout, et on se retrouve plongés dans toutes sortes de merdiers. Toi dans ton coin, tu fais le joli cœur avec la Princesse Glaçon et tu me laisses dehors dans le froid. Alors essayons de faire le point : tôt ou tard, on va me poser des questions sur ton rôle et les raisons de ta présence, aussi j'aimerais bien qu'on mette ça au clair, pour être dégagé de toute responsabilité et continuer mon chemin vers la retraite. Allons-y, causons un peu.

Causer. Je me hissai hors du fauteuil et allai à la fenêtre. Quelques gouttes de pluie frappèrent la vitre et glissèrent en entraînant un peu de la crasse de New York. Causer. Remuer de l'air et faire du bruit, à moins que les mots n'aient un sens. Je me retournai et regardai Pat. Il s'était installé dans le fauteuil du bureau, les mains croisées derrière la tête. Il prit appui du pied sur la boîte à outils et se renversa contre le dossier, attendant que je parle.

Quand il me vit sourire, les lèvres méchamment retroussées sur mes dents serrées, il fronça les sourcils. Il devina qu'il se passait quelque chose. Je décrochai le téléphone et rappelai Candace pour lui dire de venir immédiatement. Cette fois, elle se mit en colère et insista pour que je lui explique pourquoi. Je lui répondis que c'était parce qu'elle voulait être président, voilà pourquoi, et elle cessa de discuter. J'allai à la machine à café, me servis un café réchauffé, ajoutai assez de sucre pour faire passer le sale goût et revins me jucher sur un coin du bureau.

Pat me laissait tout mon temps. Je ramassai distraitement le numéro d'octobre 1988 de *Combat Handguns Magazine* et lus l'article intitulé « L'assassin politique : qui, quand, où, pourquoi ».

– Tu n'as pas un numéro plus récent? lui demandai-je.

Il secoua la tête.

Je commençais à lire la pub lorsque Candace arriva. Elle était furieuse, curieuse et délicieuse. Pat décroisa enfin ses mains, se pencha en avant : il attendait que je me décide à parler.

– Tu étais sur la bonne voie, Pat.

– Hein?

– Comment se fait-il que tu n'aies pas envoyé cette boîte à outils au magasin des pièces à conviction?

– Parce qu'elle fait partie d'une enquête en cours, tiens!

Il se baissa, la prit et la posa sur son bureau.

– Tu as pigé ?

Il me regarda bizarrement, encore une fois.

– Elle n'était pas à sa place, là-bas. C'était un souvenir. C'est son père qui l'avait fabriquée...

Il caressa le manche d'un des ciseaux à froid et le reposa.

– Tu sais ce qu'il y a d'étrange, là-dedans, n'est-ce pas ?

– Bien sûr ! répliquai-je. Il n'avait aucun souvenir de son passé, si l'on excepte cette boîte à outils. On l'a ramené chez sa mère. Il ne l'a pas reconnue, mais il a vu cette boîte et il l'a emportée, comme ça, simplement. Il n'a pas dit pourquoi. D'après Mme DiCica, il n'a dit qu'un seul mot : « Papa », et c'est tout.

– Mike, je vous en prie ! interrompit Candace. Au fait !

– Quand il a eu la tête fracassée et s'est retrouvé à l'hôpital, sa mère est allée chez lui chercher toutes ses affaires et les a gardées chez elle. Cette boîte à outils était dans l'appartement de son fils. A sa sortie, quand il l'a vue, il y a eu comme un déclic dans son cerveau. Quelque chose avait laissé une impression assez forte pour ne pas avoir été effacée.

Je vidai tous les outils sur le bureau de Pat, examinai chacun avec soin et le posai de côté. Ils étaient tous absolument normaux. Restait la boîte elle-même : de facture solide, en planchettes de sapin de deux centimètres d'épaisseur, jointes à la main, délicatement rabotées et polies. La tige à goujons, de deux centimètres et demi de diamètre, qui suivait toute la longueur du coffret était lisse, un peu usée dans le milieu à force de servir et ornée de ciselures en spirale. Cette boîte n'était pas une simple trousse à outils. C'était un objet personnel dont le créateur était plus artiste que menuisier.

Et le foutu machin était entièrement en bois massif. Pas de compartiments cachés, pas de recoins secrets, rien que je puisse voir.

Mais on n'est pas censé voir les endroits secrets! Ils sont faits pour ne pas être détectés.

Je retournai la boîte et examinai les initiales, V.D., je les caressai, les tâtai du bout des doigts, en appuyant ici et là. Rien. Il n'y avait absolument rien d'anormal.

Pat commençait à être exaspéré. Son regard trahissait une certaine lassitude et il se passa une main sur la bouche, dans un geste d'énervement.

Candace gardait un peu d'espoir. Ses yeux ne quittèrent pas le coffret quand je le remis d'aplomb, mon examen terminé. Elle ne pouvait en détourner son attention. Elle m'avait pris au mot et avait vu la présidence qui l'attendait, là, parce que je le lui avais dit.

– J'espère que ce n'est pas un jeu, mon petit vieux, dit Pat.

Je contemplais la boîte vide en me demandant ce que je pourrais bien dire quand je vis quelque chose d'invisible. Le grain du bois, dans le fond, était indiscutablement celui du sapin. Du beau sapin net et sans nœuds. Je retournai encore une fois l'objet pour regarder l'extérieur, du magnifique sapin lisse.

Mais la texture du bois n'était pas exactement la même. Presque, mais pas identique.

Il y a eu un nœud célèbre, dans une corde, que personne n'arrivait à défaire jusqu'à ce qu'un costaud sans délicatesse attrape son glaive et le tranche, ce qui mit fin à l'histoire.

Je saisis le marteau, posai la boîte à l'envers et la défonçai. Je ne me souciai pas d'admirer le travail, l'art avec lequel le panneau avait été encastré dans le bois... car j'en retirai une enveloppe, plus trois grands billets de cent dollars, du début du siècle mais encore remboursables en or. Je remis les billets à Pat et l'enveloppe à Candace.

La figure de Pat était dépourvue d'expression. Nous regardâmes tous deux Candace quand elle décacheta l'enveloppe et en retira deux feuillets dactylographiés. Elle les parcourut rapidement et ouvrit des yeux ronds. Elle retourna les feuillets pour nous les montrer.

– C'est en code ! Tout le texte est chiffré !

– Pat... ?

Il répondit sans hésitation :

– Appelons Ray Wilson. Il pourra le donner à bouffer à ses ordinateurs.

– Le déchiffrage n'est pas facile, observa Candace.

– Ray peut y consacrer quelques heures avant que nous le refilions aux experts de Washington. Envoyez-leur une copie quand même, mais Ray sera servi le premier.

Il avança la main vers son téléphone pour traquer Ray Wilson.

– Mike...

– Ouais ?

– Vous croyez que c'est ça ?

– Que voulez-vous que ce soit d'autre ?

– Si nous pouvons découvrir cette cache...

– Ne rêvez pas trop. Tout ce que vous aurez, ce sera la coke. Il n'y aura pas de doigt pointé sur les acheteurs ou les vendeurs, depuis le temps. Ce que vous obtenez, c'est comme lorsqu'on déterre une grosse bombe enfouie depuis la Seconde Guerre mondiale. Elle n'est faite que pour exploser. Si vous la désamorcez, alors tout revient à la case départ. Le *statu* reste *quo*. Aucune raison que les précédents propriétaires se manifestent, ni de continuer à chercher. C'est fini.

– Mais nous ne l'avons pas encore trouvée, dit-elle.

Je sentis mon estomac se nouer et je grondai :

– Nom de Dieu de merde !

Pat voulut me retenir mais je ne fis pas attention à lui et me tirai de là aussi vite que je le pus.

11

LA pluie s'incrustait maintenant. Ce n'était pas une pluie bien propre qu'on pouvait faire tomber en se secouant mais une espèce d'humidité collante qui sentait le béton et l'asphalte. Ce genre de pluie cachait ce que l'on voulait connaître et imprégnait les nerfs d'une sorte d'anxiété irritante.

Un taxi conduit par une femme passa, s'arrêta, et je sautai dedans en donnant l'adresse de l'hôpital. Ses yeux se braquèrent sur le rétroviseur.

– L'entrée des urgences?

– Précisément.

– C'est comme si vous y étiez.

Elle se dégagea de la circulation et accéléra. Elle arriva pile au premier feu vert, s'adapta à la séquence et roula au vert tout le long du chemin jusqu'au tournant. Elle passa au rouge, évita un camion et remonta la rampe aussi adroitement qu'une ambulance. Je lui tendis un billet de dix et n'attendis pas la monnaie.

Les maladies et les blessures ne font jamais grève, dans la grande ville. C'était une nuit vraiment sanglante dans la salle des urgences, les murs étaient éclaboussés de rouge, il y avait des traînées sur le carrelage, étalées là où des pieds avaient glissé dans la viscosité poisseuse. Les blessés ambulatoires étaient bousculés par les chariots et les fauteuils roulants. Mon raccourci, pour monter chez Velda, était bloqué.

Plutôt que d'essayer de passer quand même, je fonçai dans le couloir vers les ascenseurs de devant en suivant les flèches. Je croisai une dizaine de personnes, médecins et infirmières, mais courir n'est pas anormal dans un hôpital et personne ne m'interpella. Les heures de visite étaient passées depuis longtemps. Si on se trouvait là à cette heure, c'était qu'on en avait l'autorisation.

Il y avait trois ascenseurs, en rang, et tous trois étaient dans les étages supérieurs. Pas question d'attendre, je trouvai l'escalier et m'y élançai quatre à quatre. Sur le palier du troisième étage je m'arrêtai, les poumons en feu. Je me forçai à respirer posément. En trente secondes, mon souffle devint relativement normal. Si je m'épuisais à cavaler comme un fou, il ne me resterait plus de forces. C'était un risque que je ne voulais pas courir.

En arrivant à l'étage de Velda, je poussai la porte de secours en acier et le silence paisible du couloir fut un soulagement aussi doux qu'un baiser. Le poste des infirmières était sur ma gauche et une coiffe blanche dépassait au-dessus du comptoir. Quelque part un téléphone sonna et on répondit. A mi-chemin, dans le corridor, un agent en tenue se tenait debout à côté d'une chaise et lisait le journal, adossé au mur.

L'infirmière ne releva pas la tête, et je passai devant elle sans rien dire. Deux des chambres avaient leur porte entrouverte; je vis dans la pénombre les formes de patients profondément endormis. Les deux portes suivantes étaient fermées, celle de Velda aussi.

Jusqu'à ce que j'arrive à cinq ou six mètres de

lui, le flic ne s'occupa pas du tout de moi, puis il se tourna et me regarda en fronçant les sourcils. C'était un nouveau, du service de nuit, et il retroussa un peu sa manche pour regarder ostensiblement l'heure à sa montre, comme pour me la rappeler.

Il était inutile de faire des vagues alors qu'il n'y avait pas d'eau.

– Tout va bien ? demandai-je simplement.

Pendant une seconde, la question parut le dérouter. Puis il hocha la tête.

– Bien sûr, répondit-il. Bien sûr.

Je ne pus que hocher la tête aussi, comme si ma question était stupide, et je le laissai se radosser au mur, les pieds confortablement croisés. Au bureau, je contournai le comptoir. L'infirmière leva les yeux, me reconnut et sourit.

– Monsieur Hammer ! Bonsoir.

– Comment va ma poupée ?

– Très bien, monsieur Hammer. Le docteur Reedey est passé deux fois, aujourd'hui. Ses pansements ont été changés et une de mes collègues l'a même aidée à se maquiller.

– Est-ce qu'elle se lève ?

– Oh non ! Le docteur veut qu'elle se repose au lit sans bouger, pour le moment. Elle ne se lèvera pas avant quelques jours...

Elle s'interrompit brusquement, se rendant compte de l'heure.

– Vous venez bien tard, il me semble.

– J'espère que ce n'est pas trop tard.

Quelque chose me tracassait, quelque chose d'irritant et je ne savais pas ce que c'était.

– Rien d'anormal à cet étage ?

Elle s'étonna.

– Non, tout est calme, heureusement.

Un petit minuteur tinta, sur son bureau, et elle consulta sa montre.

– Je serai de retour dans quelques instants, monsieur Hammer.

Ça y était ! Je savais ce qui me troublait. Le flic aussi avait regardé sa montre et c'était une Rolex Oyster, une grosse montre de luxe que les flics ordinaires ne portent pas pendant le service. Mais le détail vraiment accusateur, c'était les souliers. Ils étaient noirs, conformes au règlement, mais à bout rapporté et perforé. Ce salaud-là était bidon mais son pistolet ne l'était pas et ceux qu'il abattrait seraient morts pour de bon.

– Il y a combien de temps que ce flic est à la porte ? demandai-je.

– Lui ? Oh, il est arrivé il y a un quart d'heure environ.

La relève ne devait pas se faire avant deux heures.

– Est-ce que vous avez vu l'autre lui repasser la consigne ?

– Eh bien... non, mais il avait pu aller...

– Ils prennent toujours ces ascenseurs pour descendre, n'est-ce pas ?

Elle hocha la tête, consternée. Elle comprit immédiatement la situation et demanda sans se troubler :

– Qu'est-ce que je dois faire ?

– C'est une visite prévue, que vous devez faire là ?

– J'ai un malade qui a besoin de son remède.

– Où sont les autres infirmières ?

– Madge est partie pour sa pause-café. Je tiens la boutique pendant qu'elle y va.

– Très bien, allez vous occuper de votre malade et restez là-bas. Dans quelle chambre est-il ?

– La dernière à droite.

– Je vous appellerai si j'ai besoin de vous. Donnez-moi le téléphone et filez. Ne vous retournez pas. Agissez comme d'habitude.

Elle tapota ses cheveux, contourna le comptoir et s'engagea dans le couloir, sans se retourner. Je tirai vers moi sa liste des postes et composai le numéro de la sécurité de l'hôpital. Le téléphone sonna huit fois et personne ne répondit. Je demandai la standardiste et elle essaya aussi. Finalement, elle me dit :

– Je vais lancer leur appel codé, monsieur. Les gardiens doivent être en train de faire leur ronde.

Ou ils sont étendus sur le dos dans un coin!

Au-dessus de ma tête, la sonnerie d'appel se mit à tinter discrètement son code, à quelques secondes d'intervalle.

Je raccrochai et appelai le bureau de Pat. Il n'était pas là non plus. Je me souvins qu'il essayait de joindre Ray Wilson et je me fis passer par la standardiste de là-bas le bureau de Ray. Cette fois, j'eus plus de chance.

– Pat, je n'ai pas le temps de parler. Je suis à l'hôpital et ça va très mal. Il y a un flic bidon à la porte, et le vrai doit être K.O. quelque part. Ils vont tenter d'enlever Velda. S'ils voulaient la tuer, ils l'auraient déjà fait. Ramène-toi avec des voitures et pas de sirènes. S'ils flairent les flics, ils sont capables de la tuer.

Pat parvint à placer un mot :

– Ils passent à l'action en ce moment?

J'entendis un bruit de roues sur le carrelage et risquai un coup d'œil dans le couloir. Un chariot vide sortait d'une des dernières chambres, poussé par un homme en uniforme d'infirmier.

– Ils s'y mettent, Pat, magne-toi le cul!

Je raccrochai et sortis dans le couloir, en sifflotant entre mes dents. Le type qui poussait le chariot s'arrêta et se mit à tapoter le matelas. J'appuyai sur le bouton d'un des ascenseurs, me retournai vers le flic qui m'observait et lui fis un signe de la main. Il me répondit de même.

Quand l'ascenseur arriva j'y montai, laissai la porte se refermer et appuyai sur le bouton ARRÊT. Et j'attendis, en espérant que le type au chariot ne remarquerait pas que le voyant au-dessus de la porte ne bougeait pas. Les roues caoutchoutées passèrent devant l'ascenseur et je ne les entendis plus. Je pressai le bouton OUVERTUE MANUELLE et attendis encore, en regardant le couloir désert. J'ôtai mon chapeau, le jetai par terre et dégainai le 45. Il y avait une balle dans le canon; je débloquai le cran de sûreté et lançai un coup d'œil dans le corridor.

Le type déguisé en infirmier était là avec un AK47 automatique dans les bras et il surveillait les deux extrémités du couloir. Il se tenait les genoux un peu fléchis et quand il se retourna, sa blouse blanche s'entrouvrit. Je crus apercevoir un gilet pare-balles. Le chariot était à moitié engagé dans la porte de la chambre de Velda. Je le vis sortir. Velda était couchée dessus, maintenue par des sangles. L'homme en uniforme apparut, un 38 de police dans une main et un sacré gros tromblon d'automatique dans l'autre. Sans renfort, je ne pouvais pas m'approcher de cet arsenal sans risquer la vie de Velda.

Le petit code discret tintait toujours près du plafond. La sécurité n'avait toujours pas répondu.

Pas de mouvements inutiles, cette fois. Les deux hommes s'éloignèrent avec le chariot et je compris qu'ils se dirigeaient vers les autres ascenseurs menant à la salle des urgences. L'infirmier avait rabattu un linge sur l'arme qu'il portait et le faux flic tenait le 38 sur le chariot contre Velda, son autre arme cachée devant lui.

Je reculai dans la cabine, laissai la porte se refermer et pressai le bouton du rez-de-chaussée en espérant que personne ne voudrait en profiter aux autres étages. Comme tous les ascenseurs d'hôpitaux, celui-ci mit une éternité à descendre et avant qu'il s'arrête je ramassai mon chapeau et couvris le 45. Je sortis mais sans courir, cette fois. Le chariot avancerait à une allure normale, sans attirer l'attention, et si je me dépêchais un peu je pourrais l'intercepter à l'extérieur. Il serait impossible d'arrêter cette petite escapade sans fusillade, et j'aimais autant qu'il n'y ait personne d'autre dans le champ de tir.

J'avais devant moi l'entrée de la salle des urgences et la rangée d'ascenseurs qu'ils emprunteraient. Ils avaient le choix : ils pouvaient fendre la foule au risque de se faire repérer avec leurs armes, ou bien tourner vers la porte du passage où je me tenais. Elle n'était pas conçue pour les chariots mais il y avait une rampe pour les fauteuils roulants, et en manœuvrant un peu ils arriveraient à la franchir.

Ils surgirent de l'ascenseur juste au moment où je sortais et je fus soulagé. Ils venaient de tourner vers la porte du passage où j'attendais, dans l'obscurité. Je n'avais que quelques secondes pour examiner les lieux, calculer leur chemin et me cacher. L'allée piétonnière descendait jusqu'à la rue mais là, le long du trottoir, les voitures étaient garées pare-chocs contre pare-chocs et aucune n'était prévue pour transporter un malade sans connaissance. A moins qu'ils n'aient préparé une fourgonnette ou un grand break, leur moyen de transport devait se trouver plus loin, hors de mon champ de vision.

Je descendis par la rampe et suivis la rue en me faufilant derrière les voitures en stationnement. Les portes de l'hôpital s'ouvrirent. Le type en blouse blanche sortit le premier, l'AK47 sous le bras, toujours recouvert d'un linge. Il garda les yeux fixés devant lui, en manœuvrant le chariot d'une main tandis que son complice poussait derrière. Ils finirent par franchir la porte. Le flic bidon avait l'automatique géant au poing, le 38 rengainé mais à portée de main.

Cela aurait été de la folie d'engager le tir. Les deux hommes étaient sur le qui-vive, bien armés et probablement bons tireurs. Ils avaient certainement un plan de fuite pour le cas où ils seraient interceptés, et la mort de Velda en ferait partie. Il me faudrait faire mouche deux fois, du premier coup, sur deux cibles éloignées de deux mètres l'une de l'autre, dans un faible éclairage et à une distance difficile. Je n'étais pas assez expert pour le tenter.

Le chariot arriva sur le trottoir et les deux hommes le firent tourner pour s'éloigner de l'hôpital. Ils regardaient toujours devant eux, aux aguets. Je les laissai passer devant moi, accroupi derrière des carrosseries, et quand ils furent à six ou sept mètres je les suivis, en calquant mes mouvements sur les leurs.

Une voiture tourna dans la rue et ses phares balayèrent momentanément le chariot, mais les deux types continuèrent de marcher normalement. Je me glissai entre deux voitures pour la laisser passer. Il y avait une femme au volant. C'était un véhicule civil. J'eus l'impression qu'il mettait une heure à disparaître, mais cela n'avait duré qu'une minute ou deux.

Bon dieu, il n'y avait presque pas de circulation. Une voiture de patrouille aurait déjà dû être là.

D'autres phares apparurent, un camion changea de vitesse et gravit bruyamment la côte. J'avançai de deux longueurs de voitures, en restant toujours assez près, jurant et pestant à part moi contre les retards exaspérants de la police d'urgence. Une voiture fit demi-tour devant l'hôpital, et c'est seulement quand elle fut passée devant moi que le hurlement rauque d'un haut-parleur se fit entendre :

– Police, ne bougez plus !

Aussitôt les projecteurs du camion transformèrent la nuit en plein jour, aveuglant les deux hommes.

Tout se passa si vite qu'ils eurent un instant d'hésitation. L'infirmier perdit une seconde à essayer de débarrasser l'AK47 de son linge et deux coups de feu rapides le mirent hors de combat. Le faux flic se jeta par terre et son automatique remonta, visant le fond du chariot. Il était hors de vue des autres mais pas de mes yeux et je tirai une seule balle qui le frappa à l'épaule et le fit pivoter comme une poupée de chiffons.

Je levai les bras pour que les flics ne me prennent pas pour cible. Pat arriva en courant, son 38 au poing et s'écria :

– Ça va, Mike ?

– Pas de mal.

Je baissai les bras juste à temps pour pointer mon doigt derrière Pat en poussant un cri : il pivota aussitôt et tira sur le faux flic qui avait dégainé son propre 38 et s'apprêtait encore à faire feu sur le chariot. Pat lui en logea une bonne dans la tête qui lui fit sauter la cervelle et éclaboussa toute la chaussée. Elle sortit toute par le même côté; sa figure était couverte de sang mais donc encore reconnaissable.

Un cordon fut disposé autour du secteur, si vite

qu'aucun curieux n'eut l'occasion de s'approcher des cadavres. Deux flics poussèrent le chariot jusqu'au camion et le hissèrent à l'intérieur. La dame flic de la première voiture monta avec Velda, le véhicule démarra en trombe et fit demi-tour en direction de l'ouest.

Pat me saisit le bras et me propulsa vers sa propre voiture banalisée.

– D'où est-ce que vous êtes sortis, tous? demandai-je.

– Allez, viens, grouille, j'ai alerté cette équipe-là dès que tu es parti pour venir ici, répondit-il tout en tirant de sa poche un émetteur-récepteur portatif. Compagnie Charlie, qu'est-ce que vous avez?

Un déclic, un bourdonnement et une voix métallique répondit :

– Un agent hors de combat dans la chambre de la patiente, capitaine. Nous avons là un toubib qui dit qu'il a été matraqué et ensuite drogué. Il y a deux seringues sur la table de chevet, vides toutes les deux.

– L'agent ne va pas trop mal?

– D'après le toubib, tout est O.K.

Je donnai une petite tape sur l'épaule de Pat.

– Dis-lui d'aller voir dans la dernière chambre à droite, dans le couloir.

Il transmit le message et une minute plus tard le récepteur bourdonna et la même voix annonça :

– Une infirmière sans connaissance, là-bas aussi. Elle a reçu le même traitement. Le patient qui était là est parti.

– Ouais, définitivement, lui dit Pat.

Nous allions monter en voiture quand la radio se ranima. Pat gronda un « j'écoute » et le flic à l'autre bout lui dit :

– Capitaine, quatre agents du système de sécurité de l'hôpital viennent d'arriver. Ils ont répondu à un appel au sous-sol et se sont retrouvés enfermés dans une réserve.

– Bien. Prenez leur déposition et examinez à fond ces deux chambres.

– Entendu, capitaine.

Pat tourna la clef de contact et démarra. Devant nous, lc camion tournait au coin et il accéléra pour le rattraper.

– Ça te gênerait de me dire où nous allons ?

– Pour ce soir, vous faites dans le luxe et la fantaisie. La Princesse Glaçon vous héberge dans son appartement.

– Fabu !

– Qu'est-ce que ça veut dire, ça ?

– Rien.

– Vous n'allez plus être des cibles, tous les deux. La connerie, c'est fini. Reedey nous attend chez Candace pour examiner Velda. Nous vous garderons là cette nuit et vous installerons ailleurs demain. Si vous n'étiez pas des amis, je vous collerais en prison pour vous tenir à l'abri et hors d'état de nuire.

– Est-ce que tu as bien regardé le type que tu as abattu ?

– Je les ai bien regardés tous les deux.

– Tu les as retapissés ?

Il donna un coup de volant pour doubler une voiture qui allait se faufiler derrière le camion.

– Le connard qui jouait au flic était Nolo Abberniche. Il a débuté tout môme avec la bande à Costello. Ce salaud-là a éliminé une demi-douzaine de types, mais n'a été arrêté que trois fois, pour des délits mineurs.

– Tu m'as l'air bien renseigné sur lui.

– Les notes ne manquent pas, des avis de recherche et d'enquête de tout le pays. Tu voyages en bonne compagnie, mon vieux. L'autre, c'était

Marty Santino. Encore un tueur à gages mais avec un penchant pour la fantaisie. Ce coup-là était tout à fait dans ses cordes.

– Et qui paie pour ça, Pat ?

– Ça, c'est mort avec ces truands. Tu sais bien qu'on ne trouvera rien qui les relie à la pègre, mais nous savons que ce rapport existe.

– Superbe, marmonnai-je. On attend qu'ils tentent un nouveau coup contre nous.

– Pas cette fois, Mike. Tu nous dégotes l'endroit où se cache un plein camion de coke. On te traitera comme un prince du sang jusqu'à ce qu'on ait mis la main dessus. Ils ne savent pas que nous possédons le petit secret d'Anthony DiCica. Eh bien, une fois que ce sera entre nos mains, ils pourront retourner à leurs affaires. Tu seras toi aussi notre petit secret.

– Qu'est-ce que ça veut dire, ça ?

– C'est simple, mon vieux. On vous retire de l'action, Velda et toi. Vous êtes tous deux des témoins trop importants, et des cibles trop évidentes, pour être exposés durant le dernier coup de torchon. Je sais très bien que tu ne vas pas vouloir la perdre de vue, alors on vous installe tous les deux dans une planque de notre choix. Pas d'objections ?

– Aucune.

– Tant mieux. Je pensais bien que tu ferais les choses à ma façon, pour une fois. Tu couvriras Velda et on vous couvrira tous les deux pour plus de sûreté. Ça peut paraître exagéré mais nous ne voulons courir aucun risque.

Je hochai la tête et me tournai vers la fenêtre pour regarder défiler le quartier.

Le camion ralentit, braqua vers le trottoir et s'arrêta devant l'immeuble. A voir le portier se précipiter, on aurait cru que nous étions des martiens, mais quand les uniformes bleus apparurent, il battit vivement en retraite et alla tenir la porte ouverte pour le chariot. Il aida ensuite à le pousser dans le monte-charge. Je me glissai à côté. A ce moment, les paupières de Velda battirent, elle ouvrit les yeux et me regarda. Elle ne savait pas ce qui s'était passé ni où elle était mais elle me reconnut et me sourit.

Candace nous attendait sur le palier. Elle n'était pas seule. Bennett Bradley et Ferguson étaient là en grande conversation et Coleman et Carmody étaient à son bar. Ils s'interrompirent pour aider à transporter Velda dans la chambre, où Burke Reedey préparait ses instruments. Comme je ne pouvais rien faire, je retournai au bar et me servis un verre.

– Servez m'en un aussi, s'il vous plaît, me dit Candace.

Je préparai un whisky-soda et lui tendis le verre.

– C'est vraiment gentil de nous prêter votre appartement. J'apprécie.

– Et j'apprécie que vous cherchiez à me faire devenir président.

– Il y a des attentats contre les présidents.

– On tire aussi sur les flics.

Nous trinquâmes et bûmes longuement.

– Comment Ray se débrouille-t-il avec le code?

– Nous ne pouvons qu'attendre. Il est en liaison avec Washington et Langley. Tout ce que nous savons, c'est qu'il s'agit d'un concept ultra-sophistiqué. Il a une bonne connaissance des codes, semble-t-il, et avec la répétition, les ordinateurs ont de quoi déchiffrer. Cela ne devrait pas être trop long.

– Qui est sur le coup?

– Un groupe sélectionné. Nous partons du principe que c'est à une assez courte distance en voiture et la coordination est sous l'autorité fédérale. Elle peut recruter l'aide de n'importe quel service de police, s'il le faut.

– Quelle est votre position?

– Jc trône bien à l'abri, mon magnifique ami, me dit-elle, et elle regarda derrière moi.

Pat en avait fini avec les agents qui avaient transporté Velda et il me faisait signe de le rejoindre à la table, où les hommes se penchaient sur une carte. Ils avaient tracé un cercle autour d'une région de l'État de New York au nord-ouest de Kingston, avec Phoenicia au centre. Ferguson était un passionné de ski et il connaissait bien le pays mais, surtout, il avait accès à un chalet dans la partie montagneuse; il avait marqué les chemins pour y aller, et il était en train d'expliquer les avantages du site.

– Il y a, du chalet, une bonne visibilité à trois cent soixante mètres. L'électricité vient de la route mais la maison est équipée de lanternes Coleman et d'une pompe à eau manuelle, en cas de coupure de courant, et il y a toujours une bonne réserve de bois à brûler pour la cheminée.

Il hachura légèrement un secteur de la carte et reprit ses explications.

– La maison est là, dit-il en posant la pointe de son crayon, et à une cinquantaine de mètres, vers la route, il y a deux éperons rocheux, des positions excellentes pour des postes de garde. Il est possible de mettre une sentinelle à chaque bout, qui aurait un bon champ de tir si jamais quelqu'un tentait de pénétrer dans la propriété.

– Et par-derrière? demandai-je.

– Un précipice, une paroi à pic de près de vingt mètres. Il faudrait qu'ils descendent en parachute. Le feuillage est trop dense pour qu'on se fraie un passage par là sans une bonne dizaine de machettes ou de tronçonneuses.

– Nous n'avons pas affaire à des forestiers entraînés, Mike, me dit Pat.

– On peut en embaucher, mon petit père.

– Pas aussi vite que nous pouvons agir.

Je pris encore une bonne gorgée de remontant.

– Ne sous-estimons pas l'autre camp. Supposons qu'ils aient eu un observateur à l'hôpital pour surveiller la manœuvre. Supposons qu'il ait vu ce qui se passait et suivi le camion jusqu'ici...

– Où veux-tu en venir, Mike?

– Comment est-ce qu'on va sortir d'ici sans se faire repérer? Ils ont des hommes, de l'argent et du matériel, eux aussi. Ils peuvent avoir des observateurs munis de radios, aussi bien que les flics.

Pat fit un de ses petits gestes désinvoltes et me dit :

– Supposons que tu nous laisses nous en occuper?

Après la réussite de son intervention, à l'hôpital, j'étais forcé de lui accorder le bénéfice du doute.

– Bien sûr. Excuse-moi.

Je vidai mon verre et retournai m'en servir un autre. Candace m'attendait. Pour la première fois de la soirée, je l'examinai. Pas de robe, cette fois, mais une combinaison kaki admirablement coupée qui aurait été d'un chic fou à un cocktail et parfaitement adaptée à une opération de terrain. Elle était prête à tout. Ses grands yeux sensuels scintillaient d'un plaisir anticipé et on devinait la tension de ses muscles sous le twill de la combinaison.

Elle savait que j'allais faire une réflexion.

Elle l'attendait impatiemment.

Le téléphone sonna. Instantanément, tout le monde se tut. Elle décrocha. Ses yeux firent rapidement le tour du living-room et elle hocha la tête : nous comprîmes alors qu'elle parlait à Ray Wilson. Elle prit un stylo bille, arracha un feuillet du bloc-téléphone et nota des instructions. Quand elle eut fini, elle le remercia et raccrocha.

– On a localisé le camion, annonça-t-elle. Il se trouve dans une grange au nord du lac Hopatcong, sur la Route 94, juste avant d'arriver à Hamburg.

– Je vais alerter la police routière du New Jersey, dit Bennett Bradley. Ils pourront nous attendre avec une escorte de l'autre côté du pont George-Washington.

– Vous voulez mettre la police cantonale dans le coup ?

– Non, non, pas question de divulguer les détails du site, dit Bradley, et il se pencha de nouveau sur la carte. Là. On donnera rendez-vous à deux autres voitures au croisement de la 15 et de la 94.

Il prit le téléphone pour appeler les renseignements et demander le numéro de la police routière du New Jersey, qu'il appela aussitôt.

Ferguson feuilletait un petit carnet et il dit à Carmody :

– Si on commence à se court-circuiter entre agences, on sera dans une belle merde. On n'a pas besoin de ça !

– De combien d'hommes pensez-vous que nous ayons besoin ? demanda Carmody.

– Au moins une douzaine, fortement armés, pour garder la marchandise. Nous arriverons peut-être à agir discrètement mais nous ne pouvons pas compter là-dessus.

– Il va falloir déplacer le chargement. Si la remorque est en bon état il nous faudra un camion-tracteur et au moins quatre unités mobiles comme couverture. Les gars dc la police de l'État peuvent servir d'avant-garde et d'arrière-garde.

– D'accord, dit Frank Carmody. Cette affaire va concerner plusieurs États, laissez-moi m'en occuper. Le F.B.I. peut intervenir à partir de nos bureaux locaux beaucoup plus vite que Langley. Ça vous va ?

– Tout à fait, répondit Ferguson. Je resterai ici et je veillerai à faire quitter le secteur à Hammer et à sa dame. Et maintenant, il faudrait prévoir un horaire.

Les deux hommes se tournèrent vers Bradley, qui raccrochait, et Carmody marmonna :

– Ce type-là est prêt à démarrer tout de suite.

– Il veut marquer des points avant que son remplaçant n'arrive. On ne peut pas lui en vouloir. Il va tout de même devoir attendre, sur ce coup-ci. Cette camelote est là depuis si longtemps que quelques jours de plus n'ont guère d'importance. Le principal, c'est que nous sachions où elle est. On ne va pas risquer de la perdre en attirant l'attention par un tas de manœuvres précipitées.

Bradley revint avec un petit sourire aux lèvres et il regarda Carmody et Ferguson en haussant les sourcils.

– Vous feriez de détestables joueurs de poker !

– Quoi ? bougonna Carmody avec agacement.

– Je ne cherche pas à m'imposer là-dedans, vous savez.

Le soulagement des deux hommes fut évident. Bradley reprit :

– Une voiture seule fera d'abord le trajet. Nous devons connaître le lieu précis, faire prendre des photos des environs et puis nous regrouper pour mettre le plan bien au point. La police du New Jersey recevra l'autorisation pleine et entière d'y travailler sous notre commandement. Elle passera à l'action à l'instant même où nous l'appellerons.

– Qui ira dans la voiture?

– Devinez, dit Candace.

– Vous pensez que c'est pratique? lui demanda Ferguson.

– Un homme et une femme qui voyagent ensemble en voiture, c'est tout ce qu'il y a de plus naturel, messieurs. Je suis la seule à connaître tous les petits détails de la destination finale. M. Bradley et moi, nous ferons une bonne équipe.

Bradley lui sourit en faisant une petite courbette.

– Dans ce cas, c'est réglé.

– Et quand allons-nous partir, Velda et moi? demandai-je.

Ferguson me répondit :

– Demain matin à la première heure. Vous partirez d'ici au petit jour et vous serez installés avec des gardes en faction avant la tombée de la nuit.

– Velda aura besoin de vêtements.

– Nous sommes à peu près de la même taille, dit Candace. Je lui prêterai tout ce qu'il lui faut.

J'allais protester mais Pat me fit taire.

– Faisons comme ça, Mike. Tu pourras toujours acheter ce qui vous manque dans une boutique du coin. Je ne te conseille pas de retourner chez toi. Tu as de l'argent?

– Assez, assurai-je.

– Combien de munitions as-tu pour ton 45?

– Deux chargeurs pleins.

– Achète une boîte entière.

– Qui dois-je tuer, Pat?

Pendant la seconde de silence qui suivit, je revis le billet : TU MEURS POUR M'AVOIR TUÉ.

– Tu trouveras bien quelqu'un, j'en suis sûr, plaisanta Pat.

Burke Reedey avait changé le pansement de Velda et l'avait aidée à se recoiffer. Les meurtrissures avaient presque disparu, sous le maquillage, et l'œil n'était presque plus enflé. Ses lèvres avaient retrouvé leur forme pulpeuse naturelle. Je m'assis sur le bord du chariot et posai ma main contre sa joue.

– Comment ça va, bébé?

Elle commença à sourire avant d'ouvrir les yeux, puis elle murmura :

– Au moins, je ne suis pas enceinte.

– Bonne pensée.

– La vie avec toi n'est jamais ennuyeuse, Mike. Dangereuse, peut-être, mais ennuyeuse jamais.

– Pardon, mon petit chat.

Je lui caressai doucement les cheveux, du bout des doigts.

– Burke n'a pas voulu me dire ce qui est arrivé.

– De quoi te souviens-tu?

Elle ferma les yeux, réfléchit un moment et me regarda.

– J'étais endormie. Le médecin m'avait administré un sédatif. J'ai dû être réveillée par un bruit, et j'ai compris qu'il y avait quelqu'un dans la chambre, mais j'ai cru que c'était Burke qui revenait. Et puis j'ai senti une piqûre au bras et je me suis rendormie. Il y a eu des coups de feu. Je me rappelle bien ces détonations mais j'ai cru que je rêvais... Il y a bien eu des coups de feu, oui?

– Deux types qui ont tenté de t'enlever ont été tués.

– Par toi?

– J'en ai blessé un mais c'est Pat qui l'a descendu. Des tireurs d'élite ont eu l'autre.

– Mike... Pourquoi moi?

– Pour me faire du mal, ma poupée. Ils s'imaginent qu'en t'enlevant, ils pourront me soutirer des renseignements que je n'ai même pas.

– Qu'est-ce qui s'est passé?

– Maintenant, nous savons ce qu'ils veulent. C'est pour ça que nous sortons de scène, jusqu'à la fin de cette pièce-là.

– Depuis quand restes-tu en coulisses, Mike?

Il y avait de la colère dans sa voix.

– Depuis que j'ai besoin de quelqu'un pour nous couvrir, bébé. Maintenant tais-toi et prends les choses comme elles viennent.

Je me penchai sur elle, pris sa tête entre mes mains et embrassai ses lèvres. Elle leva les bras et les mit autour de mon cou, me serra, et nos bouches réunies étaient merveilleusement douces et tendres, pleines d'une chaleur qui m'avait bien manqué.

Derrière nous, Candace toussota, portant sur son bras une combinaison semblable à la sienne. Je lâchai Velda et me redressai. Burke lui avait donné un autre sédatif et elle commençait à se rendormir.

– Je vais l'habiller maintenant, me dit Candace, comme ça elle sera toute prête pour le voyage.

J'acquiesçai et sortis de la chambre, en fermant à moitié la porte. Pat était au téléphone, deux inspecteurs en civil attendaient dans le living-room et les trois autres hommes étaient de nouveau penchés sur leur carte.

Cinq minutes plus tard Candace reparut et ferma la porte sans bruit.

– Il y a une valise pleine d'affaires de toilette et de linge, dans l'entrée. Mes souliers seront un peu grands pour elle, sans doute, mais ce n'est pas bien grave.

– Je ne sais pas comment vous remercier.

– J'ai vu comment vous l'embrassiez.

– Nous sommes de vieux amis.
– Ne dites pas de conneries. Pourquoi ne pas reconnaître que vous l'aimez ?
– Pourquoi est-ce que les filles se figurent toujours...
– Parce que nous sommes jalouses, Mike. Quand une fille n'est pas amoureuse, elle est jalouse de tous ceux qui le sont.
– Vous savez...
Elle posa un doigt sur ma bouche.
– Ne dites pas de bêtises, grand nigaud. Nous avons eu quelques moments de folie et c'était bon, dément et très, très délicieux. Vous devez bien comprendre que cela n'aurait jamais pu durer entre nous.
Je lui souris et lui fis une petite caresse.
– Appelez-moi quand les méchants croiront vous avoir mise au pied du mur.
– Ah ? Et ce sera quand ?
– Quand vous serez président, beauté.
Pat se retourna et me jeta un coup d'œil aigu en entendant ce mot ; nous nous rappelâmes tous deux que nous avions encore Penta dans le tableau. Il devait éliminer le vice-président des États-Unis mais, d'abord, il avait à accomplir une mission personnelle.

12

Le voyage vers le nord de l'État commença avant l'aube, par un petit tour dans un car de police jusqu'au commissariat du quartier. Une voiture banalisée nous attendait, on nous fit coucher par terre à l'arrière. On nous conduisit au 4e Commissariat dans le centre, et on nous transféra dans une autre voiture, parfaitement anonyme dans le flot des véhicules du quartier.

Ferguson était au volant et j'étais assis à l'arrière, la tête de Velda sur mon épaule. D'autres voitures suivaient à quelques dizaines de mètres, occupées par le bureau local du F.B.I. Ferguson connaissait tous les agents. Il m'assura qu'ils étaient dignes de confiance.

Nous passâmes le pont, tournâmes vers le nord et nous engageâmes sur l'autoroute à Suffern. Nous roulâmes à la limite de vitesse autorisée pendant que les voitures d'escorte se livraient à de petites manœuvres pour s'assurer que nous n'étions pas suivis. A l'allure à laquelle nous allions, presque tout le monde nous doublait et continuait de nous semer ou tournait à des bretelles de sortie.

Toutes nos voitures étaient en communication radio constante et quand nous arrivâmes à Kingston, nous quittâmes l'autoroute et fîmes le plein. Je trouvai un magasin pour acheter les vêtements dont j'avais besoin, une torche électrique, des piles de rechange et une boîte de munitions pour le 45. En repartant, nous prîmes la Route 28 vers le nord-ouest où nous fûmes pratiquement les seuls à circuler.

Nous étions maintenant sur le territoire de Ferguson. Il savait exactement où il allait et nous fit passer par le mont Tremper, traverser Phoenicia et, quelques kilomètres plus loin, il annonça aux autres voitures qu'il allait quitter la route, continuer sur huit cents mètres et s'arrêter, pendant qu'ils feraient la même chose quatre cents mètres plus haut. Si quelqu'un se livrait à une filature à retardement, il serait repéré quand il quitterait la route principale.

Ferguson s'arrêta dans un chemin rocailleux qui devait servir depuis longtemps, mais pas souvent. Nous attendîmes encore un bon quart d'heure que le signal de voie libre nous soit donné et nous repartîmes à une allure plus que modérée. Nous prîmes à une fourche l'embranchement de droite et continuâmes encore sur huit cents mètres avant de quitter la forêt pour une plaine herbeuse. Le chalet était là devant nous, avec ses deux éperons rocheux formant des postes de garde naturels.

Velda avait dormi pendant presque tout le trajet. Les effets du sédatif se dissipaient maintenant, et elle renaissait à la vie dans un décor neuf, en sachant que son corps s'était bien réparé. Ferguson déchargea nos bagages et alla ouvrir le chalet pendant que j'aidais Velda à sortir de la voiture et à se mettre debout. Elle était chancelante et dut se cramponner à mon bras, pour marcher avec précaution.

– Tu vas y arriver ou dois-je te porter?

– Me porter sur le seuil?

Je la serrai un instant contre moi.

– Je crois que tu es assez forte pour y arriver toute seule.

Son coude s'enfonça dans mes côtes.

– Une fille a le droit d'espérer.

Son sourire avait quelque chose de taquin qui me dit qu'elle allait bien mieux. Elle était redevenue ma belle poupée avec ses cheveux auburn de petit page, toujours aussi beaux malgré la partie coupée. Ma beauté au corps svelte qui avait encore des cernes bleu violacé autour d'un œil. Un délice de femme aux hanches généreuses et aux seins lourds que j'avais failli perdre...

– A quoi penses-tu, Mike?

– Pas question que je te le dise! répliquai-je en riant.

C'était inutile, d'ailleurs. Elle le savait. Je la conduisis à un grand fauteuil relax, l'installai confortablement et allai aider Ferguson et les autres à mettre la maison en état.

Deux des agents, qui n'avaient jamais rien à dire, rassemblèrent leur matériel, de grandes Thermos de café, des bidons d'eau, des rations de vivres, et roulèrent le tout dans leurs ponchos imperméables. Chacun portait une arme de poing à la ceinture et un colt AR-15A2 à cartouches de 223, un fusil de grande précision à tir rapide et aux capacités redoutables. Tous deux avaient un viseur de nuit. Une cassette métallique contenait les chargeurs de rechange. Quand ils furent harnachés à leur convenance, les deux hommes allèrent se mettre en faction sur les éperons rocheux. Ni l'un ni l'autre n'avait prononcé le moindre mot.

Ferguson revint de la cuisine et me donna un trousseau de clefs.

– Je laisse ma voiture derrière, si jamais vous en

avez besoin. Elle est hors de vue, le réservoir est presque plein et elle est tournée face à la route au cas où vous auriez à fuir en vitesse.

– Pourquoi diable ?

– Simple précaution.

Il tira de sa poche un petit walkie-talkie, pressa un bouton et y parla :

– Numéro un, vérification.

– Un, présent, répondit la radio.

– Numéro deux, vérification.

– Deux, présent.

Il éteignit l'appareil et le posa sur la table.

– Vous avez donc un contact d'urgence avec les deux positions. Mais je vous en conjure, observez autant que possible le silence radio. Laissez-les vous alerter s'il le faut. Quand leurs radios reçoivent, d'autres oreilles que les leurs peuvent entendre.

– Compris, dis-je. Le téléphone marche ?

– Oui, mais même consigne, c'est une ligne commune à plusieurs abonnés.

– Et la télévision ?

– Vous avez de la chance. On a fait passer le câble par ici l'année dernière, alors amusez-vous avec trente chaînes. Tout le reste fonctionne, vous avez des provisions, de la bière et un bon stock de papier hygiénique. Vous voulez des cigarettes ?

– J'ai arrêté.

– Alors bon séjour, camarade ! Et soyez gentil avec la dame.

– Rendez-moi un service, Ferguson.

– Quoi donc ?

– Faites-moi téléphoner par Pat, quand la rafle aura lieu.

Il me tendit la main et je la serrai.

– Promis, Mike, me dit-il, et il sortit avec les autres.

Les moteurs des deux voitures ronflèrent puis leur bruit s'estompa lentement et on n'entendit plus rien.

Le soleil s'était couché derrière la montagne et l'ombre jetait un voile d'obscurité sur le chalet. Je fis une ronde, fermai portes et fenêtres, me familiarisai avec les lieux. Le living-room était spacieux, la cheminée était aussi fonctionnelle qu'ornementale. Les deux chambres étaient d'un style rustique américain ancien, chacune avec salle de bains. La cuisine était un rêve de cuisinière. Ceux qui séjournaient dans cette maison vivaient à la campagne sans rien perdre des bienfaits de la civilisation moderne.

Je visitai toutes les vérandas, tous les placards et penderies. Dans l'entrée, j'avisai une trappe dissimulée au plafond. Je traînai une chaise, montai dessus, repoussai la trappe et, passant la tête par l'ouverture, sondai les ténèbres avec ma torche.

Il y avait du matériel isolant entre les poutres du plancher et une bonne partie de l'espace était recouverte de contre-plaqué pour servir de débarras, mais pour le moment il n'y avait rien que les supports du toit et le conduit en brique de la grande cheminée. Je remis le couvercle de la trappe en place et sautai de la chaise.

Les fenêtres avaient des rideaux presque opaques; je les fermai avant d'allumer la télévision, qui nous donnait tout l'éclairage dont nous avions besoin. J'apportai deux sandwiches aux œufs durs et à la laitue, ouvris la Thermos de café, remplis deux tasses et m'assis à côté de Velda.

– Raconte, me dit-elle. Depuis le commencement. Sans rien omettre.

Je lui racontai tout, depuis le commencement, mais j'omis tout de même quelques détails. Elle posa des questions et me fit répéter plusieurs fois certains événements, pour mettre toutes les pièces du puzzle dans un cadre qui en ferait un tableau reconnaissable. Elle aussi, elle cherchait Penta là-dedans, elle cherchait le tueur qui l'avait presque tuée. Il n'y avait pas de rage dans son raisonnement, simplement une intention, une résolution tranquille qui examinait et déplaçait les pièces, qui essayait de les imbriquer les unes dans les autres. Je lui parlai, lui tins les mains pendant qu'elle réfléchissait, et quand elle se heurta à l'éternel mur où quelqu'un avait gribouillé le nom de *Penta,* elle me dit :

– Je suis fatiguée, Mike.

Je la conduisis dans la chambre. Elle se retourna, me mit les bras autour du cou et murmura :

– Déshabille-moi.

Je tirai sur la fermeture de la combinaison et la laissai glisser, puis je dégrafai son soutien-gorge. Elle le fit tomber d'un mouvement d'épaules, en s'asseyant sur le lit. Je la repoussai doucement pour la faire allonger et remontai les couvertures sur elle.

– Bonne nuit, mon chaton.

Pas de réponse. Elle dormait déjà.

Je retournai dans le living-room et m'assis dans un vieux fauteuil à bascule. Le journal télévisé n'avait rien de sensationnel. J'essayai la C.N.N. et obtins une suite de nouvelles brèves sur la situation internationale et les sports. Rien sur une découverte d'un milliard de dollars de drogue. J'allai prendre une couverture sur l'autre lit, éteignis la télévision, m'installai dans le fauteuil relax et m'endormis avec le 45 dans la main.

Le soleil se leva au-dessus du versant est. J'ouvris les rideaux. Le paysage était bien dégagé. J'allai prendre le walkie-talkie et demandai :

– Vous voulez votre petit déjeuner ?

L'un des types dit à son copain :

– Vas-y d'abord, Eddie, il me reste du café.

Il n'y eut pas de réponse mais je distinguai du mouvement près du tas de rochers et le nommé Eddie arriva au trot vers la maison, son fusil en bandoulière. Avec ces deux-là, tout marchait militairement au pas redoublé.

Je lui tins la porte ouverte et la refermai à double tour derrière lui.

– Vous avez de l'eau chaude ? J'ai besoin d'une douche rapide.

– Essayez toujours, dans la salle de bains. On m'a dit que tout marche.

J'allai à la cuisine et mis le café en route. Il y avait des œufs, du bacon et des petits pains au lait dans le réfrigérateur. Je sortis tout cela, fis réchauffer les petits pains et préparai les œufs au bacon. Eddie revint de la salle de bains tout habillé, les cheveux humides et son fusil à la main. Il déjeuna, dit merci et s'en alla en me lançant par-dessus son épaule :

– Je vous envoie Tunney.

Tunney prit aussi une douche, déjeuna, but une seconde tasse de café et déclara que la nuit avait été calme. Pendant la journée, Eddie et lui allaient se relayer pour dormir. Ils viendraient dîner chacun à son tour histoire de se mettre quelque chose sous la dent avant la nuit, rempliraient leurs Thermos et leur bidon d'eau, puis s'en retourneraient pour leur deuxième garde nocturne.

Le téléphone sonna et Ferguson me demanda :

– Tout va bien ?

– Au poil.
– Parfait, dit-il, et il raccrocha.
J'entendis couler la douche dans la salle de bains de Velda et je retournai à mes fourneaux. J'avais l'impression, ce matin, que Velda allait retrouver son bel appétit. Le bacon était presque grillé. Je disposai les tranches en carré dans la poêle et cassai deux œufs au milieu. Je les arrosai comme elle aimait. Ils étaient juste à point quand elle s'attabla. J'apportai les petits pains chauds et nous servis le café.
– Ne le dis pas ! lui dis-je.
– Tu ferais une épouse idéale, Mike.
– Je t'ai dit de ne pas le dire !
– Alors embrasse-moi, rétorqua-t-elle.
– Tais-toi et mange !
Nous passâmes encore une journée à regarder la télévision combler par un flot régulier les heures et les demi-heures. Il n'y avait rien du tout aux infos. La chaîne météo promettait un front froid et des gelées précoces dans notre région.
Dans l'après-midi, à quatre heures moins dix, le téléphone sonna encore une fois.
– La voiture de tête a confirmé, m'annonça Pat.
– Quand vas-tu y aller ?
– Je suis déjà parti, mon vieux.
– Pas de problèmes ?
– Uniquement politiques. B. B. va nous arranger ça.
J'entendis un déclic et une légère atténuation de la voix de Pat.
– Parfait, dis-je. A plus tard.
Et je raccrochai. J'avais envie de dire quelque chose à l'intrus sur la ligne mais je ne m'en donnai pas la peine.
Velda était assise tout au bord de sa chaise.

– Ils y vont.
– Bradley et Candace Amory ont repéré le site. Pat dit qu'il y a un problème politique.
– Quel genre ?
– Il ne l'a pas dit mais ça m'a tout l'air de bisbilles entre agences. Bennett Bradley va arranger ça et j'espère qu'il va se montrer bon diplomate. Un coup pareil est si énorme que tout le monde veut sa part du gâteau.
– Ah zut ! Est-ce que ça veut dire qu'ils peuvent tout foutre en l'air ?
– Ils sont capables de foutre en l'air un pique-nique de chasseurs de têtes !
– Qu'est-ce qu'on fait, nous ?
– On attend... en espérant qu'ils pourront empêcher que ça explose.
Elle me regarda, très sérieusement, la lèvre inférieure entre les dents.
– Ce n'est pas comme ça que les choses doivent se passer, n'est-ce pas ?
– Non.
– Il y a quelque chose qui ne colle pas. Tu le sens aussi, non ?
Je le reconnus, d'un signe de tête. C'était comme ce premier samedi où tout avait commencé. Cette façon qu'avait la grande ville, si loin, d'avaler ses victimes et de les faire disparaître sans que personne ne le sache ou s'en soucie.
L'ombre de la montagne s'allongeait de nouveau sur nous.
Je fis du café et préparai des sandwiches pour nos sentinelles, leur passai un coup de radio rapide et Eddie arriva, prit le dîner pour eux deux et repartit monter la garde. Velda et moi mangeâmes un morceau et retournâmes devant la télévision, en restant sur la chaîne locale de New York. Jusqu'à présent, il ne s'était rien passé.

A neuf heures, les prévisions météorologiques se réalisèrent. Le front froid arrivait à l'heure dite et se faisait sentir. Velda remonta la couverture sous son menton en frissonnant.

– Tu veux que je fasse du feu ?

– Ce serait bien.

J'assemblai les bûches, les disposai sur les chenets, fourrai du petit bois dessous, en faisant un bel arrangement.

– C'est stupide, grognai-je.

– Pourquoi ?

– Essayer de s'installer bien confortablement pendant qu'un foutu tueur s'amuse avec nous.

– C'était son jeu à lui, Mike.

– Le fumier n'avait pas besoin de laisser ce billet !

– Mais si.

– Ah oui ? Pourquoi ? Explique-moi pourquoi.

– Mike... Comment est-ce que tu l'as tué ?

Je me relevai et regardai des deux côtés de la cheminée.

– Tu vois un bidon d'allume-feu quelque part ?

– Tu n'as pas répondu à ma question, Mike.

– Ah merde, il doit bien y en avoir...

– Sers-toi des journaux, me dit-elle.

Ils étaient bien empilés contre le mur, à peu près une semaine de numéros du *New York Times*. J'en pris une poignée, m'accroupis de nouveau et défis les pages pour en faire des tortillons et les glisser sous le petit bois.

J'utilisai un journal tout entier et en tirai un autre de la pile. J'allais déchirer la première page quand une photo sur deux colonnes me sauta aux yeux, une figure que je n'avais pas vue depuis quatre ans accompagnant un article intitulé : « FRANCISCO DU VALLE MEURT CE SOIR ».

Et, maintenant, Francisco Du Valle était déjà mort.

– Qu'est-ce qu'il y a, Mike?

– On a finalement exécuté Du Valle.

Elle me prit le journal et lut l'article.

– Pendant quatre ans, ses avocats ont fait appel du verdict. Fallait bien en finir.

– C'est mon témoignage qui l'a fait condamner, tu te souviens?

– Le verdict était justifié. Ce type était un assassin confirmé.

Je repris la page et contemplai la photo. Le visage paraissait inexpressif si on ne le connaissait pas, car sous le masque noir de la barbe en pointe et de la crinière qui barrait le front se cachaient une rage et une haine qui avaient provoqué quatorze meurtres. Les yeux avaient l'air terne mais dans le prétoire ils avaient étincelé et fulguré contre tous ceux qui l'accusaient.

Alors que je l'identifiais, à la barre des témoins, il m'aurait bouffé tout cru. Il était assis là, tentant de contenir sa fureur et se foutant de la véracité de ce que je disais, simplement outré que le plaisir de l'acte de mort lui soit maintenant retiré. J'aurais dû le tuer au lieu de l'assommer quand il avait commis sa dernière agression contre une fille, mais je ne savais pas qui il était.

Quand j'avais quitté la barre, il avait dit à voix très basse : « Tu mourras, Hammer, je te tuerai. » Dans le box de la presse, des journalistes l'avaient entendu et deux ou trois avaient rapporté ses propos.

Velda m'observait, tandis que je considérais ce cliché. Je sentais ma colère monter en réentendant la voix douce de Du Valle. Je serrais les dents à m'en faire mal à la mâchoire et elle me demanda :

– Qu'est-ce qu'il y a, Mike?

Je tournai la page vers elle.

– Ça ne te dit rien?

– Je ne l'ai vu qu'au procès. J'étais là pour le verdict.

– Oui, bien sûr, comment est-ce que tu aurais pu faire un rapprochement? Tu n'as eu qu'un bref contact, et dans des conditions de tension.

Elle ne voyait toujours pas.

– Quel rapprochement?

– Est-ce qu'il te reste de ce fond de teint qu'on a utilisé pour masquer ton œil au beurre noir?

– Voilage? J'en ai dans mon sac.

– Va le chercher.

Elle m'apporta le tube et le déboucha. C'était un bâton d'une substance crémeuse claire. J'étalai le journal par terre et m'en servis sur la photo. Soigneusement j'effaçai la barbe, puis les cheveux. Du Valle était maintenant chauve, rasé de près, et quand je rectifiai un peu l'ornement de la lèvre supérieure pour lui faire une moustache distinguée, elle vit aussi l'incroyable ressemblance et s'exclama :

– C'est Bennett Bradley!

– Non. C'est Francisco Du Valle. Ils sont frères.

– Mike! Il faudrait en être sûr.

– J'en suis sûr, ma poupée.

J'examinai encore une fois la photo modifiée et déclarai :

– Penta. J'ai finalement ramené ce salaud à la surface!

Francisco Du Valle l'avait dit, Bradley l'avait appris et il avait été obligé de le faire. *TU MEURS POUR M'AVOIR TUÉ*.

Depuis des jours, je me donnais le rôle du témoin innocent alors que j'étais la cible. Je m'étais lancé sur une fausse piste idiote en me braquant sur DiCica, j'avais réussi à mettre la main sur une fabuleuse cargaison de coke et j'avais fait le jeu d'une candidate à la présidence, et pendant ce temps-là le salaud que je cherchais, qui avait bien failli éliminer Velda, était là sous mes yeux.

Stupide. J'avais été stupide. Et Bradley-Penta s'était régalé. Ça mettait tout le monde dans le coup et le dégageait de tout soupçon. Il pouvait collaborer à sa guise et nous envoyer tous dans une direction différente.

– Comment est-ce possible, Mike ?

– Il y avait peut-être une similitude génétique, mon chaton. Tous deux étaient des tueurs nés. Ils ont bien étudié le sujet et tuer est devenu un but dans leur vie. Ils avaient des objectifs différents, c'est tout. Du Valle s'est consacré au plaisir de tuer. Pour lui, c'était sensuel. A chaque meurtre, il se tirait d'affaire, savourant la gratuité de l'acte. Il était difficile à découvrir parce qu'il n'y avait pas d'autre mobile que le plaisir, comme chez beaucoup de ces meurtriers en série. Mais Bradley en a fait une profession. Imagine l'audace d'un homme pareil, capable de gravir les échelons jusqu'à atteindre une haute fonction au Département d'État. Ah merde !

Velda n'arrivait toujours pas à comprendre.

– Mais on a dû se renseigner, au ministère, on n'a pas pu simplement...

– Mon lapin, il est probable qu'il s'appelle bien Bradley. Ses antécédents pouvaient être vérifiés et personne n'était au courant de ses activités réelles. Il s'est présenté comme un expert dans l'affaire Penta. Il savait tout ce qu'il y avait à savoir sur lui, évidemment. Il pouvait se créer de superbes états de service, en manquant de peu le type à chaque fois, si bien qu'on ne pouvait pas se passer de lui.

– Tu dis qu'il a un remplaçant qui va arriver bientôt ?

– Oui. Il a même organisé son propre transfert, qui fait partie de sa couverture. Une nation hostile l'a chargé d'assassiner le vice-président des États-Unis, parce que sa fonction lui permettait d'évoluer dans ces milieux. Il a accepté le contrat, il a probablement commis des erreurs volontaires dans sa chasse à Penta, qui ont obligé le Département d'État à le rappeler, à le faire revenir ici...

– Il n'y a pas eu d'attentat contre le vice-président, Mike.

– Non, parce que avant qu'il puisse préparer son plan, son frère a été exécuté et son cerveau déjà déséquilibré a craqué. Complètement craqué.

» Pour la première fois, il a agi hors du contexte. Il allait tenir la promesse de son frère. Il me connaissait, il savait où j'habitais, où je travaillais. Tout son scénario était prévu et il a pris ses dispositions pour me rencontrer ce samedi-là. Son point faible, c'était qu'il ne connaissait pas ma tête. Il lui aurait suffi de faire un tour à la documentation d'un journal et il n'aurait pas raté son coup. Mon dossier de presse, avec mes photos, a trois doigts d'épaisseur. Tout le talent qu'il avait si bien développé a été perdu parce qu'il a pris un meurtre à cœur.

Tout en donnant ces explications j'avais chiffonné le journal et l'avais glissé sous les bûches. Les allumettes étaient dans une petite boîte en fer sur la cheminée. J'en craquai une pour enflammer le papier, et nous regardâmes prendre le feu.

– C'est drôle, dis-je. Dans un sens, ça n'avait aucune importance. Cette superdéfonce d'amour-propre qu'il s'est payée en laissant ce billet signé

Penta l'a mis en selle. Il était le seul expert sur Penta que le Département avait sous la main, et il était disponible, sur place. Et maintenant, il me connaissait. Maintenant, il ne risquait plus de se tromper. Ce que Bradley ne comprenait pas, c'était que ses employeurs étrangers avaient une autre façon de penser. Ils sont fanatiquement nationalistes et ils le payaient pour un attentat politique, mais il s'est exposé à être capturé et interrogé, donc à révéler le complot, alors ils ont voulu se débarrasser de lui.

Velda prit le tisonnier et attisa le feu. Il commençait à bien prendre, les bûches sèches crépitaient déjà.

– Il n'y a pas de sentiment, dans ce métier du crime. Fells et Bern étaient de vieux camarades de Bradley. Il les avait probablement employés pour certaines de ses actions, aussi devaient-ils être étroitement liés. Ils se connaissaient certainement très bien, depuis le temps. Et tout à coup, on proposait à Bern et Fells un contrat pour éliminer Bradley parce qu'il ne s'attaquait pas à son principal objectif.

– Comment pouvaient-ils savoir où le trouver ?

– Tout ce qu'ils savaient, c'était ce que les journaux publiaient sur le fameux billet, et ça leur suffisait. J'étais celui qui devait les mener à Penta, pensaient-ils. Je devais sûrement le connaître, dans leur idée, d'où mon enlèvement.

– Ils auraient pu te tuer.

– Non. Ils étaient bien trop professionnels. Cela aurait trop agité la police.

– Ils ont tué Smiley, me rappela-t-elle.

– Ma chérie, ces deux-là étaient de vraies patates. Ils étaient pressés, et ils ont utilisé leurs anciens contacts pour faire le boulot. Quand ils en ont eu fini avec Smiley, ils n'ont pas voulu laisser de témoin, alors ils l'ont descendu connement. Et, toujours aussi connement, ils se sont servis d'une vieille planque sans se rendre compte que Penta, ou Bradley, la connaissait aussi. Même la synchronisation de Bradley était super. Il était toujours censé faire autre chose ailleurs.

– Et il a tué Fells et Bern...

– Deux balles précises, un tir rapide, et il s'est esquivé. Oui.

– Mike... quand j'étais à l'hôpital...

– Ce premier infirmier, dans ta chambre, c'était lui. Il voulait ta mort, mon chaton.

– C'est de la folie!

– Mais non. Après tout, tu aurais pu le voir, dans ton bureau.

– Mais je n'ai...

– Mais tu avais un enregistrement de sa voix, ça oui. Il doit exister quelque part d'autres enregistrements de lui et une comparaison d'empreintes vocales aurait constitué une preuve à charge. Il n'est pas bête. Il savait qu'il l'avait donné lui-même, ce coup de fil. Il ne voulait rien laisser au hasard.

– Si j'ai enregistré cet appel, c'est presque sans y penser. Je n'ai jamais imaginé...

– Il ne pouvait se permettre aucun risque. Deuxièmement, il voulait que je me rende vulnérable. Il savait parfaitement que je deviendrais dingue si tu étais tuée et que je sortirais à découvert. Heureusement, Pat a maintenu les flics à ta porte et a déjoué tout ce qu'il manigançait dans ce sens. Et puis quoi, il avait bien assez de moyens de m'avoir. Il était là quand j'ai dit que j'allais repasser par le bureau et il a eu tout le temps, pendant que j'y étais, de se mettre en position pour me descendre, en me tirant dessus de sa voiture...

Je m'interrompis, contemplai le feu et réfléchis à

ma façon de négliger le mobile. Comme s'il n'y en avait pas du tout.

– Tu sais ce qu'il y a de plus pitoyable? dis-je. J'étais le seul à ne me douter de rien. Je me suis braqué sur l'angle DiCica et tout ce que je faisais servait de couverture à Bradley. Il coiffait les opérations, comme le couvercle sur un bocal, et tout marchait à fond pour lui. S'il contribuait à la découverte de cette cache de drogue, il n'y aurait plus de retraite forcée pour lui, il gravirait encore un échelon et serait plus important que jamais, pour ses employeurs étrangers. Il pourrait reprendre ses attentats politiques à sa guise.

» Regarde un peu comment il s'est placé en plein cœur de tout ça. Il tenait à ce qu'aucun soupçon ne pèse sur lui. Il s'est porté volontaire pour partir dans la voiture de reconnaissance avec Candace, il a fait son rapport à nos gars mais, en chemin, il s'est arrêté, juste le temps d'alerter les deux agences fédérales et de provoquer un conflit politique. Il est censé être parti je ne sais où pour arranger les choses, pendant que la rafle est en cours, et tu sais où il est en ce moment?

– Où? souffla-t-elle, et je perçus de la tension dans sa voix.

– En route vers ici. Il peut nous éliminer et retourner en scène en ville. Dans toute cette agitation, personne ne se sera aperçu de sa disparition et personne ne l'aura cherché puisqu'il avait déjà son alibi tout prêt.

Le feu pétillait joyeusement, à présent, mais Velda frissonnait et j'éprouvais de nouveau cette sensation de danger. Je calculais les heures et les minutes, et je savais que ce que je venais de dire n'était que trop vrai.

J'arrachai Velda à la vive lueur du feu et nous nous jetâmes tous deux dans l'ombre, là où était le téléphone. Je décrochai, écoutai, tapai deux fois sur les broches et raccrochai.

– La ligne est coupée, n'est-ce pas? demanda Velda.

– Ça doit être au niveau de la route principale. Il n'y a pas de poteaux près d'ici, alors les fils doivent être souterrains, le long de la 28.

– Tu peux appeler les gardes...

– Non. Il doit connaître cette fréquence radio, il est peut-être à l'écoute. Si les gardes sont bien en alerte, ils pourraient l'avoir, avec leurs viseurs de nuit.

– Pourraient?

Il y avait une nuance de désespoir dans la voix de Velda.

Le temps passait trop vite. Je devais entrer dans l'arène et elle ne serait pas en mesure de m'accompagner.

– Viens là, lui dis-je, et je l'entraînai dans le vestibule.

Je tirai une chaise sous la trappe, montai dessus et repoussai le panneau.

– Tu vas grimper là-haut.

Elle recula vivement, les yeux levés vers le trou noir au plafond.

– Je ne peux pas!

– Dis pas de conneries. Il le faut!

Je dus la forcer à monter sur la chaise et la hisser dans l'obscurité. Quand elle eut rentré les pieds, je lui tendis la torche. Elle aurait au moins quelque chose à quoi se cramponner. Je lui dis de ne pas bouger, de ne pas faire de bruit et ramenai le panneau en place à tâtons.

Il m'était impossible d'éteindre le feu, alors je poussai deux fauteuils l'un contre l'autre, devant le téléviseur, y entassai des coussins du canapé pour donner l'impression qu'ils étaient occupés et j'allai ouvrir la fenêtre dans la chambre de derrière. Je me glissai dehors, refermai derrière moi et attendis un moment, l'oreille aux aguets, que mes yeux s'adaptent à la nuit.

A notre arrivée, j'avais gravé le plan du site dans mon esprit et maintenant, je le ramenais à ma mémoire. Si Bradley était là dehors, il pouvait avoir sur lui des lunettes à vision nocturne permettant de distinguer tout mouvement sur le terrain.

Je me jetai à plat ventre et rampai en m'arrêtant à tout instant, essayant de m'enfouir dans l'herbe. Bradley n'avait pas eu le temps, comme moi, d'examiner les lieux, si bien qu'il pouvait prendre une légère élévation pour une motte de terre. Je fis un crochet pour m'éloigner des éperons rocheux, les contourner, et je m'en approchai par l'autre côté.

Je voyais maintenant où était le garde. C'était le poste d'Eddie et je distinguais sa silhouette à contre-jour. Je n'avais pas envie qu'il se retourne brusquement et me tire dessus; aussi, je ne dis rien avant d'être tout près de lui. Alors, je levai la main et lui saisis le bras.

Le sacré fusil lui échappa et Eddie me tomba dessus, couvert d'un sang poisseux provenant d'une blessure à la tête. Je ramassai le fusil et le haussai pour viser l'autre rocher. A la lunette, la nuit devint un crépuscule verdâtre où tout était flou mais reconnaissable. Je braquai le viseur sur la position et vis une paire de jambes dépassant de l'amas de rochers. Je jetai le fusil.

Le salaud était là! Je me traitai de tous les noms en me disant que j'aurais mieux fait de rester dans le chalet au lieu d'essayer de contacter les sentinelles. Il avait eu tout le temps de neutraliser leurs positions et maintenant il devait être à l'intérieur. Il n'allait pas se presser. Il était sûr de contrôler la situation et il voulait me prendre par surprise. S'il trouvait la maison vide, il lui faudrait réviser son plan. Mais d'abord, il voudrait s'en assurer. Il avait dû trouver la voiture, derrière, et il se doutait bien que nous n'étions pas loin. Il comprenait que je ne pouvais pas me déplacer vite, avec Velda, et que je n'allais certainement pas l'abandonner.

Alors il chercherait. D'abord, dans les pièces. Ensuite, dans des endroits moins évidents.

Je me mis à courir comme un dératé, le 45 au poing. J'arrivai au chalet et restai dans l'herbe, pour le contourner. La serrure n'était pas difficile à forcer, pour un professionnel, ou peut-être avait-il cassé un carreau de la porte vitrée, allongé le bras et tourné le bouton. Peu importait. L'essentiel, c'était qu'il était *là,* à l'intérieur.

Mes pieds touchèrent du gravier et j'enjambai la petite allée pour atteindre la fenêtre, dont je relevai le châssis. C'était un moment où je pouvais mourir, mais la vitre glissa aisément. Il n'était pas dans la chambre et j'y pénétrai aussi silencieusement que mon ombre.

Dans le living-room, le feu dansait, projetant une lueur orangée et des ombres mouvantes; le crépitement des bûches couvrait tous les légers bruits que j'aurais pu entendre. J'avançai dans la pièce, écoutai encore et m'accroupis, presque à genoux, pour marcher en canard vers le vestibule.

L'éclair d'une mince torche-crayon apparut un instant au coin de la porte. J'entendis alors un grincement de pieds de chaise sur le plancher, un claquement de main contre le plafond et un éclat de rire. Le salaud riait!

Je me précipitai à l'instant où je perçus un cri étouffé de Velda et là, dans la lueur imprécise et dansante des flammes, je vis une paire de jambes pendant de la trappe, qui disparaissaient lentement alors qu'il se hissait sur ses coudes.

J'allais bondir, m'y suspendre, le faire tomber, mais je me ravisai.

J'armai le 45, le braquai avec grand soin et pressai la détente. Le coup partit dans un bruit de tonnerre avec un éclair jaunâtre et, pendant cette seconde, je vis la jambe tressauter et se tordre dans une position anormale. Avant même qu'il ait le temps de crier je fis subir le même traitement à l'autre jambe et l'homme tout entier dégringola de l'ouverture du plafond, tenant encore Velda d'une main et l'entraînant dans sa chute.

D'un coup de pied, je le poussai de côté, aidai Velda à se relever et, tous deux, nous contemplâmes Bradley. L'impact des balles lui avait fait perdre le souffle et il était en état de choc mais, tout à coup, la douleur s'installa. Il tendit les mains, l'air affolé, voulut se tenir la jambe, puis il me regarda avec des yeux chargés d'une telle haine qu'ils paraissaient absolument noirs.

– C'était votre frère, n'est-ce pas? dis-je posément.

Il fut alors pris de folie, son corps se convulsa de douleur et il tenta de s'éloigner en rampant. Il laissait derrière lui un long sillage ensanglanté et sa figure grimaçait.

– Mon jumeau, espèce de fumier! hurla-t-il. Tu as tué mon frère jumeau! Tu m'as tué, espèce de...

Je me baissai et lui collai le canon du 45 en plein milieu du front.

– Si je me laisse aller, lui dis-je, je vais te couper

autre chose que les doigts, Penta, et avec ton propre canif!

Velda resta à l'écart, sans intervenir, en observant froidement.

– Il y a une radio C.B. dans la voiture, ma poupée. La police routière est sur le canal neuf. Va les appeler.

Elle acquiesça immédiatement et sortit.

Je regardais Bradley en riant de toutes mes dents. Je me demandais ce que le Département d'État allait dire. Dans un sens, c'était bien dommage qu'il s'en sorte vivant. La publicité allait être épouvantable. Elle allait faire passer à l'arrière-plan la grande affaire qui aurait porté la police de New York au pinacle, qui aurait offert à Ray Wilson un départ à la retraite dans la gloire et peut-être fait de Candace, un jour ou l'autre, le président des États-Unis.

Mon sourire le frappa plus que tout. Je lui souriais méchamment, comme j'avais souri à son frère au procès. Tout à coup, son corps fut agité de spasmes affreux. Il se mit à déchirer ses vêtements en glapissant :

– Tu m'as tué! Tu m'as tué!

– Pas encore, lui dis-je.

Il essaya de tourner la tête, de la soustraire à mon arme, mais je la tenais bien. Il se convulsa encore, se secoua, et du sang éclaboussa les murs. J'en sentis sur ma figure et me remis à rire.

Il tendit les mains vers ses jambes fracassées. La souffrance lui faisait monter de l'écume aux lèvres. Il revit mon sourire, et sa folie le reprit, il se remit à pousser des hurlements dans lesquels on distinguait à peine des mots :

– Tu as tué mon frère et tu m'as tué!

Soudain, un pistolet de petit calibre apparut dans sa main. C'était ça que ses mains avaient cherché, et il le tourna vers moi, un doigt déjà crispé sur la détente.

Ce fut le 45 qui rugit. Son sang jaillit de tous côtés. De nouvelles taches écarlates pointillèrent le dessus de ma main. Je me redressai lentement et lui adressai un nouveau sourire de loup, qu'il ne pouvait plus voir.

– Cette fois, je t'ai bien tué, sale merde ! lui dis-je.

DU MÊME AUTEUR

LE DOGUE, Fayard, 1972.
LE JOUR OÙ LA MER DISPARUT, Hachette-Jeunesse, 1980.
EN QUATRIÈME VITESSE,
Bourgois, 1982; J'ai lu, 1985 (nouv. édit).
FALLAIT PAS COMMENCER, UGE, 1984.
NETTOYAGE PAR LE VIDE, UGE, 1984.
J'AURAI TA PEAU, UGE, 1985.
LA FLOTTE DU VAISSEAU OUBLIÉ, LGF., 1987.
MON NOM EST MIKE HAMMER,
Presses de la Cité, coll. « Omnibus », 1989.

Dans Le Livre de Poche policier

Extraits du catalogue